Christian Johannes Käser

Appenzeller Abrechnung

Jock Kobel und die
Schatten der Landsgemeinde

Kriminalroman

Atlantis

GPSR-Kontakt: Schöffling & Co. Verlagsbuchhandlung GmbH,
Kaiserstraße 79, D-60329 Frankfurt am Main
info@schoeffling.de
Der Verlag behält sich eine Nutzung des Werkes für Text-
und Data-Mining im Sinne des § 44b UrhG ausdrücklich vor.
Lektorat: René Stein
Covergestaltung: Lara Flues
Covermotiv: © René Niederer
Satz: Tristan Walkhoefer, Leipzig
Gesetzt aus der Stempel Garamond LT / 2. Auflage 2025
Druck und Bindung: GGP Media GmbH, Pößneck
Auch als E-Book erhältlich
ISBN 978 3 7152 5524 8

Für meine Eltern
Annemarie und Hansruedi Käser-Heierli

»Deiner Gegenwart Gefühl
sei mein Engel, der mich leite,
dass mein schwacher Fuß nicht gleite,
nicht sich irre von dem Ziel.«

Letzte Strophe des Landsgemeindelieds nach dem Text von
Carolina Christiana Louisa Rudolphi (1753–1811)

I

Hundwil 30. 4. 1989,
Tag der Landsgemeinde

Karin Bendel zeigte den Appenzeller Hügelkuppen ihren ausgestreckten Mittelfinger. Sie sog die frische Luft dieses Aprilmorgens in sich hinein, während sie den Arm langsam wieder senkte. Auf den Hängen lag da und dort noch etwas Schnee, und der Himmel hatte sich in zurückhaltendes Grau gekleidet, wie eine alte Dame, die angesichts der Ereignisse, die da kommen sollten, nicht zu sehr auffallen wollte.

Karin befand sich auf einem etwa anderthalb Meter hohen hölzernen Podest, das auf dem Landsgemeindeplatz in Hundwil stand. Die Leute nannten es »den Stuhl«. Es war kein Stuhl im herkömmlichen Sinne, sondern der Ort, wo sich an jeder Landsgemeinde in Appenzell Ausserrhoden die Regierungsvertreter, der Landammann und der Landweibel vor dem Volk aufstellten. Das Volk, das waren im Appenzellerland die Männer, die sich heute hier im sogenannten Ring treffen sollten. Jeder mit einem kurzen Säbel, Dolch oder sogar einem Schwert in der Hand. Das waren die Insignien, welche die Männer als Stimmberechtigte kennzeichneten.

»Hey, geht's noch?«, schallte es plötzlich von unten zu ihr herauf. Pädi Landshauser in einer blauen Uniform, die sich über seinem üppigen Bauch etwas spannte, stand vor ihr auf der Wiese, in der Hand einen schwarzen Instrumentenkoffer. Karin kannte ihn flüchtig von der Kantonsschule in

Trogen, wo sie in einem Jahr ihre Maturaprüfungen ablegen würde.

Ruhig holte sie sich ein Haargummi aus der Hosentasche, griff in ihre langen blonden Haare und band sie zusammen. Sie schaute dabei mit klarem Blick zu Pädi hinunter.

»Ja, es geht. Danke.«

»Komm sofort da runter.«

»Hast du den Stuhl aufgebaut?«, fragte sie und schaute ihn dabei herausfordernd an.

»Es ist Landsgemeinde. Mach keinen Scheiß.«

»Was hast du da für eine Trompete drin?«

»Das ist eine Klarinette. Du kannst nicht einfach da oben stehen.«

Karin glitt mit einer eleganten Bewegung vom Holzpodest. Unten angekommen, strich sie sich das rot-weiß karierte Männerhemd zurecht, das sie in Herisau in einer Brockenstube gekauft hatte. Sie blickte ihm direkt in die Augen.

»Vielleicht werd ich ja mal gewählt?«

Pädis Gesichtsausdruck lag irgendwo zwischen Abscheu und Verwunderung.

»Dafür müsste heute erst mal das Frauenstimmrecht durchkommen. Das wird nicht passieren«, sagte er und drehte sich dann mit einem Kopfschütteln weg.

Wenige Minuten später betrat sie das Restaurant Kreuz. Es waren noch keine Gäste da. An den Fenstern zum Dorfplatz standen Stühle, und auf jedem der Tische wartete eine Menage mit Salz, Pfeffer, Aromat und Zahnstochern. Hinten an einem runden Tisch saß ihr Vater Albert Bendel und schaute mit einem Blick durch den Raum, der Karin an den Ausdruck eines Spitzensportlers vor einem wichtigen Wettkampf erinnerte. Über seinem Kopf hing ein hellbraunes Kruzifix. Sie blieb wenige Meter vor ihm stehen.

»Es gibt viel zu tun heute«, sagte er und nippte an einer Schale mit dampfendem Kaffee.

Karin trat näher an ihn heran. Auf dem Tisch lag ein Schwert mit einem goldenen Griff, das etwa die Länge von ihrem Unterarm hatte. Sie schob die erstaunlich schwere Waffe wie ein ekliges Lebensmittel an den Rand des Tisches. Die Erzählungen von Großvater Bendel, wie er damit einst die Schweizer Grenze im Zweiten Weltkrieg bewacht hatte, waren noch präsent. Karin nahm sich fest vor, etwas Nettes zu sagen.

»Wir sind also unwürdig, Papi?«, fragte sie stattdessen und setzte sich auf einen Stuhl.

»Wieso unwürdig?«

»Du hast gesagt, eine Landsgemeinde mit Frauen sei unwürdig.«

»Es ist nicht mehr das Gleiche.« Nervös bearbeitete er mit seinen klobigen Fingern ein Zuckersäckchen.

»Weil die Wiiber dann dabei wären?«

»Was meinst du denn? Könnten wir diesen Betrieb führen, wenn deine Mutter sich auch noch um Politik kümmern müsste?«

»Dann kümmerst du dich also um die Politik? Da bin ich aber dankbar.« Sie verdrehte die Augen.

»Hast du die Harasse gestern noch hochgebracht?«

»Ja, Chef, das hab ich. Ihr werdet heute viel saufen müssen, um euren Frust zu verarbeiten.«

Er senkte den Blick zum Boden und schien nachzudenken. Dann erhob er sich und ging zum Buffet. Überall lagen Schachteln, auf denen *Zweifel-Chips* stand.

»Und wenn wir's ablehnen?«, fragte er.

»Dann könnt ihr den Laden heute selbst schmeißen.« Sie presste ihre Finger in die Holzleiste der Theke.

Ihr Vater beugte sich etwas nach vorn und schaute sie di-

rekt an. »Du bist heute Abend hier in der Beiz und hilfst.
Ist das klar?«

Karin griff in einen der Kartons, zog eine Packung Chips
heraus, riss sie auf und begann nervös zu essen. »Und wenn
nicht?«

»Dann kannst du hier nicht mehr wohnen. Wer nicht im
Betrieb hilft, der geht.«

Er sagte das ohne Emotion in der Stimme. Trotzdem
zuckte Karin zusammen, weil ihr in diesem Moment bewusst wurde, dass er es ernst meinte. Eine Mischung aus
Wut und Verzweiflung kroch in ihr hoch. Sie merkte, wie
sie zitterte, warf die Chipspackung auf die Theke, rannte
aus dem Saal die Treppe runter und trat aus dem Restaurant
ins Freie.

Die kühle Luft tat gut.

»Er ist ein alter, verbohrter Macho«, murmelte Karin vor
sich hin. Wieso diskutierte sie noch mit ihm? Wieso konnte
sie seinen konservativen Dickschädel nicht als eine Art
Krankheit sehen? Eine Krankheit, die auch nicht dadurch
geheilt werden konnte, das Frauenstimmrecht zuzulassen.
Sie kam noch nicht weg von hier, erst brauchte sie die Matura. Und das bisschen Geld, das sie für ihre Stunden im
Restaurant von den Eltern bekam, konnte sie auch ganz gut
gebrauchen.

Auf dem Landsgemeindeplatz waren inzwischen einige
Leute mehr beschäftigt. Die einen streuten Stroh auf die
nasse Wiese, die anderen installierten Kameras fürs Schweizer Fernsehen, das die historische Entscheidung nicht ver-
passen wollte.

Wenn die Kameraleute ihre Linsen jetzt von Hundwil
nach Herisau richteten, fingen sie bereits eine Kolonne von
Leuten ein, die sich Richtung Landsgemeindeplatz beweg-

ten. Väter, Mütter, Kinder, Großmütter und Großväter, sie alle waren sich bewusst, dass ein bedeutender Tag bevorstand. Die ganze Schweiz fragte sich: Werden es die dickköpfigen Appenzeller in Ausserrhoden richten, oder bleibt es dabei, dass achtzehn Jahre nach Einführung des nationalen Frauenstimmrechts die Frauen in Appenzell Ausserrhoden kein Recht auf eine politische Stimme haben?

Als Karin zu den Fenstern der Beiz hochblickte, an denen man heute für fünfundzwanzig Franken pro Stuhl sitzen durfte, trat ihr Vater in ihr Gesichtsfeld und legte den Arm um sie. Erst hatte sie den Impuls, ihn wegzustoßen, doch dann atmete sie diese Geruchsmischung aus Tabak, Holz und Bouillon ein. Sie konnte sich nicht dagegen wehren. Es weckte angenehme Erinnerungen an ihre Kindheit. An ein Zuhause.

»Hier, ich hab dir eine Ovi gemacht«, sagte er und streckte ihr mit der anderen Hand eine Tasse mit orangem Aufdruck hin.

Karin nahm sie etwas erstaunt entgegen und trank einen großen Schluck. Das süßliche Schokoladenmalzgetränk wärmte ihren Hals. Früher hatte sie immer dann eine Ovi bekommen, wenn sie aus Angst vor den Monsterfratzen an der Holzdecke nicht einschlafen konnte.

»Hueregopfertellisiech«, fluchte ihr Vater plötzlich, und Karin zuckte zusammen.

»Was ist denn jetzt los?«

»Ich habe mein Feuerzeug oben vergessen.«

»Und darum fluchst du so in der Gegend herum?« Sie lächelte versöhnlich, griff in ihre Hosentasche, zog eine Zündholzschachtel hervor und schüttelte sie wie ein Rhythmusinstrument. Dann grinste auch er, nahm seinen Arm von ihrer Schulter, kramte nach seiner Zigarrenschachtel und steckte sich eine Krumme in den Mund.

Im Süden hinter den Hügelketten und versteckt unter einem gräulichen Schleier thronte der Säntis wie ein alter König über dem Land der Appenzeller.

»An den Tag werden wir uns noch erinnern«, murmelte er zwischen zusammengekniffenen Lippen.

2

30 Jahre später

Als am Ufer der Urnäsch ein Wanderer die Leiche der achtundvierzigjährigen Karin Äschermann, geborene Bendel, entdeckte, saß Jock Kobel in einer Dachwohnung an der Gossauerstrasse in Herisau vor seinem Plattenspieler. In der Hand hielt er das Bild eines brennenden Zeppelins. Er entfernte die Plastikhülle und betrachtete diesen fragilen Flugkörper, der dabei war, in die Tiefe zu stürzen. Dann ließ er die Vinylplatte in seine rechte Hand gleiten, drehte sie elegant nach allen Seiten und sog ihren Geruch ein. Schließlich legte er die Nadel vorsichtig auf die Rillen. Zu einem schweren Gitarrenriff stimmte Robert Plant ein Klagelied über das Dasein als Mann an. Für Jock hatte Led Zeppelin immer perfekt zum Appenzellerland gepasst. Auch als er in Zürich gewohnt hatte, erinnerte ihn diese Kombination aus harmonischen Klängen und harten, direkten Rockriffs an die sanften Hügel, die zum Alpstein in klare Felsformationen übergingen.

Wenn er hier an der Gossauerstrasse aus dem Fenster schaute, sah er keine sanften Hügel und Felsen, sondern einen Betonbau aus den Achtzigern, der sich zwischen die Appenzeller Häuser gedrängt hatte. Es war nicht der einzige Schandfleck, den Herisau zu bieten hatte. Doch ein Blick auf die Kirchturmuhr der reformierten Kirche, die gleich dahinterlag, ließ ihn aufspringen. Er sollte längst im Präsidium sein. Mit einer schnellen Handbewegung stoppte er den Plattenspieler, griff nach der schwarzen Lederjacke, strich sich einige Strähnen seiner struppigen, leicht ergrauten Haare aus den Augen und stürzte aus der Wohnung.

Als er draußen auf das Kopfsteinpflaster trat, begrüßte ihn von der gegenüberliegenden Straßenseite mit einem Lächeln Santiago Rubio, der Besitzer des Musikladens *Musica Viva*. Er trug ein kurzärmliges Hemd mit leuchtend gelben Zitronen und hielt inne, seine Schaufensterscheibe weiterzuputzen, hinter der ein knallgelbes Schlagzeug stand, umrahmt von Gitarren in verschiedensten Formen und Farben.

»Du brauchst eine neue Gitarre, Comisario, gib's zu?«, rief Santiago ihm zu.

»Sorry, Mann, aber ich hab keine Zeit, ich muss zum Präsidium.« Jock wechselte die Straßenseite. Er wollte nicht zu rüde wirken und schüttelte dem Musikladenbesitzer die Hand. »Du sollst mich nicht Comisario nennen. Jock, einfach Jock.«

»Du bist doch Comisario?«

»Den Kommissar, den gibt's bei uns nicht. Ich wäre ... ja, egal, ich bin halt einfach ein Polizist.«

Santiago nickte, so als ob er genau verstanden hätte.

»Was für eine Brett kann ich dir verkaufen?«

»Santi, ich brauch keine Gitarre.«

»Ihr habt doch bald eine Gig im Mötli, oder?«

»Du kommst vorbei?« Jock strahlte bei dem Gedanken an den Auftritt mit seiner Band. Die Proben mit den Jungs von *The Heartpacemakers* gehörten für ihn zu den Lichtblicken der Woche.

»Claro. Ich hasse diesen Heavy-Metal-Lärm. Pero, ich komme. Und? Kommt sie auch?« Santiago lächelte verschwörerisch.

»Hör mir auf. Ich hätte dir das nicht erzählen sollen. Das

ist nicht wirklich was Ernstes«, wand sich Jock. »Sie ist verheiratet.«

»Und warum sehe ich dann da dieses Schmunzeln im Gesicht?«, fragte Santiago, während er leicht mit dem Kopf hin- und herwippte.

Jock dachte an den Zettel, den sie ihm geschrieben hatte. *Schlaf gut, mein Schöner – Flickflauder-Kuss.* War er bereit für eine Beziehung? Und dann auch noch mit einer verheirateten Frau? Er war sechsundvierzig Jahre alt, hatte aber bis jetzt noch nie eine Beziehung geführt, die länger als ein paar Monate gedauert hatte. Sein Vater hatte kein gutes Vorbild abgegeben, weder die Beziehung zu Jock noch zu Jocks Mutter war für ihn besonders wichtig gewesen. Er hatte ihm die Liebe zur Musik mitgegeben, die Liebe zum Rock 'n' Roll, wie es sein Vater immer genannt hatte. Rock 'n' Roll war bei ihm alles, was sich echt anfühlte, alles, was Seele hatte. Soul. So hatte er ihm den Namen Joe gegeben, zu Ehren von Joe Cocker, der beim Singen mit dem Song zu verschmelzen schien. Das Verschmelzen mit dem Song hatte Jock auch bei seinem Vater gesehen, wenn er ihn als Kind mit dem schwarz lackierten Elektro-Bass auf der Bühne beobachtete. Es war eine Form der Präsenz, die er im Alltag mit dem Sohn nie hingekriegt hatte. Lag es an seinem Charakter, dem routinierten Konsum von Cannabis oder daran, dass er als Musiker ständig auf Tour war? Jock konnte es bis heute nicht sagen, aber irgendwann wurde es der Mutter zu viel. Als sich die Eltern trennten, nannte seine Mutter ihn nur noch Jock. Für sie klang es wieder etwas mehr nach ihrer alten Heimat, dem Appenzellerland.

Er gab Santiago einen freundschaftlichen Klaps auf die Schulter und zeigte auf sein Handy. Drei Anrufe in Abwesenheit von seiner Kollegin Silvana di Novi. Jock drückte auf Rückruf.

»Wo steckst du?«, fragte Silvana mit schriller Stimme.

»Sorry, ich bin gleich auf dem Präsidium. Du kannst mir alles dort ...«

»Komm sofort zum Rossfall. Wir haben eine Leiche.«

Zwanzig Minuten später parkte er seinen violetten Nissan neben dem Restaurant Rossfall. Die Läden waren geschlossen, die Gartenbeiz mit den angeketteten Metalltischen lag verlassen da. Die grüne Rutschbahn hinter dem Haus wartete vergebens auf lachende Kinder. Jock blickte hoch zum Säntis, der zwischen den Wolkenfetzen seine felsigen Flanken zeigte. Die Schwere eines abrupten Todes lag in der Luft. Hinter dem Gebäude führte ein schmaler Pfad durch den Wald, und keine hundert Meter weiter sah er das Absperrband der Kantonspolizei. Daneben stand ein Beamter, den Jock auf Mitte zwanzig schätzte und der aufgeregt an seiner Uniform herumnestelte.

Jock zeigte ihm seinen Ausweis, was angesichts seines Iron-Maiden-T-Shirts und der ausgetretenen blauen Turnschuhe von Adidas auch nötig war. Dann schaute er vom Weg den Abhang hinunter. Zwischen den Bäumen konnte er eine Gruppe erkennen, die auf dem Kies am Ufer des Flusses stand. Und ein weißes Tuch, das einen menschlichen Körper verdeckte.

Als er den jungen Beamten nach dem einfachsten Weg zum Fluss fragen wollte, hörte er hinter sich Silvana Di Novis Stimme.

»Du solltest dir angewöhnen, ans Telefon zu gehen, wenn man dich anruft.«

Jock drehte sich um und blickte in die dunklen Augen seiner Kollegin, die sie immer leicht zusammenkniff, wenn sie redete. Sie war recht klein und hatte einen kräftigen Körper.

»Ich hab volles Vertrauen in dich. Was ist denn passiert?«, fragte Jock.

Silvana trippelte nervös mit beiden Beinen auf dem Waldboden herum, so als ob sie sich für einen Langstreckenlauf aufwärmen wollte.

»Ein Wanderer hat eine Frau tot aufgefunden. Sie ist hier in die Tiefe gestürzt, und es deutet alles darauf hin, dass sie nicht versehentlich runtergefallen ist.«

»Sie wurde gestoßen?«

»Die Wunden am Kopf deuten darauf hin, dass sie mit einem harten Gegenstand erschlagen wurde und dann hinunterstürzte. Vermutlich gestern Abend. Komm.« Silvana deutete auf eine etwa zwanzig Meter weiter rechts liegende Stelle, wo der Abhang weniger steil war und man sich an Wurzeln festhalten konnte, und schloss ihre schlichte Funktionsjacke bis unters Kinn.

Vorsichtig kletterten die beiden zum Fluss hinunter. Jock fröstelte. Der Wind trieb die Wolken etwas weg, und einzelne Sonnenstrahlen drangen durch die Baumwipfel. Durch den Wald hörte er die Geräusche der Motorräder, die auf der Schwägalpstrasse gegen die Schwerkraft ankämpften.

Als sie unten auf dem Kies ankamen, schaute Jock hoch zum Weg. Der Abhang war hier steil und felsig. Er grüßte kurz die Leute von der Spurensicherung, die aber beschäftigt waren, dann wandte sich Jock an Silvana.

»Wisst ihr schon, wer das Opfer ist?«

»Karin Äschermann, geborene Bendel, das ist die Tochter vom Restaurant-Kreuz-Wirt aus Hundwil ...«

Jock schaffte es nicht mehr zuzuhören. Sein Blick suchte den weißen Stoff, der den Körper des Opfers bedeckte, wobei er sich ohne Grund auf eine Amsel konzentrierte, die daneben Krümel vom Boden aufpickte. Dann starrte er auf den Arm, der auf der Seite herauslugte. Er war leicht verdreht. Jock wartete darauf, dass sich dieser Arm bewegte, dass der Mensch, der dort unter dem Tuch lag, aufstehen und alles als einen billigen Scherz abtun würde. Er merkte, wie ihn die Übelkeit erfasste.

Bendel, Äschermann. Beide Namen lösten in ihm etwas aus. Da war Karin Bendel, die Tochter des Kreuz-Wirtes, die zur jungen Frau wurde, in dem Jahr, als Jock mit seiner Mutter die Wohnung in Hundwil geräumt hatte und nach Zürich gezogen war; und dann war da Karin Äschermann, die verheiratete Frau, die ihm in Herisau wiederbegegnet war.

Der Fluss gurgelte und rauschte gleichmäßig. Die Vögel schienen sich über die wärmeren Temperaturen zu freuen und zwitscherten vielstimmig in den Zweigen. Für die Natur war nichts Außergewöhnliches geschehen.

»Jock, hörst du mir überhaupt zu?« Silvana schien zu schreien.

»Ja, klar. Ich muss vermutlich einfach schnell ...«

Weiter kam er nicht, denn er hatte gerade noch Zeit, eine Hand an den nächsten Baum zu pressen, dann übergab er sich auf die Kieselsteine, die den Fluss säumten. In seinem Kopf drehte sich alles, und er wollte nur weg von hier.

»Wir sehen uns nachher im Präsidium«, stammelte er. »Es war gut, ich konnte mir einen Eindruck verschaffen, ich muss jetzt erst mal nachdenken.«

Silvana schaute ihn misstrauisch an. Jock lächelte, als ob er es auf der Schauspielschule gelernt hätte, und grüßte von Weitem Pierina Otènger, die Gerichtsmedizinerin, die sich bald mit dem Körper von Karin beschäftigen musste. Dem gleichen Körper, den er vor wenigen Tagen mit brennender Leidenschaft erforscht hatte. Was war übrig von ihr? Wie gut hatte er sie überhaupt gekannt?

»Einen Eindruck verschaffen?«, rief ihm Silvana hinterher, als er bereits dabei war, den Abhang hochzukriechen.

»Hast du gestern gesoffen? Hast du einen Kater? Hey …!«

Wie ein Roboter, der ein Programm abspult, rannte er bis zum Rossfall und startete seinen Wagen. Auf der Fahrt nach Herisau versuchte er einzuordnen, was geschehen war.

Seit er vor einem Jahr hier in Herisau angefangen hatte, war noch kein einziges Tötungsdelikt vorgefallen. Er war froh, dass es hier so ruhig war. In Zürich war es anders. Er dachte an damals, den engen Gang, die Angst, den Schwindel.

Die gleichen körperlichen Symptome waren wieder da. Er war allein und er zitterte. Jemand hatte getötet.

Es war nicht der Tod irgendeiner Frau, es war seine, wie sollte er sie nennen, Affäre. Ja, das war korrekt. Anders hatten sie ihr Verhältnis nie bezeichnet. »Mit Mitte vierzig bin ich entspannt und nehme die Dinge, wie sie kommen«, hatte er ihr immer wieder gesagt. Auch sie hatte über diese Begegnungen im Moment nicht weiter nachdenken wollen. Zumindest vorläufig. Sie hatte Kinder. Sie war verheiratet. Die Sache war klar. Und jetzt war sie tot.

3

Kurz nach dem Dorfplatz Urnäsch merkte er, wie seine Hände immer unruhiger wurden. Der Fahrer eines entgegenkommenden Autos hupte, er hatte offenbar Angst, dass Jock mit seinem Geschlenker einen Zusammenstoß provozieren könnte. Er fuhr rechts ran. *Urnäscher Käse* stand in grüner Schrift auf dem Gebäude vor ihm. Jock öffnete die Wagentür und stieg aus. Er ging ein paar Schritte. Die frische Luft fühlte sich angenehm an. Es roch nach Milchprodukten, was seinen Magen erstaunlicherweise nicht weiter störte.

»Ich gehe nach Zürich«, sagte er laut zu sich, während er ein paar Kieselsteine mit seinen Füßen traktierte. »Ich gehe nach Zürich.« Schon als er die Worte zum zweiten Mal artikulierte, merkte er, dass diese Idee seltsam abstrakt war. Was sollte er in Zürich machen? Er hatte kaum noch Freunde dort. Aber was hielt ihn noch hier? Ermitteln konnte er ja nicht.

Als er wieder beim Wagen war, schlug er mit beiden flachen Händen auf das Autodach. Der Schmerz in den Handballen tat gut. Sie war tot, sie war tot, sie war verdammt noch mal nicht mehr hier. Plötzlich wurde der Gedanke, diesem Abgrund durch eine Flucht nach Zürich zu entfliehen, von einer Frage verdrängt, als ob Jock ein Bild auf dem Smartphone weitergewischt hätte: Wie konnte das passieren? Wer hatte das getan? Warum, warum, warum?

»Ich werde es herausfinden«, sagte er wieder laut zu sich. Hinter ihm ging eine Familie zu ihrem Wagen. Die zwei Kinder rannten voraus und lachten, während der Vater sie mahnend darauf aufmerksam machte, dass hier Fahrzeuge jederzeit rückwärts losfahren könnten. Entschlossen stieg Jock ins Auto, startete es, und als die Familie vollzählig im Wageninneren verschwunden war, gab er Gas.

Er fuhr an der Herisauer Kuhn Champignon AG vorbei und erinnerte sich an eine Führung mit der Primarschule, an den fauligen Geruch, die Dunkelheit. Ein lautes »Bähhh« kam über seine Lippen. Und noch einmal. Da war sie. Die Entschlossenheit.

»Ich stelle den ganzen Kanton auf den Kopf, um herauszufinden, wer das gewesen ist.«

Die *Mötley Crüe Bar* in Herisau roch, wie eine Bar zu riechen hatte. Jock hatte sich manchmal gefragt, ob Rosy Diegel, die Besitzerin des kleinen Lokals, das alle nur liebevoll das »Mötli« nannten, den Boden am Morgen mit Bier bespritzte, damit er diesen Geruch nach Rock 'n' Roll verströmte.

Als Jock das Mötli betrat, stand Rosy mit in die Hüften gestemmten Armen aufmerksam wie ein Cowgirl vor dem Duell hinter dem Tresen. Sie war für eine Frau außergewöhnlich groß. Die gebürtige Hamburgerin hatte ihre Haare zu zwei langen Zöpfen geflochten und sah dabei mit ihrem grinsenden Gesicht aus wie die etwas schlankere Version von Obelix. Rechts über ihrem Kopf stand auf einem herausragenden Regalbrett ein ausgestopfter Fuchs, der neben der Motörhead-Flagge mit breit aufgemaltem Totenkopf geradezu niedlich aussah.

Aus den Lautsprechern erklang *Run to the Hills*, ein in die Jahre gekommener Klassiker von Iron Maiden. Jock bestellte einen Schnaps und schwang sich auf einen Barhocker am äußersten Rand des Tresens.

»Du solltest im Dienst nicht trinken.« Rosy stellte ihm ein Sonnwendlig-Bier hin.

Jock schaute nur kurz auf. »Schnaps. Jetzt!«

»Okay. Ich habe verstanden.«

Keine zehn Sekunden später stand ein Kurzer neben dem Sonnwendlig, wie die Appenzeller hier ihr alkoholfreies Bier getauft hatten.

»Ich habe eine neue Geschirrspülmaschine«, versuchte es Rosy.

»Gratuliere.« Jock blickte in die gläsernen Augen des Fuchses, der zu lächeln schien. Hatte er sich in die Ewigkeit gelächelt, oder hatte der Tierpräparator ihn zum Lächeln gebracht?

»Du musst nicht mit mir reden, aber könntest du dich dann vielleicht irgendwo anders hinsetzen, damit ich hier in Ruhe mein Kreuzworträtsel lösen kann?«

»Es tut mir leid, Rosy, ich … es ist … ach, sorry, ich kann grad nicht wegen … vergiss es.«

»Du bist ein Arschloch, Jock, aber ich liebe dich trotzdem. Und wenn du mich in Ruhe lässt, dann gibt's sogar *Stairway to Heaven*.«

Sie tippte auf ihrem iPad herum, und die Boxen spielten das Gitarrenintro, das für die Ewigkeit bestimmt war. So hatte es zumindest Karin beschrieben. Ein Gitarrenintro für die Ewigkeit. *Wenn ich mal sterbe, darfst du den Friedhof mit diesem Song beschallen. Aber mit richtig guten Boxen!* Er sah sie vor sich, wie sie ihr Haar leicht schüttelte, nur ganz leicht und nur für ihn. Er spürte einen Druck auf seiner Brust und im Bauch, eine Enge, die ihn wie eine eiserne Presse in den Barhocker drückte.

»Stopp!« Seine Faust hämmerte auf den Tresen, und er war selbst über die Lautstärke seines Schreis erschrocken.

Rosy machte die Musik aus und sah ihm in die Augen. »Wenn du nicht mit mir reden willst, Jock, dann ist das okay. Aber hier drin spiele immer noch ich die Mucke. Also verschwinde von hier und sauf dir deine Probleme zu Hause von der Leber. Kapische?!«

In diesem Moment schwang die Tür auf, und Silvana kam in die Bar. Das Mötli in dieser Stille zu erleben, war in etwa so, wie wenn im Petersdom *Hells Bells* gespielt würde. Sie schaute zu Rosy, die nur mit den Achseln zuckte und sich dann wieder zu ihrem Kreuzworträtsel hinunterbeugte. »Na, dann lass ich mal die Police Academy arbeiten. Heilige Scheiße.«

Silvana setzte sich zu Jock und atmete tief ein. »Kannst du mir bitte erklären, was hier läuft?«, fragte sie ruhig.

»Ich weiß nicht, wovon du redest.«

Sie schaute ihn nur an, und ihr Blick zeigte, dass sie heute in dieser Aufregung nicht bereit war, sich belügen zu lassen.

»Du musst mir etwas versprechen«, sagte Jock und kippte den Schnaps in einem Zug.

»Es geht jetzt nicht um dich.«

»Du hast mir ja noch gar nicht zugehört.«

»Ich bin extra ins Mötli gefahren, obwohl wir hier ein Tötungsdelikt mit Gewaltanwendung an der Backe haben, und dann fängst du an von wegen Versprechen und so. Kannst du mal wieder ein bisschen Musik machen?«, rief sie Rosy zu, die hinter der Bar am Boden eine Kiste ausräumte. »Von mir aus darf es auch Eros Ramazotti sein.«

»Vorher brenn ich diesen Laden nieder und ertränk mich im Bodensee«, antwortete Rosy mit versöhnlichem Lächeln.

»Jock, wir kennen uns noch nicht ewig, aber du bist nun mal nicht der Typ, der in den Wald kotzt, sobald er den Namen eines Opfers hört. Hast du Karin Äschermann gekannt?« Silvana trommelte mit beiden Zeigefingern auf das Leder des Hockers.

»Kann ich dir vertrauen?«, fragte Jock flüsternd.

Da waren nur die dunklen ausdrucksstarken Augen von

Silvana, die ihn aufmerksam und ohne Vorwurf anschauten. »Ich brauch dich für diesen Fall. Ich bin gerade mal dreißig geworden. Deine Erfahrung mit Tötungsdelikten in Zürich ist jetzt wichtig. Was war da los am Rossfall?«

»Wir hatten eine Affäre.«

»Okay.«

»Ist das alles, was du dazu zu sagen hast?«, fragte Jock.

Silvana bearbeitete mit der Hand ihre Stirn. Es sah aus, als wollte sie einen klugen Gedanken rauskneten. »Ich nehme mal an, ihr Mann wusste nichts davon?«

»Korrekt.« Jock stellte das Schnapsglas kopfüber auf den Tisch und blickte hinein, als ob er darin die Antwort auf die Fragen finden könnte, die ihm durch den Kopf schwirrten.

»Und wie lange ging das schon?«

»Etwa drei Monate.«

Silvana atmete hörbar aus. »Hast du dich verliebt?«

»Was fragst du mich das? Es ist einfach krass, dass sie jetzt plötzlich tot sein soll.«

»Du gehst jetzt erst mal nach Hause und erholst dich. Wir müssen das der Staatsanwaltschaft mitteilen«, sagte Silvana und schloss ihr Trommelsolo auf dem Barhocker mit einem kleinen Wirbel.

Jock nahm das Schnapsglas in die Hand, knetete es in den Fingern. Dann blickte er entschlossen zu seiner Kollegin.

»Silvana, ich möchte diesen Fall übernehmen.«

»Das geht nicht, mein Lieber, du könntest befangener nicht sein. Der neue Staatsanwalt reißt mir den Kopf ab, wenn er erfährt, dass du eine Affäre mit dem Opfer hattest.«

»Nenn sie nicht Opfer.«

Während Jock seine Bierflasche anstarrte, beugte sich Silvana leicht in die Knie und stieß Luft aus ihren Backen. Er kannte Silvana seit einem halben Jahr. Er mochte ihre direkte und manchmal ein wenig hektische Art.

»Sollberger nimmt wohl kaum Rücksicht darauf, ob wir sie jetzt Opfer oder Karin nennen. Er wird dich vom Fall abziehen.«

»Beat Sollberger, der Sohn vom Tabakwirt?«, fragte Jock und schaute auf.

»Ja, wieso, kennst du ihn?«

»Wir haben ihn früher immer Back genannt, weil sein Vater Backwaren verkauft hat. Der war immer unfassbar ehrgeizig, ein Riesenstreber. *Der* ist jetzt Staatsanwalt?«, fragte Jock.

»Ist er«, sagte Silvana und nickte vielsagend. »War lange in Freiburg und ist jetzt wieder in Herisau. Er ist immer noch ehrgeizig, und sein nächstes Ziel soll die Leitung der Staatsanwaltschaft in St. Gallen sein.«

Jock streckte sein Glas über die Bar nach vorn, und Rosy füllte es grinsend mit billigem Ballantines auf.

»Dann muss ich mir wohl hier den Kummer wegsaufen, zu tun habe ich ja nichts mehr«, sagte Jock zu Silvana, die den Kopf nach hinten fallen und sich kurz mit Nirvanas *Come As You Are* treiben ließ. Dann schaute sie auf.

»Unter einer Bedingung.«

»Und die wäre?«, fragte Jock.

»Ich leite die Ermittlungen und ...«

»Das geht doch nicht ...«

»Jetzt warte doch. Offiziell bist du der Teamleiter. Das ist aber nur die Geschichte, die wir erzählen, damit du nicht auffliegst. Für uns ist es mein Fall, es gelten meine Regeln. Wenn du Scheiße baust, bist du raus, verstanden?« Silvana fixierte ihn. »Und noch was: Du verschweigst mir nichts, was du über Karin weißt, verstanden?«

»... *and I swear that I don't have a gun, don't have a gun ...*«, sang Jock mit Nirvana, hob sein Schnapsglas und leerte es erneut in einem Zug.

4

Warum ist das Haus plötzlich so riesig?, dachte Jock, als sie den Wagen vor der Doppelgarage parkten und die Treppen, die von wucherndem Gestrüpp gesäumt waren, hinaufgingen. An der Haustür hing ein etwas vergilbtes geflochtenes Herz, auf dem *Herzlich willkommen* stand. Ein dünner, hochgewachsener Mann in einem blauen, ausgewaschenen T-Shirt öffnete.

»Herr Äschermann?«, fragte Silvana mit klarer Stimme.

Der Mann schaute die beiden feindselig an. »Ja, das bin ich, darf ich fragen, was Sie hier wollen?«

»Bitte, entschuldigen Sie die Störung, wir sind von der Kantonspolizei Appenzell Ausserrhoden. Dürfen wir reinkommen?«

Thomas Äschermann blickte an Silvana und Jock vorbei, als ob er nach weiteren Beamten Ausschau halten würde.

»Ja, klar. Kommen Sie rein.«

Als Erstes nahm Jock den Geruch nach leicht fauligen Pantoffeln wahr. Das war nicht weiter erstaunlich, lagen doch in diesem großen Vorraum etwa zwölf Paar Schuhe herum. Was ihn eher erstaunte, war die Tatsache, dass er dies bei seinem letzten Besuch gar nicht gemerkt hatte. Er erinnerte sich nur noch an den Geruch ihres Halses. Diesen Geruch nach frischen Blumen, diesen Geruch nach Leben.

Er stolperte Silvana und Äschermann hinterher, die sich wie zwei Geister die Treppe hochbewegten. Oben angekommen, öffnete sich ein großer Raum, der an einer Seite bis zum Dachstock offen war und von dicken braunen Holzbalken getragen wurde. Silvana und Äschermann setzten sich an einen massiven Holztisch. Jock kannte diese Zimmer, er wusste, wie man sich in ihnen bewegte. Er hatte hier ein Wochenende mit Karin verbracht, als der Ehemann und die Kinder bei Verwandten in Luzern waren. Ihn erfasste eine Panik, man könnte ihm anmerken, dass er sich auskannte, wusste, wo welche Gegenstände und Möbel standen. War das nicht am Blick zu erkennen? Oder zumindest an seinem kalten Schweiß, der ihm auf die Stirn trat? Vorsichtig setzte er sich dazu. Silvana schaute ihn streng an, versuchte ansonsten aber, sich nichts anmerken zu lassen.

Wie durch einen Nebel erfasste Jock den Dialog zwischen den beiden.

»… wurde am Rossfall tot aufgefunden … aufgrund der ersten Ermittlungen … dass Ihre Frau unter Einwirkung äußerer Gewalt …«

Sie hatte tatsächlich »unter Einwirkung äußerer Gewalt« gesagt, dachte Jock noch.

Ihm war unfassbar schlecht. Er versuchte, seine Stimme mit größter Anstrengung fest klingen zu lassen.

»Dürfte ich vielleicht Ihre Toilette benutzen?«

Äschermann schien ihn gar nicht zu beachten, so sehr war er von der Nachricht über den Tod seiner Frau geschockt. Schließlich brachte er ein leises »Ja, dahinten links« heraus.

Jock kannte den Weg. Langsam erhob er sich, versuchte seinen Gang zum Bad so normal wie nur möglich aussehen zu lassen. Es fühlte sich an, als ob sein Magen sich einmal um die eigene Achse drehen würde. Er konnte gerade noch die Tür schließen, dann erbrach er sich in einem Schwall in die Toilettenschüssel. Es hatte nicht ganz gereicht. Reste seines Müslis, das dank der Himbeeren eine rosa Farbe bekommen hatte, pappten jetzt auf dem cremefarbenen Boden. Jock atmete stoßweise und versuchte, sich zu konzentrieren. Er nahm ein Handtuch von der Stange, machte es nass und schrubbte wie wild den Boden. Verzweifelt wusch er es aus und drückte die Essensreste in den Abfluss. Sein Hals fühlte sich an, als ob er Schleifpapier verschluckt hätte. Dann nahm er einen Schluck Wasser und spuckte es zurück ins Waschbecken.

Neben der Wanne lag ein flauschiger Badteppich. Er legte sich darauf. Die feinen Pusteln drückten sich sanft in seinen Rücken. Hier wollte er bleiben. Bevor er sich diesem Gefühl ergab, stand er auf, schaute in den Spiegel und versuchte einen möglichst normalen Gesichtsausdruck aufzusetzen. Es gelang ihm nicht. Dann trat er wieder hinaus in den Gang.

Als er zurückkam, entschuldigte er sich kleinlaut und setzte sich dazu, einen säuerlichen Geschmack im Mund. Er versuchte, nach außen eine gewisse Gelassenheit auszustrahlen, und konzentrierte sich auf die Struktur des Holztisches. War der schon immer so rau gewesen? Als er das letzte Mal hier gesessen hatte, stand ein Rührei vor ihm, und dort, wo jetzt Silvana saß, hatte Karin gesessen und ihn in einem hellgrünen Kleid mit weißen Punkten etwas nachdenklich angeschaut. Wie konnte es sein, dass sie jetzt nicht mehr da war? Die Zeit mit ihr erschien ihm wie eine Serie, die ihn zwar emotional mitgenommen, von der er aber bereits wieder viele Details vergessen hatte.

Thomas Äschermann saß kreidebleich und trotzdem gefasst am Tisch und beantwortete die Fragen von Silvana, als müsste er eine mündliche Prüfung ablegen.

»... ich habe sie gestern um etwa 14 Uhr das letzte Mal gesehen.«

»Wie ging es ihr zu dem Zeitpunkt?«

»Gut, wieso?«

Äschermann schien bei dieser Antwort nicht wohl zu sein. Jock beobachtete ihn, und er merkte langsam, dass sein Instinkt als Polizist wieder einsetzte. *Was verschweigt er? Was will er nicht sagen?*

»Hatte sie in letzter Zeit Probleme mit irgendwelchen Menschen in ihrem Umfeld?«, fragte Silvana.

Äschermann schaute aus dem Fenster. Draußen strahlten die Appenzeller Berge im hellen Sonnenlicht. Er schien zu überlegen, faltete die Hände, beugte sich leicht vor. »Nein.«

Jock atmete schwer, spannte seinen Rücken. Er wollte eben den Mund öffnen, als Silvana weiterfragte.

»Sie werden hier erst als Zeuge befragt, Sie müssen also auf diese Frage nicht antworten. Trotzdem: Wo waren Sie gestern Abend?«

»Ich war hier. Im Haus, ich habe vermutlich etwas aufgeräumt«, ergänzte er, als ob es wichtig wäre, das zu erwähnen.

»Wo waren Ihre Kinder?« Silvana klopfte mit ihrem Kugelschreiber ungeduldig auf das Papier ihres Notizbuchs.

»Die haben bei Freunden übernachtet und sind dann von dort direkt in die Schule.« Am Tonfall, wie er das sagte, konnte man hören, dass ihn der Gedanke an die Heimkehr seiner Kinder erschreckte.

Jock räusperte sich. »Falls Sie das wünschen, können wir Ihnen anbieten, eine Notfallpsychologin aus St. Gallen hinzuzuziehen. Sie kann in etwa dreißig Minuten hier sein.«

Äschermann verschränkte die Arme. »Nein, das ist nicht nötig. Ich möchte das selbst übernehmen.«

»Was machen Sie beruflich? Hausmann?«, fragte Silvana.

»Nein, ich bin selbstständiger Naturheilpraktiker. Montags ist meine Praxis geschlossen.«

Silvanas Fingerkuppen tanzten auf ihrer Oberlippe. »Haben Sie Ihre Frau nicht vermisst? Kam es Ihnen nicht komisch vor, dass sie nicht nach Hause gekommen ist?«

»Sie machte halt ihr Ding. Es war nicht ungewöhnlich, dass sie mal nachts wegblieb.«

Jock wippte unruhig auf seinem Stuhl vor und zurück.

»Was war denn ihr Ding?«, fragte Silvana.

Äschermann schien zu überlegen, dann stand er ganz plötzlich auf. Jock versuchte, sich nichts anmerken zu lassen. Da war wieder dieser Druck im Bauch. Er rechnete in jedem Moment mit einem Angriff. Alles würde jetzt auffliegen. Er war seinen Job los und womöglich noch verdächtig als eifersüchtiger Liebhaber. Doch Äschermann ging an ihm vorbei und öffnete die Tür zum oberen Stock.

»Hier lang, bitte«, sagte er und zeigte mit der flachen Hand in den Gang, der zu einer Treppe führte.

Jock atmete so ruhig, wie er das in seinem jetzigen Zustand konnte, und ging dann an Äschermann vorbei nach oben. Wieder hatte er das Gefühl, dass jeder Schritt ihn verraten könnte. Das letzte Mal, als er hier oben war, hatte ihn die Leidenschaft im Griff. Jetzt war es ein spezieller Mix aus Trauer, Angst und Hilflosigkeit. Als sie den obersten Stock erreichten, erinnerte er sich daran, dass sie ihm den Raum gegenüber dem Gästezimmer nicht gezeigt hatte. Das hatte ihn nicht weiter verwundert, schließlich wollte er nicht zu sehr in ihre Privatsphäre eindringen. Jetzt ging Äschermann mit ernstem Blick auf diese Tür zu und öffnete sie. Der Raum war nicht groß. An den Wänden standen drei Büchergestelle, die so vollgestopft waren, dass die meisten Bücher quer aufeinander- oder in mehreren Reihen hintereinanderlagen. Jock erkannte verschiedenste Bände über Appenzeller Brauchtum, den Alpstein und Pflanzenkunde, daneben viele Romane, von Toni Morrison bis Georges Simenon. Äschermann führte seine Besucher zum Tisch am Fenster, der auf den ersten Blick wie eine kleine Modelleisenbahnanlage aussah. Es war tatsächlich ein dreidimensionales Modell einer Landschaft. Silvana schaute ehrfürchtig darauf.

»Wow!«

Ihr Gesichtsausdruck zeigte Jock, dass sie es selbst etwas unpassend gefunden hatte. Dann betrachtete sie das Modell noch einmal genauer.

»Täusche ich mich, oder ist das der Rossfall?«

Äschermann nickte.

Man erkannte die Schwägalpstrasse, den Wald und das rote Gebäude mit dem Schriftzug *Restaurant Rossfall*. Jock schluckte. An diesem idyllisch anmutenden Ort war die Tat geschehen. Er schwitzte, und es hätte ihn nicht erstaunt, wenn er die Miniaturversion einer Leiche in diesem Modell entdeckt hätte, einer Leiche mit dem leicht verdrehten Arm, der unter einem Tuch hervorgeschaut hatte. Der Arm jener Frau, die ihn geweckt hatte, die in ihm die leise Hoffnung auf eine Zukunft genährt hatte. Er konnte kaum hinsehen.

Silvanas Frage riss ihn aus seiner Erstarrung.

»Warum zeigen Sie uns das, Herr Äschermann?«

»Sie haben mich gefragt, was meine Frau beschäftigt hat. Hier haben Sie es.«

»Ich verstehe nicht ganz«, sagte Silvana mit fragendem Blick. »Was ich hier sehe, ist ein Modell vom Restaurant Rossfall. Nur, warum zeigen Sie uns das?«

»Dieses Modell hat Karin vor etwa zwei Jahren im Brockenhaus in Urnäsch gefunden. Es war schon etwas kaputt, hatte kaum Bäume, und das Dach war an verschiedenen Stellen eingedrückt. Seit sie es dort zwischen diesen Kommoden und Puppen gesehen hat, ließ sie dieser Gedanken nicht mehr los.«

»Welcher Gedanke?«, fragte Silvana.

»Den Rossfall in eine Kulturbeiz zu verwandeln.« Äschermann schluckte.

»Und wie wollte sie das finanzieren?«, fragte Jock und fuhr sich durch die Haare, die bereits wieder in alle Richtungen standen.

Äschermann biss sich auf die Unterlippe. »Sie hoffte wohl auf einen Kredit. Oder irgendwelche Kulturgelder. Ehrlich gesagt, habe ich keine Ahnung. Für sie kam nur der Rossfall infrage.«

»Gab es denn Konkurrenz?«, fragte Silvana.

Äschermann nickte. »Ivo Mitrovic wollte eine Art Wellness-Tempel aus dem Gebäude machen.« Sein Gesicht zeigte, dass ihm diese Vorstellung zuwider war.

»Wer ist dieser Ivo Mitrovic?«, fragte Jock und versuchte dabei, seine Stimme möglichst normal klingen zu lassen.

»Er betreibt in St. Gallen den *Mio Spa* gleich beim Mühleggbähnli«, erklärte Äschermann. »Es gab einigen Aufruhr, weil sein Spa zum Teil in den Felsen gebaut ist.«

»Und das hat die Stadt erlaubt?«

»Es gab Gerüchte über Bestechungsgelder, aber das konnte man nie wirklich beweisen.«

Silvana beugte sich vor und schaute Äschermann ins Gesicht. »Sie scheinen Ivo Mitrovic nicht sonderlich zu mögen?«

Äschermann schwieg zunächst.

»Hatten Sie oder Ihre Frau Kontakt zu Ivo Mitrovic?«

Jock beobachtete seine Reaktion genau. Die Frage war ihm unangenehm. Sein Blick wurde hart.

»Mitrovic ist ein eingebildetes Arschloch.«

»Sah Ihre Frau das auch so?«, fragte Silvana.

»Das weiß ich nicht so genau. Sie konnte ganz schön blauäugig sein«, sagte er und verschränkte die Arme.

»Darf ich Sie etwas Persönliches fragen, Herr Äschermann? Sie können immer noch die Aussage verweigern, das muss Ihnen bewusst sein. War Ihre Ehe glücklich?«

Jock schaute seine Kollegin von der Seite an. Einerseits fand er es völlig übertrieben, dass sie es wagte, so persönliche Fragen zu stellen, andererseits war da auch ein diffuses Gefühl der Bewunderung für diesen gewagten Vorstoß bei einer Zeugenbefragung. Und zugleich eine Angst vor der Antwort, die hier kommen mochte. Schließlich war er die Person, die diese Ehe massiv gestört, vielleicht sogar zerstört hatte.

»Ich möchte dazu nichts sagen«, antwortete Äschermann knapp und stützte sich dabei so unbeholfen am Büchergestell ab, dass Jock den Reflex unterdrücken musste, ihm beschwichtigend auf die Schulter zu klopfen, so wie man es in solchen Situationen unter Kumpeln machte. Äschermann war aber nicht sein Kumpel.

»Ich glaube, wir sollten Ihnen jetzt etwas Raum lassen«, sagte er stattdessen. »Es ist für Sie sehr schwer, was hier … äh, vorgefallen ist. Sie müssen verstehen, dass wir herausfinden möchten, wie das passieren konnte.«

Äschermann hob seinen Kopf. »Ja. Ich glaube, Sie müssen jetzt gehen. Meine Kinder kommen bald nach Hause, und ich muss mich darauf einstellen, ihnen das zu sagen.«

»Selbstverständlich, Herr Äschermann«, murmelte Jock, und mit einem Nicken verabschiedeten sie sich.

Die Luft war trotz der Sonnenstrahlen kühl, als die beiden die steinerne Treppe hinuntergingen.

»Nachdem du gekotzt hast, warst du wieder fast der Alte«, sagte Silvana grinsend zu Jock.

»Wie kommst du auf die Idee, dass ich gekotzt haben sollte?«

»Ich bin Polizistin. Allerdings hätte das auch unser Dorfmetzger bemerkt, du warst so bleich wie ein Tank in der Appenzeller Schaukäserei. Ich glaub jedoch, Äschermann war zu sehr mit sich selbst beschäftigt.«

Jock war froh, wieder draußen zu sein, und ging ein paar Schritte vor Silvana. Als sie unten vor den Garagentoren angekommen waren, drückte Silvana ihre Arme gegen die Wand und dehnte ihre Waden.

»Hast du das gewusst mit dem Rossfall?«, fragte sie in etwas gepresstem Tonfall.

Jock zögerte.

Silvana löste sich von der Wand, kam auf Jock zu und packte ihn an beiden Schultern.

»Es ist mir grad scheißegal, wie es dir damit geht. Du hast jederzeit die Möglichkeit, aufzuhören. Wenn du hier mit im Boot bist, musst du mir wirklich alles erzählen, was du weißt.«

Jock schaute sie mehr interessiert als empört an. »Klar, ich versuch's ja. Du musst dich auch nicht um mich kümmern, das krieg ich schon selbst hin.«

»Also?«

»Ja, ich habe das, na ja, so halb gewusst. Karin hatte schon immer ein Flair für die Gastronomie. Sie ist ja in einer Beiz groß geworden. Sie hat mir von ihrem Lebenstraum eines Ortes für Kultur und Gastronomie erzählt, aber ich wusste nicht, dass sie den Rossfall wollte.«

»Ein Lebenstraum, sagst du?«

Ohne Vorwarnung legte sie sich flach auf den Boden und begann mit Liegestützen, während sie laut mitzählte.

Jock schaute sich etwas irritiert um. Er war froh, dass die großen Garagentore den Blick zum Haus verstellten und der trauernde Thomas Äschermann nicht auch noch Zeuge von Silvanas Sportprogramm wurde.

»Wie schätzt du denn Äschermanns Beziehung zu Mitrovic ein?«, fragte er. »Ich fand, er hat sehr aggressiv gewirkt, als er von ihm erzählt hat.«

»Könnte es nicht sein … zwölf … dass er seine Frau im

Verdacht hatte, eine Affäre mit … dreizehn … Ivo Mitrovic zu haben?«

»Aber wieso Mitrovic? Das war ihr Konkurrent auf den Zuschlag zum Rossfall. Das macht doch keinen Sinn.« Silvana sprang mit einem lauten Atemstoß auf. »Außerdem macht es keinen Sinn, dass der Polizist, der dich gerade befragt, eine Affäre mit deiner verstorbenen Frau hatte.«

Jock stockte kurz der Atem. Erst wollte er Silvana anschnauzen, dann fragte er sich, ob das eben Gesagte jetzt völlig daneben oder gar sehr aufschlussreich war.

»Der Verdacht, dass die Frau fremdgeht, ist doch kein Mordmotiv. Da bräuchte es mehr«, sagte Jock und öffnete die Türe zu seinem Wagen.

Silvana ließ sich auf den Beifahrersitz fallen und legte die Hände zusammen wie zum Gebet. »Der Mensch ist ein irrationales Wesen. Vielleicht geschah die Tat im Affekt. Hinter dem dünnen Mannli verbirgt sich möglicherweise ein Choleriker, der ausgerastet ist.«

Jock zuckte nur mit den Schultern und fuhr los.

Es war bereits eine Weile still im Wagen, als sie in Waldstatt am Bahnübergang auf die Durchfahrt der Appenzeller Bahn warteten.

»Was hast du eigentlich gemacht, bevor du zur Polizei gekommen bist?«

»Ich war Elektriker«, antwortete Jock.

»Warum?«

»Weil man Strom immer brauchen kann.«

»Du wusstest nicht, was machen, und hast einfach mal eine Lehre begonnen?«

»Genau so war es. Und du?«

»KV.«

»Bin nicht ich hier der mit den knappen Antworten?«

Silvana lachte. Sie war froh, dass Jock den Humor nicht verloren hatte. »Ich wollte schon immer Polizistin werden. Meine Eltern fanden, das sei kein Job für eine Frau. Mir war aber immer klar, dass ich nach der kaufmännischen Lehre auf die Polizeischule gehe.«

»Ja, das kenn ich. Meine Mutter und mein Vater hassen Polizisten.«

»Und warum bist du einer geworden?«

»Ganz ehrlich: Mir war langweilig. Ich fand das Leben irgendwie öde.«

»Und dann Langstrasse?«

Jock nickte nur, während vor ihm die roten Waggons der Appenzeller Bahnen den Übergang passierten.

»Ich habe dich das schon mal gefragt, und du hast mir keine Antwort gegeben. Warum bist du nach Herisau zurückgekommen?«

»Ich bin ein Hochstapler. Ihr habt mir den Job gegeben, weil ich so viele Jahre Erfahrung auf der Straße habe. Vermutlich braucht ihr in der verschlafenen Ostschweiz etwas *street credibility*«, sagte Jock und lachte trocken.

»Du merkst schon, dass du immer ausweichst, wenn man dich das fragt?«

»Kann sein, ja.«

»Ich hab verstanden, du willst nicht darüber reden. Ruh dich jetzt erst mal aus, und morgen bestellen wir Mitrovic ins Präsidium. Wir hören uns mal an, was er mit Karin zu tun hatte, einverstanden?«

»Einverstanden.«

Die restliche Fahrt über sprachen sie nicht mehr miteinander. Jocks Gedanken kreisten um die letzten Stunden von Karin. Was hatte sie gemacht, was hatte sie gedacht? Mit wem war sie zusammen gewesen, wer hatte ihr was gesagt? Und vor allem: Wer hatte ihr das angetan? Statistisch gesehen war der Ehemann in solchen Fällen sehr oft der Täter. Vielleicht waren ihm die Sicherungen durchgebrannt, und jetzt versuchte er zu vertuschen, was passiert war? Und was war mit Mitrovic? Was für eine Rolle spielte er?

Jock setzte Silvana vor dem Präsidium in Herisau ab. Bevor sie ausstieg, schaute sie ihm in die Augen und seufzte tief.

»Ich hab kein gutes Gefühl dabei, Jock. Du solltest Urlaub nehmen und die Sache uns überlassen. Versprichst du mir, dass du keine Scheiße baust?«

»Ja, ja. Ich geb mir Mühe«, brummte Jock und gab Gas.

Als er zehn Minuten später in Richtung Autobahn St. Gallen einbog, anstatt nach Hause zu fahren, legte sich das schlechte Gewissen wie ein Bleimantel über seinen ganzen Körper. Stärker aber noch war sein Bedürfnis herauszufinden, wer dieser Mitrovic war und was er mit Karin zu tun hatte.

5

Hundwil 30. 4. 1989
Tag der Landsgemeinde

K einer sagte ein Wort. Als ob sie meditierten. Die Augenbrauen buschig, die Wirbelsäulen krumm und die
dunklen Augen in den grobkörnigen Gesichtern aufmerksam in die Ferne blickend. Nachlässig wie Regenschirme
hielten sie ihre Säbel in der linken Hand. Es wirkte fast so,
als ob sie der Zukunft einer Landsgemeinde mit Frauen direkt entgegentreten wollten. Da war dieser Stolz, der sich
in jeder Hautfalte des kantigen Appenzeller Gesichts zeigte,
diese Hingabe an das Recht im Kanton mitzubestimmen,
dieses Vertrauen auf die demokratische Urform der Landsgemeinde. Jedenfalls für Männer.

Karin hatte die zwei Plastiksäcke mit geschälten Kartoffeln
vor sich auf den Boden gestellt und blickte auf die Gruppe.
Wenn es zu viele alte Chnuschtis hier hatte, dann würden
sie keine Chance haben. Es kamen längst nicht alle Bauern zur Landsgemeinde, aber vielleicht würde heute dieser
Trotz einen Schub auslösen. Geschlossen im Ring gegen
das Frauenstimmrecht. Es gab Gerüchte, dass die Gegner
Widerstand mobilisiert hätten und viele, die sonst nie an der
Landsgemeinde teilnahmen, heute den Weg nach Hundwil
angetreten hatten. Die Rache der Tradition an der Moderne.
Sie kannte die Argumente nur zu gut. »Wir haben eigentlich nichts dagegen, aber ...«, »Wir wollen die Tradition

bewahren ...« und »Jetzt nehmt uns doch nicht auch noch das weg ...«. Vatertag nannte Karins Mutter den kantonalen Abstimmungssonntag im April immer wieder scherzhaft. Diesen Vatertag sahen sie durch die Beteiligung der Frauen gefährdet. Ein Leserbriefschreiber hatte es so formuliert: *Denn der Stolz auf etwas Einzigartiges, die Treue zur Tradition gehören zur Mentalität des so schwer zu verstehenden Volkes am Fuß des Alpsteins.* Ein anderer schrieb davon, dass der Verstand zwar Ja sage, das Herz hingegen Nein.

»Hey, ich brauch die Härdöpfel.«

Die gehetzte Stimme ihrer Mutter, die mit roten Backen oben aus dem Fenster lehnte, holte sie aus ihren Gedanken, und mit einem Ruck nahm sie Schwung auf, wuchtete die Säcke die Treppe hoch und brachte sie ins Restaurant.

Die Luft drinnen war stickig. Die Männergruppen redeten durcheinander, und der Rauch ihrer Zigaretten, Zigarren oder Lindauerlis schwebte über den Tischen. Und alle wollten Bier. Die einen, weil sie das gewohnt waren, und die anderen, weil sie nervös sein mochten. Sie spürten, dass heute im Appenzellerland nicht die Welt neu erschaffen werden sollte, aber die Zeit doch reif für einen Wechsel der Gewohnheiten war.

Als Karin die Säcke in die Küche brachte, stand dort ihr Vater und setzte Wasser auf.

»Hol mir drüben beim Oertle noch dreißig Püürli«, bellte er mit rauer Stimme.

Karin schaute auf ihre Uhr. Das traf sich gut. »Alles klar, Papi.«

Auf dem Landsgemeindeplatz war schon einiges los. Die Metzgerei Ammann hatte einen großen Grill vor den Laden gestellt. Es roch nach Holzkohle und verbranntem Fleisch. Ein Dutzend Bratwürste brutzelten vor sich hin.

Neben dem Stuhl standen die Musikanten in ihren blauen Uniformen bereit und warteten etwas verloren auf weitere Anweisungen von ihrem Dirigenten, der mit einer Gruppe schwarz gekleideter Männer diskutierte. Karin erkannte Pädi Landshauser und neben ihm seinen Kumpel Beat Sollberger, den alle nur Back nannten und der seiner Trompete ein paar Töne entlockte. Ihr Vater hatte ihr davon erzählt, dass die beiden Hundwiler heute beim Musikverein Lutzenberg aushelfen sollten.

Touristen waren an den suchenden Blicken und Fotoapparaten an den Hüften erkennbar. Das Fernsehen DRS hatte seine klobigen Übertragungswagen an der Straße zur Hundwilerhöchi geparkt.

Karin schlenderte, äußerlich gelassen, in Richtung Kirche, wo eine Treppe zum Hauptportal führte. Dort saß eine junge Frau mit weiten violetten Hosen, einem grauen T-Shirt und einem schwarzen, etwas ausgebeulten Hut. Auf dem Rücken trug sie einen Militärrucksack, der an den Nähten ausfranste. Als sie Karin sah, sprang sie auf, und die beiden umarmten sich.

»Hast du sie dabei, Tati?«, fragte Karin.

»Aber klar doch. Bomben Müller Romanshorn.« Tatjana Schott lachte verschmitzt.

»Zeig mal.«

»Nicht hier, besser hinten.«

Karin nickte, und sie gingen neben dem Restaurant zwischen zwei Häusern hindurch, in denen sich viele Schaulustige an den offenen Fenstern für das Ereignis bereit gemacht hatten.

Am Zaun lehnten vier Jungs, die kaum älter als zwölf waren. Sie rauchten Zigaretten und wirkten nicht etwa ertappt, als Tatjana und Karin näher kamen, sondern schauten ihnen keck in die Augen.

»Du bist die Tochter vom Kreuz-Wirt, gell?«, sagte der Kleinste, der mit seinen braunen Hosen, dem Edelweiß-Hemd und den leuchtend blauen Augen wie eine wandelnde Touristenattraktion aussah.

»Ja, die bin ich«, antwortete Karin.

»Und wer ist die violette Vogelscheuche da?«, meldete sich ein Schlacks, der mit etwas Flaum an der Oberlippe zu experimentieren schien.

»Es ist mir eine Ehre«, sagte Tatjana und hob theatralisch ihren Hut vom Kopf.

Der Schlacks ignorierte die Geste.

»Solltest du nicht am Arbeiten sein? Ihr habt doch sicher zu tun«, sagte der Kleine zu Karin und blies dabei grinsend Rauch aus seinen beiden Nasenlöchern.

»Du solltest vor allem nicht rauchen, du Knirps.«

»Du hast mir gar nichts zu sagen.«

»Ich glaube«, Karin machte eine Pause, »die Bauernsöhne hier sollten vielleicht mal geduscht werden.« Damit zeigte sie zum Restaurant Kreuz und nickte Tatjana zu.

Die beiden rannten zwischen den Häusern zum Eingang. Neben der Tür war ein aufgerollter Wasserschlauch mit einer Eisenvorrichtung an der Wand befestigt. Ohne Hektik zog Karin den Schlauch durch den schmalen Durchgang, während Tatjana neben dem Hahn bereitstand.

Mit der Spritzvorrichtung in ihrer Rechten blieb Karin vor den vier Buben stehen und hielt wie eine Westernheldin mit Colt die Schlauchspitze in Richtung der Jungs. Langsam nahm sie zwei Finger in den Mund. Holte tief Luft.

Mit einer Mischung aus Ungläubigkeit und unverstelltem Hass blickten die Jungs zu Karin.

Aufmerksam schaute sie alle vier noch einmal an, so als ob sie sich die Gesichter einprägen wollte.

»Und jetzt geht nach Hause. Hier gibt's nichts mehr zu rauchen.«

Nachdem sie den Schlauch lachend wieder aufgerollt hatten, suchten sich Karin und Tatjana hinter dem Restaurant einen ruhigen Platz.

»Zeig jetzt mal«, sagte Karin und fuchtelte dabei mit ihren Händen.

Tatjana öffnete ihren Rucksack und zog daraus zwei rote Päckchen hervor. Auf der Vorderseite war ein kleines Mädchen mit einem gelben Rock abgebildet. In großen Lettern stand *Boo Peep* und *Made in China* drauf.

»Was sind denn das für feministische Chinaböller?«, fragte Karin.

Tatjana stieß ein kehliges Lachen aus. »Simone de Beauvoir wäre stolz auf uns.«

»Boo Peep? Klingt eher nach einer Peepshow.«

»Wenn sie es ablehnen, werden wir richtig Lärm machen.«

»Claudine, Bruno und Michi sind auch dabei. Wichtig ist einfach, dass wir uns gut verteilen«, sagte Karin und deutete mit den Händen in zwei verschiedene Richtungen. »Tati?«

»Ja?«

Karin verschränkte die Arme und biss sich auf die Lippen. »Manchmal hoffe ich, dass sie es niederschmettern.«

»Sag mal, spinnst du? Du kannst doch nicht ernsthaft wollen, dass die das Frauenstimmrecht ablehnen«, sagte Tatjana und schüttelte den Kopf.

»Es würde diese konservativen Dickschädel vor der ganzen Schweiz bloßstellen. Und wir könnten ordentlich Krach machen.«

Tatjana überlegte einen Moment. »Ich wäre ehrlich gesagt beruhigt, wenn es mal vorbei wäre. In zwei Jahren könnten wir schon abstimmen gehen, das wär doch schön.«

»Wir könnten heute Nacht den Stuhl anzünden?«

Tatjana schaute Karin entgeistert an. »Du spinnst. Den Stuhl? Anzünden?!«

Karin schüttelte ihre Zündholzschachtel mit einem breiten Grinsen im Gesicht. »Mein Vater hat jede Menge Benzin im Schuppen. Das gäbe ein ordentliches Feuerwerk.«

6

Das Haus mit dem dezenten Schriftzug *Mio Spa* schmiegte sich an den Felsen der Mühlegg, diesen kantigen Klotz, an dem die Steinach den Berg von St. Georgen hinuntersprudelte. Das feine Rauschen gab der Szenerie einen eigenen Klang.

Jock blickte am Gebäude hoch. Die gelbliche Fassade war sauber und strahlte eine aristokratische Frische aus. Was machte er hier? Noch während er darüber nachdachte, hatte er bereits den goldenen Knopf am Eingang gedrückt. Nach wenigen Sekunden erklang ein Summton, die Tür öffnete sich, und Jock trat in einen schmalen Gang, der zu einer Treppe führte. Es roch nach Patschuli. Er kannte diesen Geruch gut. Dieses Kraut hatte seine Mutter ständig in Form von Räucherstäbchen verbrannt, als er, während seiner Lehre zum Elektriker, noch bei ihr gewohnt hatte. Dieser intensive Duft hatte oft Anlass zu Konflikten gegeben. Immer wenn diese Dinger brannten, war seine Mutter auf der Suche nach der inneren Ruhe. »Du solltest auch ein wenig in dich hineinspüren«, sagte sie dann zu ihm. Der sechzehnjährige Jock spürte zwar viel und diffus, er hatte jedoch keine Ahnung, was dieses »in sich hineinspüren« sein könnte. Innere Ruhe zu erlangen, war schon gar nicht sein Ziel. Wenn Jock an diese Zeit zurückdachte, dann erinnerte er sich auch an alte Charlie-Chaplin-Filme oder den Klassiker *This is Spinal Tab*, ein schräger Musikfilm, den sie oft zusammen geschaut hatten.

Der Patschuli-Geruch hier im *Mio Spa* war anders, er kam

aufgeräumter, professioneller daher. Der Empfangsraum, in den er oben an der Treppe trat, war sorgfältig gestaltet und erinnerte Jock an das Bilderbuch *Aladin und die Wunderlampe*.

Am Empfang saß eine Frau, die ihn hinter ihrer randlosen Brille freundlich anlächelte. Jock versuchte zurückzulächeln. Es musste gequält aussehen.

»Sie sehen aus, als könnten Sie eine Massage gebrauchen. Haben Sie reserviert?«, fragte die Frau und faltete dabei die Hände.

Wie recht sie hatte. Sein Rücken fühlte sich an wie ein hartes, unförmiges Brett. Reflexartig hob er die Schultern und streckte sich leicht durch.

»Ja, das könnte gut sein. Ich möchte zu Herrn Mitrovic. Mein Name ist Kobel, Jock Kobel.«

Sie lächelte ihn freundlich an und goss aus einer mit Goldrändchen verzierten Kanne Tee in eine Tasse. »Nehmen Sie doch erst mal einen Schluck. Das Wichtigste hier ist, dass Sie sich entspannen können.«

»Ich wollte eigentlich …«, stammelte Jock und versuchte verzweifelt, einen möglichst formalen Grund für seinen Besuch zu ersinnen. Doch als er den dampfenden Tee betrachtete, dessen Duft angenehm in seine Nase stieg, stockte er und ergriff die Tasse mit beiden Händen. Die Frau lächelte.

»Ich schau mal, was ich machen kann.« Sie klickte ein paarmal mit der Maus und tippte mit schnellen Fingern auf ihre Tastatur. Dann erhob sie ihre offensichtlich gut gepflegte Hand.

»Gehen Sie doch gleich ins Zimmer Columban, das ist den Gang runter und dann rechts.«

»Ich kann schon hier warten, kein Problem«, sagte Jock und betrachtete die farbigen Bilder von Elefanten an der Wand.

»Entspannen Sie sich, Herr Kobel. Herr Mitrovic ist gleich bei Ihnen. Den Tee können Sie mitnehmen.«

Jock war zu müde, um noch einmal zu widersprechen, und so ging er den pastellgrün bemalten Gang hinunter. Die Zimmer hatten Namen wie OTHMAR, GALLUS oder eben COLUMBAN. Jock öffnete die letzte der drei Türen und trat ein. Der Duft von Patschuli wurde noch intensiver. Zwei orientalisch anmutende Lampen gaben dem Raum ein dezentes Licht. In der Mitte stand ein Massagetisch, der mit einem weißen Tuch bedeckt war und am Kopfende ein gepolstertes Loch hatte. Jock war etwas verwirrt. Er hatte mit einem Büroraum gerechnet, aber hier im *Mio Spa* war wirklich alles auf Wellness eingestellt.

Auf einem kleinen Tisch in der Ecke brannten mehrere weiße Kerzen, daneben stand ein gepolsterter Hocker. Jock stellte die Teetasse ab und setzte sich darauf. Er war nicht wirklich bequem, und seine Rückenschmerzen, die ihm die Empfangsdame gerade eben in Erinnerung gerufen hatte, wurden stärker. Jock passte mit seiner abgewetzten Lederjacke über dem Iron-Maiden-Shirt nicht hierher. Er war kein Freund dieses Weichen, dieser Welt ohne Ecken und Kanten, dieser Duftwolken und des leisen Klangs von glockiger Meditationsmusik. Diese Welt wollte einen umarmen, einlullen und umschmeicheln. Ihm war das Klare, Kantige lieber.

»Jo, grüezi wohl, Herr Kobel, wo tut's denn weh, wo kann man helfen?«

Jock blickte zur Tür, wo gerade ein groß gewachsener Mann mit breitem Lächeln eingetreten war. Er trug eine leichte mintfarbene Leinenhose und ein weißes T-Shirt und mochte wie Jock etwa Mitte vierzig sein. Mit seiner sportlichen Statur, den grau melierten, kurz geschnittenen Haaren und den offenen dunklen Augen sah er äußerst attraktiv aus.

»Da muss ein Missverständnis vorliegen. Ich bin nicht für eine Massage hier«, erwiderte Jock, während er ruckartig aufstand. Ein heftiges Ziehen ließ ihn zusammenzucken. Seine Rückenmuskeln verkrampften sich und verlangten nach Entlastung. Er versuchte, sich am Fenstersims festzuhalten, und scheiterte damit kläglich. Es war, als ob ein wild gewordenes Tier sich an seiner Wirbelsäule zu schaffen gemacht hätte. Er torkelte, fiel auf die Knie und stützte sich mit den Händen ab. In dieser kindlichen Pose blickte er seitlich hoch zu Ivo Mitrovic, der mit verschränkten Armen dastand.

»Das kriegen wir schon wieder hin.«

Der Schmerz in Jocks Rücken war intensiv und stechend. Er konnte sich nicht vorstellen, je wieder aufzustehen, geschweige denn gerade zu gehen.

Mitrovic schaute ihn ohne viel Mitgefühl im Blick an. »Bleiben Sie ruhig da unten. Ich muss ein bisschen was lösen.«

Mit ein paar schnellen Handgriffen hatte er ihm die Lederjacke abgenommen. Jock legte sich flach auf den Boden. Dann hörte er Mitrovic schnaufen und spürte die geschickten Hände an seinem Rücken. Dieser Mann verstand sein Handwerk.

»Herr Mitrovic, Sie sind wirklich gut. Ich …«

»Sie müssen nicht reden, Herr Kobel. Genießen Sie es. Darum geht es doch im Leben. Atmen. Genießen. Im Moment sein. Obwohl … In diesem Moment denk ich an die morgige Vorstellung der *Zauberflöte* am Theater St. Gallen. Meine Kinder brauchen etwas Kultur.«

Fünfzehn Minuten später, während deren der Besitzer des *Mio Spa* ununterbrochen geredet hatte, saß Jock auf der Massageliege. Ivo Mitrovic blickte ihm auf einem weißen

Schemel sitzend selbstbewusst in die Augen. Der Geruch nach Patschuli war immer noch präsent.

»Darf ich Sie etwas fragen, Herr Mitrovic?«

»Aber klar doch.«

»Sie sind doch der Geschäftsführer. Wieso massieren Sie noch selber?«

»Eine Frage, die ich mir auch immer wieder stelle.« Er blickte sich im Raum um, so als ob ihm eine der brennenden Kerzen die Antwort geben könnte. »Vermutlich ist es das Einzige, was ich wirklich gut kann. Ich spüre genau, wo es wehtut.«

»Das kann man wohl sagen.«

Jock fühlte sich besser. So schnell und stark der Schmerz auch gekommen war, so schnell hatte er sich wieder gelegt. Als ob dieser Mann eine Teufelsaustreibung gemacht hätte.

»Herr Mitrovic, ich muss Ihnen etwas gestehen.«

»Sie können auch mit Karte bezahlen, wenn es das ist.«

»Ich bin von der Kantonspolizei Appenzell Ausserrhoden, und ich wollte Sie als Zeugen befragen.«

Mitrovic lachte laut auf. »Oha, Lätz! Ein verspannter Ausserrhoder Polizist landet im Massagezimmer und möchte eine Zeugenbefragung machen? Was geht denn hier ab?«

»Es tut mir leid, Ihnen das mitteilen zu müssen«, Jock schluckte, und es fiel ihm sichtlich schwer, die folgenden Worte zu sagen, »Karin Äschermann ist heute Morgen tot aufgefunden worden. Sie wurde umgebracht.«

Mitrovic verschränkte die Arme und bearbeitete mit der Zunge seine Lippen. »Dürfen Sie mich überhaupt hier in meinem SPA befragen?«

Jock fühlte sich ertappt. Er hätte nicht hierherkommen sollen. Er hatte jegliche Regeln verletzt, nur um herauszufinden, wer dieser Konkurrent von Karin war.

Jock schwieg und merkte dabei, wie Mitrovic mit seinen

Emotionen kämpfte. Seine Mundwinkel zuckten, und der Schalk in seinem Gesicht war von einem strengen Ausdruck verdrängt worden.

»Karin ist … das ist nicht wahr, oder?«

»Wie gut kannten Sie Karin?«, fragte Jock.

»Ich bin in Hundwil aufgewachsen. Ich war damals in den Achtzigern der erste Jugo im Dorf. Man kannte sich halt von der Schule. Was ist denn passiert?«

»Man hat sie beim Rossfall, also, nicht beim Restaurant, sondern am Fluss, tot aufgefunden. Sie wurde vermutlich erschlagen und einen Felshang hinuntergeworfen«, erwiderte Jock mit monotoner Stimme.

»Und wieso sind Sie jetzt ausgerechnet zu mir gekommen?«

»Ich habe erfahren, dass auch Sie an einer Übernahme des Rossfalls interessiert waren. Stimmt das?«

Die Hände, die ihm eben noch auf fast magische Weise den Rücken geknetet hatten, zitterten leicht. Jock beobachtete es mit professionellem Interesse und wartete auf eine Antwort.

Die Kerzen im Raum flatterten kurz auf, so als nähmen auch sie die körperliche Reaktion auf. Mitrovic straffte seinen Rücken. Es erinnerte Jock an ein Tier, das zum Angriff übergehen wollte.

»Ja, ich war interessiert«, sagte Mitrovic.

»Das heißt, Sie wollten dort ein Wellnesshotel aufmachen?«

»Ich würde es vermutlich nicht so nennen. Eher einen Wohlfühlort.«

»Einen Wohlfühlort«, wiederholte Jock und dehnte dabei theatralisch die Silben. »Darf ich Sie fragen, wo Sie gestern Nachmittag und Abend waren?«

»Der Jugo soll sie also umgebracht haben, hä?«

»Herr Mitrovic, es ist mir scheißegal, woher Ihre Eltern stammen und wieso sie in die Schweiz kamen. Sie klingen mehr wie ein Appenzeller, als ich es je in meinem Leben tun werde.«

»Ja, ich bin ein Appenzeller. Keine Frage. Gleichzeitig bin ich Bosnier. Das wird sich nicht ändern.«

Mitrovic ging zum Lavabo neben dem Fenster und wusch sich die Hände. Er schrubbte seine Finger und verteilte Seife über seine ganzen Unterarme, so als ob er gleich eine Operation am offenen Herzen zu vollführen hätte.

Jock streckte sich noch einmal und murmelte: »Danke für den Rücken. Könnten Sie mir trotzdem sagen, wo Sie gestern waren?«

»Die Massage geht aufs Haus«, sagte Mitrovic kühl, wandte den Kopf und verließ schweigend den Raum.

Jock wollte ihm noch etwas nachrufen, doch »Stehen bleiben, oder ich schieße« wäre wohl kaum passend gewesen. Stattdessen stellte er wenige Augenblicke später fest, dass er immer noch auf der Massageliege saß, was ihm in seiner Rolle als Polizist völlig unpassend vorkam. Außerdem hatte er auf seine Frage keine Antwort bekommen. Jock setzte sich auf. Sein Rücken schmerzte immer noch. Der süßlich-schwere Geruch füllte den Raum. Dieser Arm, dieser unter dem Tuch hervorschauende Arm tauchte wieder vor ihm auf, und ihm wurde klar, dass dieses Bild der toten Karin dort an der Urnäsch zwischen Büschen und Steinen ihn bis ans Ende seines eigenen Lebens begleiten würde. Die professionelle Distanz, über die in der Polizeischule immer geredet wurde. Die war weg.

Als Jock in den Empfangsraum zurückkam, begrüßte ihn die Empfangsdame mit einem etwas gequälten Lächeln. Neben ihr ein Mann im Bademantel, bei dem sich der eierschalenfarbene Stoff über einem großen Bauch wölbte. Er schwitzte, und die Haare standen ihm in alle Richtungen vom leicht geröteten Kopf ab.

Er trat auf Jock zu und streckte ihm die Hand entgegen. »Mein Name ist Landshauser. Ich bin der Anwalt von Herrn Mitrovic.«

Die beiden standen sich für kurze Zeit ohne Worte gegenüber.

»Pädi? Du bist doch Pädi Landshauser, oder?«

»Kennen wir uns?«

»Unsere Mütter haben sich gekannt, und ich kann mich noch erinnern, dass du mal im Kreuz in Hundwil warst mit deinen Eltern. Ich war mit meiner Mutter dort. Du hattest dir am Kiosk die BRAVO gekauft. Ich war ziemlich beeindruckt«, sagte Jock und lächelte etwas gequält.

»Du bist kein Appenzeller, oder?«

»Das ist Ansichtssache.« Jock neigte den Hals leicht zur Seite. »Ich ging hier bis zur dritten Klasse zur Schule, meine Mutter ist aus Hundwil, und den Dialekt ... ja, den hab ich wohl abgelegt.«

»Und in Zürich bist du dann Polizist geworden?«, fragte Pädi Landshauser mit kritischem Blick.

»Exakt.«

»Dann müsstest du aber auch wissen, dass du nicht einfach eine Privatperson ohne Angabe der Gründe verhören kannst.«

Jock atmete tief durch. »Ich wollte mir hier nur mal einen Eindruck verschaffen. Wollte nur kurz mit deinem ... Mandanten reden. Wo ist er überhaupt?«

»Er möchte nichts mehr zu der Sache sagen. Du darfst Zeugen befragen, klar. Aber du brauchst dafür einen offizielleren Rahmen«, sagte Landshauser und nestelte nervös an den Kordeln seines Bademantels herum.

»Du willst mir jetzt ernsthaft sagen, Mitrovic ist abgehauen und hat seinen Anwalt aus einem Massagezimmer geholt?« Jock lachte hysterisch auf.

»Das ist Zufall, dass ich hier bin. Es ist mir wirklich ein Anliegen, dass Ivo fair behandelt wird. Er wird seine Aussage machen. Aber nicht hier im *Mio Spa*!«

»Na, dann werd ich mal 'ne Vorladung an den Start bringen, Herr Anwalt.« Das Grinsen, das Jock nachschob, wirkte eher gequält als souverän und ironisch, wie er es beabsichtigt hatte.

»Wir sitzen im selben Boot. Ich möchte, dass die Appenzeller Polizei arbeiten kann. Was habt ihr denn gegen Mitrovic in der Hand?«, fragte Landshauser.

»Würd ich dir das erzählen?«

»Come on. Wir wissen beide, wie das läuft. Wenn er was damit zu tun hat, dann erfahre ich es sowieso früher oder später.«

»Dann weißt du auch, dass er kein unbeschriebenes Blatt ist. Er soll für diesen Spa die Baukommission bestochen haben. Ist da was dran?«

Pädi nahm ein Glas aus dem reich verzierten Gestell neben dem Empfang und füllte es am runden Brunnen auf, der in der Mitte des Raumes stand.

»Ich bin nicht Ivo Mitrovics Freund, ich bin sein Anwalt.«

»Du willst mir also als Anwalt sagen, dass man ihm die Bestechung nicht nachweisen konnte.«

Pädi Landshauser zuckte nur leicht mit den Schultern und trank dann das Glas gierig aus. »Ich muss mich jetzt umziehen. Ich wünsch dir gute Ermittlungsarbeit, und wenn du mal Lust hast auf ein Bier, dann meld dich.«

Jock stand da und betrachtete die geschwungenen Säulen mit den goldenen Verzierungen. Dieser Ort hier war auf eine eigentümliche Weise entrückt, wie ein Märchen oder eine surreale Welt. Und ganz vorne war da immer dieser Geruch nach Patschuli. Nur, was steckte dahinter? Wer war dieser Mitrovic? Und warum war er seinem Wohlfühlort entflohen?

7

D u hast mich angelogen!«
      An Silvanas Hals hatten sich rote Flecken gebildet.
Den Knall, mit dem die Türe in die Zarge flog, konnte man
sicherlich in allen Stockwerken hier im Präsidium an der
Schützenstrasse hören.

»Ich hab dir vertraut, und dann gehst du alleine in diesen
Spa und versuchst Ivo Mitrovic auszufragen, ohne jegliche
Strategie und ohne auch nur die geringsten Vorschriften zu
beachten?«

Jock schaute aus dem Fenster zum Fußballplatz, wo gerade die Junioren des FC Herisau ihre Runden drehten. Wie
froh wäre er, jetzt eine solche Aufgabe zu haben. Immer im
Kreis, bis der Trainer Stopp sagt. Mit Karin hatte er davon
geträumt, zumindest einmal einen Spaziergang zu machen.
Doch eine verheiratete Frau, die sich mit ihrem Liebhaber
in der Natur bewegte, das ging nicht. Da war das Gerede
schnell da. So hatten die Spaziergänge erst in ihren Gedanken stattgefunden, wurden in Jocks Küche zu imaginierten
Wanderungen auf ihren Lieblingsrouten im Alpstein.

»Hast du was dazu zu sagen?«, fragte Silvana, während sie
von einem Bein aufs andere hüpfte.

»Es tut mir leid. Offiziell war ich nur als Privatperson
dort. Ich wollte herausfinden, wer dieser Mitrovic ist und
was er mit Karin zu tun hatte.«

»Wenn ihr zusammen im Bett wart, hast du das dann nicht
mitgekriegt?«

Jock konzentrierte sich auf den Torwart, der nach Bällen

hechtete. Silvanas Finger, die rhythmisch an die Scheibe klopften, kamen in sein Blickfeld.

Jock schnaubte nur. »Der Typ ist verdächtig.«

»Du bist eifersüchtig auf ihn?«, fragte Silvana mit leiser Stimme.

Jock trat vom Fenster weg. »Bei mir sind Emotionen im Spiel. Ich versuche, damit klarzukommen. Wenn du es nicht tust, dann verpfeif mich. Okay?«

»Ich möchte diesen Fall lösen und habe keine Zeit für Therapiegespräche«, antwortete Silvana und setzte sich an ihren Computer.

»Fakt ist«, blieb Jock hartnäckig, »Mitrovic war ihr Konkurrent, und mit diesem Wellness-Ding ist er sehr ehrgeizig.«

»Er bringt sie doch nicht gleich um, nur weil beide sich für das gleiche Restaurant interessieren.« Silvana hob und senkte ihre Fußballen.

»Der Typ verschweigt mir was. Und dann taucht auch noch plötzlich sein Anwalt auf. Pädi. *BRAVO.*«

»Wieso bravo? Hä?«

»Die Zeitschrift. Haben wir vor langer Zeit hinter dem Kreuz angeschaut. Das Heftli mit Samantha Fox.«

Silvana schüttelte den Kopf. »Wir werden Ivo Mitrovic normal vorladen und als Zeugen befragen. Vorher müssen wir noch keine Schlüsse ziehen.«

Jock blickte wieder aus dem Fenster und schaute den Fußballern zu, wie sie Flanken in den Strafraum schlugen.

»Und übrigens, der Staatsanwalt will mit dir sprechen«, riss ihn Silvana aus seinen Gedanken.

»Back? Ich habe jetzt echt keine Lust …«

»Auf was haben Sie keine Lust? Auf den Fall?«, unterbrach ihn eine feste Stimme.

Jock drehte sich um, und vor ihm stand ein feingliedriger

Mann in blauem Button-down-Hemd. Er streckte ihm die Hand entgegen.

»Meinen Spitznamen habe ich schon lange nicht mehr gehört. Müssten wir uns kennen?«

Jock drückte ihm die Hand. »Ich war etwas jünger als du … sorry, Sie. In den Achtzigern hat man die Familie Sollberger aus Herisau halt gekannt«, sagte Jock und erwartete, dass Sollberger in Richtung seines Büros ging. Stattdessen bewegte er sich zum Ausgang.

»Ich habe gehört, Sie mögen die Wände des Präsidiums nicht so sehr. Wie heißt noch mal das Lokal, wo die von der Kripo jetzt hingehen?«

»Die Mötley Crüe Bar. Wir können uns gern hier im Präsidium besprechen, das ist für mich kein Problem.«

»Es gibt doch eine Kurzform, oder?«

»Das Mötli, ja.«

»Dann gehen wir jetzt ins Mötli. Ist das okay?«

Jock schaute etwas irritiert zum Staatsanwalt und war sich nicht sicher, ob er es ernst meinte. Er hatte eine Begegnung mit dem jungen »Back« Sollberger vor dem geistigen Auge, sie war klar wie ein im Kopf immer wieder abgespielter Film. Sie waren in der dritten Klasse bei Fräulein Bischof, so hatte man damals eine unverheiratete Frau noch genannt. Es war Sporttag, und der zwei Jahre ältere Back war Schiedsrichter beim Fußballturnier. Jock stellte einem Jungen in seiner kindlichen Übermotivation von hinten das Bein, worauf ihn Back, der junge Spielleiter, ohne Zögern vom Platz stellte.

Zu den Klängen von Aerosmith, die Steven Tyler der Liebe im Fahrstuhl widmete, betraten die zwei wenige Minuten später das Mötli. Sollberger schaute sich interessiert im Raum um und betrachtete die Plakate von Heavy-Metal-

Konzerten, die silbernen Totenköpfe und die kleine Statue von Papst Johannes Paul II., der den Anwesenden im Raum mit ruhigem Gesichtsausdruck den Mittelfinger zeigte.

»Es ist ... speziell hier. Ich hab ja früher viel Metallica gehört. Gilt das überhaupt noch als Heavy Metal?«, fragte Sollberger sein Gegenüber.

»Das ist Ansichtssache, die frühen Werke schon. Ich mag einfach laute Musik mit Gitarren«, sagte Jock. Er bestellte bei Rosy zwei alkoholfreie Biere, und sie setzten sich an einen kleinen Tisch in der Ecke. Eine kurze Zeit lang blickten beide Männer etwas verloren durch den Raum, dann schaute Sollberger Jock plötzlich sehr direkt an.

»Hat's Ihnen in Zürich nicht mehr gefallen?«

Jock versuchte dem Blick standzuhalten. »Ich hatte genug von der Langstrasse.«

»Das passt gar nicht so zu Ihrem Image als wilder Hund.« Sollberger grinste herausfordernd.

»Wer hat Ihnen denn das erzählt?«

»Sagen wir es mal so: Ich habe meine Quellen an der Langstrasse.«

Jock nickte nur. »Wollen Sie mich vom Fall abziehen?«

»Das steht nicht wirklich in meiner Macht, aber zurzeit wissen nur Ihre Kollegin Silvana di Novi und ich, dass Sie Mitrovics Spa unsicher gemacht haben. Sie mögen ihn nicht?«

»Na ja, er hat mir mit ein paar Handgriffen den Hexenschuss gelöst. Ich wollte ihn sprechen, weil er verdächtig ist.«

Mit gespielter Distanziertheit und als ob sie den letzten Satz nicht gehört hätte, trat Rosy an ihren Tisch.

»Ich hoffe, es gefällt den Herren in meinem bescheidenen Lokal. Die abgehackten Hühnerköpfe habe ich in den Keller gestellt, das mach ich immer, wenn Polizisten und

Staatsanwälte kommen.« Dann stellte sie die beiden Flaschen Sonnwendlig hin.

»Bitte schön, Herr Staatsanwalt.« Sie schaute ihn dabei mit ihrem »Ich bin aus Hamburg, mir ist egal, was für einen Status du hast«-Blick an.

Sollberger schien sie nicht zu beachten und studierte stattdessen die Pokale, die auf einem schmalen Brett oberhalb des Tisches aufgereiht waren.

»Also, wenn es nach mir ginge, wären diese Symbole der Maskulinität längst im Abfall gelandet«, sagte Rosy mit einem Seitenblick auf den Staatsanwalt. »Der gute Jock hängt an ihnen wie ein Schuljunge.«

»Ich bin dir ewig dankbar, Rosy«, sagte Jock und breitete die Arme spielerisch aus.

Sollberger nahm einen Pokal vom Regal. *Weihnachtsturnier 2005 Eintrahct Motörhead* stand darauf.

»Eintracht Motörhead?«, fragte er.

»Ein Fußballverein aus Zürich. Die vier Pokale, die ich bei den Weihnachtsturnieren gewonnen habe, wollte ich unbedingt mit in meine neue alte Heimat nehmen«, antwortete Jock.

»Warum ist Eintracht falsch geschrieben?«

»HC – steht für Hardcore. Sozusagen die Vereinsphilosophie.«

»Und warum immer diese Ö-Pünktchen in den Bandnamen? Mötley Crüe, Motörhead?«

»Ehrlich gesagt, hab ich keine Ahnung.«

Rosy, die gerade auf dem Weg zurück an die Bar war, drehte sich um und schüttelte ihre Zöpfe, als ob sie ein Kunststück vorführen würde, bevor sie den Mund öffnete.

»Das, meine Herren, kann ich Ihnen erklären.« Mit einem schnellen Handgriff hatte sie einen Hocker vom Nachbartisch geholt und setzte sich zu den beiden Männern. »Die amerikanischen Heavy-Metal-Bands waren fasziniert von alten germanischen Sagen und Mythen. Es war natürlich auch eine Provokation, deutsche Kultur künstlerisch zu verwerten. So haben sie die Umlaute aus dem Deutschen in ihre Namen oder in Songtitel integriert.«

»Sie waren also Nazis?«, sagte Sollberger und grinste dabei wie ein Schuljunge, der einen Streich gespielt hatte.

»Genauso wenig, wie sie Satanisten waren. Das waren Jungs, die sich für Geschichten, Symbole und fremde Welten interessierten. Die meisten waren so politisch wie eine Packung Milch.« Rosy schien ihre Rolle als Expertin für Rock-Historie sichtlich zu genießen.

»Apropos Packung Milch. Wolltest du nicht noch Getränke auffüllen?«, fragte Jock. Rosy schüttelte die Zöpfe, grunzte etwas und war hinter der Theke verschwunden.

»Ich geh jetzt mal nicht davon aus, dass Sie extra mit mir ins Mötli gekommen sind, um über Fußball und Umlaute zu diskutieren, oder?«, fragte Jock.

Sollberger klopfte sich konzentriert mit zwei Fingern ans Kinn. »Ich möchte, dass Sie den Fall behalten können. Von Ihren Methoden waren die Zürcher Kollegen nicht immer begeistert, aber was Sie bei der Kriminalabteilung geleistet haben, ist beeindruckend.«

Jock kratzte mit dem Fingernagel am Holztisch und schaute an die Decke.

»Sie haben den Lead. Die Frage ist also, was sind die nächsten Schritte?«, fragte Sollberger.

Wenn er ehrlich war, hatte er sich nicht überlegt, was die *nächsten Schritte* waren. Das war schon früher nicht unbedingt seine Stärke gewesen. Er war nicht derjenige, der die Dinge im Voraus plante, sondern er handelte und schaute dann, was dabei herauskam. Dass ihm bei diesem Fall jegliche professionelle Distanz fehlte, half nicht wirklich weiter.

»Ich brauche nicht den Lead. Silvana kann das sehr gut. Ich finde, sie sollte das Team leiten«, antwortete er leise.

»Ich weiß nicht, ob das eine gute Idee ist. Kann sie das?«

»Sie ist Mitte dreißig und eine hervorragende Polizistin.«

»Mir ist wichtig, dass wir uns regelmäßig austauschen. Was haben Sie denn in diesem Spa herausgefunden?«

»Mitrovic möchte die Behörden für seinen Wellness-Tempel am Rossfall gewinnen, und da kommt ihm die Bewerbung von Karin Äschermann ziemlich in die Quere. Ich hab das Gefühl, dass Mitrovic mehr weiß, als er zugibt. Ich muss an ihm dranbleiben.«

Sollberger richtete sich auf. Sein Gesichtsausdruck wurde ernst. »Die Staatsanwaltschaft wird Sie darin unterstützen. Tun Sie, was immer Sie für nötig halten, um diesen Mitrovic aus der Reserve zu locken. Und dann sollten Sie sich die Schwester des Opfers mal vorknöpfen. Sie arbeitet im Restaurant ihrer Eltern.«

»Ist das ein Verbrechen?«

»Der Besitz und Handel von Kokain dann eben schon«, sagte Sollberger und stellte seine Bierflasche auf den Tresen. »Ich danke für den interessanten Nachmittag«, sagte er in gesetztem Ton und betrachtete dabei eingehend den ausgestopften Fuchs hinter der Theke, der immer noch seine Zähne zeigte.

8

Jock saß am Steuer und summte leise mit dem Gitarren-Solo von *Hotel California*. Es kribbelte ihn im Nacken, und kurz schämte er sich ein wenig dafür, dass er so wach, dass er so aktiv war und nicht einfach zu Hause trauernd in der Ecke saß. Nein, es war jetzt noch nicht an der Zeit, richtig zu trauern. Er musste wach bleiben, er musste herausfinden, wer das gewesen war.

Jock versuchte zu ordnen, was er bisher herausgefunden hatte. Als er über die Hundwilertobelbrücke fuhr, blickte er seitlich in die grau verhangene Schlucht hinunter. Der Nebel war dick wie eine abgestandene Suppe. Er konzentrierte sich auf die Straße. Doch da war auch dieses seltsame Bild, wie der tote Körper von Karin den Fluss hinuntergespült wurde. Das Bild wollte nicht verschwinden.

Als er die lange, gerade Straße am Ortseingang von Hundwil erreichte, streckte er die Arme durch, und ein lauter, unartikulierter Schrei kam aus dem Mund. Er schien tief aus seinem Inneren zu stammen und fand erst ein Ende, als er nach der Kirche rechts in die Urnäscherstrasse einbog und vor dem Restaurant Kreuz parkte. Jock wischte sich die Schweißperlen von der Nase, griff nach seinem Rucksack, suchte darin nach einem frischen T-Shirt und zog es sich an. ZAPPA FOR PRESIDENT stand in Groß-buchstaben drauf. Er fühlte sich besser. Die Welt war zwar grau, aber sie war zumindest da. Und er hatte etwas zu tun.

Zehn Minuten später saß er auf einer Holzbank und betrachtete eine große Kuhglocke. Es roch nach abgestandenem Öl. Die Männer vom Stammtisch schauten misstrauisch zum Neuankömmling rüber und unterbrachen ihre Diskussion, um über den neuen Gast zu spekulieren. Jock winkte kurz und versuchte, den Anschein zu vermitteln, als sei er von hier und sein Besuch eine ganz natürliche Angelegenheit.

Nachdem etwa zehn Minuten nichts passiert war, kam eine ältere Frau mit kurzen grauen Haaren und einer schwarzen Strickjacke keuchend aus der Küche geschlurft, den Kopf gesenkt. Sie schaute ihn mit skeptischem Blick aus braunen Augen an, sagte aber nichts. Schaute nur. Erst jetzt realisierte Jock, dass sie auf seine Bestellung wartete. Er lächelte verlegen.

»Sind Sie Agata Bendel, die Mutter von Karin Äschermann?«, fragte Jock und merkte, wie die Frau wieder zu Boden schaute. »Es tut mir wirklich sehr leid wegen ihrer Tochter. Ich bin von der Kantonspolizei. Ich gehe davon aus, dass meine Kollegen von der Polizei Hundwil …«

»Was wollen Sie dann noch hier?«, unterbrach sie ihn.

»Ich bin hier, um den Tod Ihrer Tochter aufzuklären. Ich wollte eigentlich mit Ihrer Tochter … also, mit der Schwester von Karin sprechen, mit Ida«, sagte er mit brüchiger Stimme.

»Mmmhpf.« Sie wollte etwas sagen, brachte jedoch nur ein paar undefinierbare Laute hervor. Dann hob sie leicht den Kopf und rief mit erstaunlich kräftiger Stimme in Richtung Küche: »Albert, komm wädli.«

Der Mann, der wenige Augenblicke später aus der Küche kam, erinnerte Jock an einen traurigen, trägen Bären, hinter dessen gelangweilter Fassade eine Unruhe lag, die man spüren konnte.

Jock stand auf und streckte ihm die Hand hin. »Guten

Tag, Herr Bendel, ich bin Jock Kobel von der Kantonspolizei. Es tut mir sehr leid wegen ... Karin, also Ihrer Tochter.«

»Seit wann schicken sie jetzt schon Zürcher?«, fragte Bendel, während er die Hand nur widerwillig ergriff.

»Sie mögen keine Zürcher?«

»Ich hab nichts gegen Zürcher, aber warum soll einer hier bei der Kantonspolizei arbeiten?« Albert Bendel strich sich die fettigen Haare aus der Stirn und musterte sein Gegenüber kritisch.

»Was ist, wenn er gut ist?« Jock holte sein Portemonnaie aus der Hosentasche und nestelte darin herum. »Das ist übrigens mein Ausweis.«

»Hier steht Joe Kobel.«

»So wurde ich getauft. Zu Ehren von Joe Cocker. Mein Vater hat ihn verehrt.«

Bendel schaute ihn an, als ob er ein fremdartiges Wesen wäre.

»Meine Mutter ist Appenzellerin, und sie hat mich dann nach der Trennung nur noch Jock genannt. Das ist geblieben.« Er lächelte etwas künstlich.

»Was wollen Sie hier in Hundwil? Wir haben Ihren Kollegen alles gesagt. Wir hatten keine Ahnung, was Karin so treibt.«

»Wussten Sie, dass sie das Restaurant Rossfall übernehmen wollte?«

Bendel stieß einen unartikulierten Laut aus und verdrehte die Augen. Seine Frau Agata stand immer noch neben ihm, sie nickte nur.

»Was passiert mit dem Kreuz, wenn Sie beide ... nicht mehr so aktiv sind?«, fragte Jock.

Albert Bendel zögerte. »Ich nehme mal an, dann müssen wir es verkaufen«, sagte er mit leiser Stimme.

»Was ist mit Karins Schwester?«

»Die müsste zuerst mal einen Mann finden.« Er lächelte etwas gequält.

»Okay.« Jock gab vor nachzudenken. »Haben Sie eine Idee, wer das Karin angetan haben könnte?«, fragte er schließlich und schaute ihm und dann seiner Frau in die Augen. Beide wendeten den Blick ab. Eine unangenehme Weile lang sagte niemand etwas.

»Den Thomas, den Mann von Karin, haben Sie den schon befragt? Der hat ihr diese homöopathischen Kügeli verfuttert und ihr dann in den Kopf gesetzt, dass das Kreuz nicht gut genug für sie ist«, stieß plötzlich Agata Bendel mit lauter Stimme hervor.

»Sie hätte sich einen Mann suchen können, der ein Beizer ist, der eine Ahnung hat. Das wollte sie natürlich nicht, weil sie ja immer alles irgendwie anders haben musste«, fügte ihr Mann hinzu.

»Warum musste sie diese unsinnige Idee mit dem Rossfall durchziehen? Sie hätte es doch hier so schön haben können«, sagte Agata Bendel und blickte mit glasigen Augen zu Boden.

»Frau Bendel, was wollen Sie da andeuten? Glauben Sie, dass Herr Äschermann etwas mit der Tötung von Karin zu tun haben könnte?«, fragte Jock.

»Diese Ehe war nicht glücklich. Und wer kassiert die Lebensversicherung? Das Weichei!«

Jock drehte seinen Autoschlüssel in den Händen. »Was ist denn mit Karins Schwester? Ich hätte gerne mit ihr gesprochen.«

»Ida ist weg. Sie ist vermutlich bei einer Freundin. Wir wissen nicht, wo«, sagte die Mutter und begann mit einem Lappen, den sie in der Schürze stecken gehabt hatte, den Nebentisch zu bearbeiten. Ihr Mann stand da, schaute auf seine Frau, dann auf Jock.

»Genau, bei einer Freundin«, murmelte er.

»Und wo wohnt sie denn, wenn sie nicht bei einer Freundin ist?«

Frau Bendel schien etwas überrascht von der Frage. »Na hier, da hat sie eine Wohnung, also, wenn sie eben da ist.«

9

Hundwil 30. 4. 1989,
Tag der Landsgemeinde

Die Musikkapelle auf dem Stuhl spielte einen trägen Marsch. Es war Karin, als ob man auch ihnen die Nervosität anhören würde. Zu verkrampft klangen die Blechbläser, zu hektisch war der Rhythmus.

Hinter den Absperrungen standen die zuschauenden Touristen, Frauen und Kinder dicht beieinander. Neben dem Restaurant Harmonie, das gleichzeitig auch ein Coiffeursalon war, prangte der Schriftzug *Niedelzeltli – eine Appenzeller Spezialität.*

Und dann kam das Lied. Alle sangen sie mit.

»Alles Leben strömt aus Dir,
alles Leben strömt aus Dir.
Und durchwallt in tausend Bächen
und durchwallt in tausend Bächen ...«

War das der größte Männerchor der Welt? Ging es Karin durch den Kopf, als sie etwas oberhalb des Hundwiler Landsgemeindeplatzes auf die singenden Männer hinabschaute, die gerade inbrünstig das Landsgemeindelied sangen. Viele mit trotzigen oder gar wehmütigen Gesichtern.

Heute könnte es vorbei sein mit dem reinen Männerchor. Wie würde das Lied dann wohl klingen? Karin konnte trotz ihrer Abneigung für alles Konservative nicht verhindern, dass die feierliche Atmosphäre sie berührte. Das war es ja gerade. Sie wollte auch mitsingen. Sie wollte auch Teil dieses Chores sein, Teil dieser Tradition, die für einige Männer nur ohne die Beteiligung von Frauen weiterleben konnte.

Letzten Herbst hatte sie einige Tage in der altehrwürdigen Stiftsbibliothek in St. Gallen verbracht und dabei herausgefunden, dass der Text zum offiziellen Lied der Landsgemeinde von einer deutschen Frau namens Caroline Rudolfi aus dem 18. Jahrhundert stammte. Wie gerne würde sie einigen hier, die mit Tränen in den Augen den pathetischen Text intonierten, unter die Nase reiben, dass man die Frau auch den »weiblichen Sokrates« genannt hatte, weil sie sich als Pädagogin und Erzieherin einen Namen gemacht hatte und weil sie außerdem die Ansicht vertrat, dass Frauen dieselben Rechte auf Bildung erlangen sollten. Sie verkehrte mit vielen der namhaften Dichterinnen und Dichter der damaligen Zeit. Etwa mit der großen Romantikerin und Frauenrechtlerin Sophie Mereau, die sich mit romantischem Furor für die Emanzipation der Frau in Liebesdingen starkmachte. Sie hatte Gänsehaut bekommen, als sie diese biografischen Fakten mit Filzpantoffeln an den Füßen und dem Geruch der alten Bücher in der Nase las. Sie war stolz auf diese Frau, die einer Zeit, in der Frauen noch viel weniger zu sagen hatten als heute, getrotzt hatte. Das Schmunzeln über diesen feministischen Dreh in der so pathetischen, religiösen Eröffnungszeremonie der Landsgemeinde zauberte ihr auch heute wieder ein Lächeln auf die Lippen.

Und so stimmte sie oben auf der Wiese in die letzten Strophen mit ein. Immer lauter und mit trotzigem Blick.

»Deiner Gegenwart Gefühl,
sei mein Engel, der mich leite …«

Einige Leute schauten irritiert zu ihr rüber. Vermutlich war ihnen nicht ganz klar, ob diese Inbrunst als Zustimmung oder Ablehnung des Frauenstimmrechts zu werten war. Karin kümmerte es wenig. Sie umklammerte die Zündholz-schachtel in ihrer Hosentasche und sang die letzten Zeilen.

»Dass mein schwacher Fuß nicht gleite,
nicht sich irre von dem Ziel.«

Sie hatte ein Ziel, und von diesem Ziel würde niemand, schon gar kein Mann sie abhalten können. Sie wollte Po-litikerin werden. Gewählt von diesen Männern, von denen einige noch nicht einmal wollten, dass sie selbst die Hand für oder gegen eine Veränderung in diesem Kanton erheben durfte.

10

Jock verließ das Restaurant über die Vordertreppe und schaute zurück auf das in die Jahre gekommene Haus. Das namensgebende Kreuz an der Fassade war kaum noch zu erkennen, auch wenn man erahnen konnte, dass es einmal in strahlendem Gold dort geglänzt hatte. Jock schaute zu seinem Auto, das direkt neben der Hundwiler Kirche stand. Er war sich sicher, dass die Eltern von Ida nicht wollten, dass er mit der Schwester redete. Auf dieses Gefühl konnte er sich recht gut verlassen, das hatte er in Zürich im Kreis »Cheib« – wie alteingesessene Zürcher ihr Viertel rund um die Langstrasse liebevoll nannten – oft erfahren.

Rechts am Gebäude führte ein schmaler Weg zwischen den Häusern hindurch. Jock ging in diese Sackgasse und kam zu einem kleinen Garten, der von einem Holzzaun begrenzt wurde. Er kletterte über den Zaun und befand sich jetzt hinter dem Restaurant. An der Hauswand standen ein paar alte Zementsäcke und eine Schaufel, auf dem Rasen lagen zerquetschte Red-Bull-Dosen und eine zertretene Chipstüte. Die mittlere Fensterreihe gehörte vermutlich zur Küche, was auch der große dunkelgrüne Kasten bestätigte, in dem ein verklebter Propeller mühsam versuchte, die abgestandene Luft aus dem Raum zu pumpen.

Im zweiten Stock zierten gräuliche gestickte Vorhänge das Glas der Fensterscheiben, bis auf eines, das bis zur Hälfte von einer Flagge bedeckt war, auf der Bob Marley entrückt in die Ferne schaute. In diesem Zimmer brannte Licht. Das Fenster war gekippt. Er trat einen Schritt zurück und zerdrückte dabei mit dem linken Fuß eine halb volle Capri-Sun. Der orange Saft spritzte aus dem Röhrchen, das in dem Beutel steckte, direkt in seinen rechten Turnschuh. Jock fluchte leise.

Als er wieder hochblickte, sah er plötzlich, wie sich die Bob-Marley-Fahne bewegte. Eine Hand zeigte sich. Nur ganz kurz. Die Eltern hatten ihn angelogen. Ida war zu Hause. Er ging zurück zum Eingang. Als ob er ein ganz normaler Gast wäre, stieg er die Treppe hoch in den ersten Stock. Anstatt den Raum, über dem mit geschnitzten Buchstaben *Gaststube* stand, zu betreten, ging er eine Etage höher. Die Holzstufen knarrten trotz der Teppiche, die man ausgelegt hatte. Im Zwischenstock befanden sich die Türen zu den Toiletten. Ein Duft nach Gemüsesuppe lag in der Luft. Oben waren wieder zwei Eingänge, auf denen *Privat* stand. Jock setzte vorsichtig einen Fuß vor den anderen, aber es war sinnlos, die Dielen knarzten wie ein eigenartiges Instrument. Da hörte er, wie unten die Türe zur Gaststube aufging. Er sprang zurück auf den Zwischenstock und hielt sich am Geländer fest. Agata Bendel kam schwer atmend hoch und blickte ihn mit verwunderten Augen an.

»Ich musste noch schnell aufs WC.« Er zeigte etwas unbeholfen mit dem Daumen die Richtung an.

Sie nickte, schielte hinauf zur Türe im zweiten Stock, schien aber zufrieden zu sein mit der Information. Dann verschwand sie in der Toilette, deren Eingang das Bild einer Frau in Appenzeller Tracht zierte.

Mit schnellen Schritten flitzte er hoch und drückte die Klinke zur ersten Tür. Sie war offen. Der Geruch, der ihn empfing, war eine schier betäubende Mischung aus menschlichem Schweiß, Essensresten und abgestandenem Rauch. Nur wenig Licht drang von außen herein, die meisten Fensterläden waren geschlossen. Überall lagen Kleider herum, eine

Topfpflanze war von einem Beistelltisch gefallen, Erdkrümel hatten sich auf dem Teppich verteilt. Auf dem Boden lagen Teller mit Speiseresten, ausgedrückte Zigaretten und daneben eine zerlesene Taschenbuchausgabe von Astrid Lindgrens *Die Brüder Löwenherz*. Als er in den Raum zu seiner Linken trat, saß eine Frau mit dem Rücken zu ihm auf dem Bett. Eine tätowierte Rose schmückte ihren Hals.

»Ida?«

Langsam drehte sie sich um.

Er hatte mit Aggression oder lautem Protest gerechnet, stattdessen schaute sie ihn erstaunt und etwas verlegen an. Sie trug ein weißes ausgewaschenes T-Shirt. Obwohl sie zwei Jahre jünger war als Karin, ließen sie die unreine Haut und die tiefen Augenringe deutlich älter aussehen.

»Bist du okay? Ich bin Jock Kobel, und ich würde dir gerne ein paar Fragen stellen. Ich nehme an, du weißt, was mit Karin passiert ist?«

Ida nickte. Sie sah aus wie ein Wesen, das sich im Wald verirrt hatte.

»Ida, ich war ein Freund deiner Schwester. Hast du irgendeine Ahnung, was mit Karin passiert sein könnte? Wer hätte einen Grund, sie diesen Abhang hinunterzustürzen?«

»Ein Freund, hast du gesagt?« Sie setzte sich auf die Bettkante. »Ich hab mir ihre Affäre irgendwie attraktiver vorgestellt.«

Jock musste schmunzeln, und obwohl die Schwestern äußerlich sehr unterschiedlich waren, sah er zum ersten Mal eine Gemeinsamkeit. Das war genau der Humor, den er an Karin von Anfang an gemocht hatte. Trotzdem merkte er, wie ihm die Schamesröte ins Gesicht stieg.

»Du weißt also, dass sie mit mir ... Hat sie meinen Namen erwähnt?«

»Nein, ich hatte ehrlich gesagt keine Ahnung. Wir haben

nicht so viel geredet. Ich hab's dir trotzdem angesehen«, sagte Ida, griff zum Nachttisch neben dem Bett und zündete sich den Stummel von einem Joint an.

»Dann darf ich dich etwas Persönliches fragen?«

Ida zog die Schultern hoch und schüttelte sich, so als ob sie nicht wüsste, was man darauf antworten könnte.

»Wie nah standet ihr beiden euch? Karin hat nicht so viel von dir erzählt, um ehrlich zu sein.«

»Deine liebe Karin konnte verdammt dominant sein, wenn sie etwas wollte. Erst hat sie hier im Kreuz allen gesagt, wo es langgeht, und dann war es ihr trotzdem zu fad und sie wollte diese beknackte Kulturbeiz am Rossfall aufmachen«, sagte Ida, während sie zwei tiefe Züge inhalierte und den Raum mit dem süßlichen Duft von Marihuana füllte.

»Dann muss ich dich jetzt etwas fragen: Wo warst du vorgestern Abend?«

»Was geht dich das an? Bist du jetzt plötzlich Polizist, oder was?«, fragte Ida und blies viel Rauch aus.

»Ja. Ich bin Polizist.« Er verzog sein Gesicht zu einer Grimasse.

Ida drückte instinktiv den Joint im Aschenbecher aus. »Oh, sorry ...«

Jock trat einen Schritt zurück. »Kannst du mir sagen, warum man dich wegen Kokainhandel verhaftet hat?«

Sie kratzte sich an den Oberarmen und blickte zum Fenster.

»Man hat mir da auf dem Posten was erzählt. Ach, vergiss es einfach«, sagte Jock und setzte sich vorsichtig neben sie aufs Bett. Ida drehte sich um und schaute ihn mit einem intensiven Blick an.

»Hey, ich bin Köchin. Klar koksen wir ab und zu. Man hat mich wegen Handel drangenommen, nur weil ich ein bisschen Koks auf einer Party in Herisau weiterverticht habe. Ich bin keine Dealerin.«

»Ist das der Grund, warum deine Eltern nicht wollen, dass ich mit dir spreche?«

Ida lachte laut auf. »Die Angst vor dem Dorfgespräch ist wichtiger als ...«, sie schluckte. »Es könnte sich ja rumsprechen, das Kreuz sei eine Drogenhölle. Hier könnten alle Alkis der Welt abhängen. Aber Koks. Nein, das wär schlimm.«

»Mir geht es nicht um die Drogen. Ich möchte herausfinden, wer deine Schwester umgebracht hat.«

Ida atmete gut hörbar aus. »Seit wann stehen Bullen auf Frank Zappa?«, fragte sie und zeigte auf Jocks T-Shirt.

»Es gibt auch Bullen mit Musikgeschmack. Also: Wo warst du?«

»Ich war hier, zu Hause.« Ida zögerte etwas, dann fügte sie hinzu: »Karin kam am späten Nachmittag zu mir.«

»Karin war hier? Du hast doch gesagt, ihr hättet nicht mehr so viel Kontakt gehabt?«

»Sie wollte ja nichts mehr mit dem Kreuz zu tun haben. Dann war sie plötzlich da, als ob sie ein schlechtes Gewissen gehabt hätte.«

»Und wann ist sie wieder gegangen?«

»Keine Ahnung. Irgendwann nach fünf vermutlich. Sie war ziemlich durch den Wind.«

»Warum denn das?«

»Ich hab's auch nicht ganz verstanden. Wir hatten es gut zusammen, haben gelacht und über früher geredet, und plötzlich war sie ganz anders. Dann war sie weg.«

»Hat sie dir von ihrem Projekt am Rossfall erzählt?«, fragte Jock.

Ida schnaubte nur kurz.

»Du warst von der Idee nicht begeistert?«

»Mich hat sie ja nie gefragt.«

»Das heißt, dieses Projekt hätte dich auch interessiert?«

»Wer bitte will am Rossfall, diesem elenden Schattenloch, Zeit verbringen?«

Beide schauten zum Fenster hinaus. Ida kaute ihre blauen Fingernägel.

»Du sagst, sie sei dominant gewesen. Wie war es denn möglich, dass Karin hier im Kreuz herumkommandiert hat?«

»Anfangs dachten unsere Eltern noch, die Karin wird das Kreuz zusammen mit Thomas übernehmen und schön traditionell weiterführen. Als sie den Stammtisch für alleinerziehende Mütter eingeführt hat, da drehten sie schon das erste Mal durch. Alleinerziehende Mütter. In Hundwil.« Sie lachte auf und schüttelte den Kopf. »Mit ihren Ideen für eine Kinderkrippe im oberen Stock hat sie dann unseren Vater definitiv in den Wahnsinn getrieben. Seine eigene Tochter stand in seinen Augen für den Zerfall der Menschheit.«

»Und du? Warum geben die Eltern dir nicht mehr Verantwortung im Kreuz?«

»Schnitzel Pommes.«

»Schnitzel Pommes?«

»Die Geschäftsphilosophie meiner Eltern. Mehr passiert hier nicht. Die rümpfen ja schon die Nase, wenn die vom Appenzeller Bier eine neue Sorte vorstellen möchten.«

»Und du wolltest das ändern?«

»Ich kokse ab und zu, ja. Ich bin sehr chaotisch, und die Männer haben es bis jetzt mit mir auch noch nicht auf die Reihe gekriegt. Aber ich kann verdammt gut kochen.«

»Deine Eltern lassen dich keine neuen Sachen ausprobieren.«

»Genau.«

»Schnitzel Pommes.«

»Schnitzel Pommes.«

Wieder schwiegen beide.

Als Ida erneut zu husten begann, klopfte ihr Jock kräftig auf den Rücken. Sie zuckte kurz zusammen, schien irritiert, doch dann mischte sich ein Schmunzeln in den Hustenanfall, und sie zeigte ihm mit erhobener Hand an, dass es reichte.

»Du hast gesagt, ihr hättet in Erinnerungen geschwelgt.«

»Ja, es war irgendwie schön. Wir haben Rotwein getrunken und die alten Sachen angeschaut.«

»Was für alte Sachen?«

»Ich hab hier auf dem Estrich eine Schachtel gefunden, die Karin gehörte. Sie hat sie vergessen, als sie ausgezogen ist.«

Ida öffnete ihren Schrank und zog einen Schuhkarton heraus, der außen mit Packpapier überzogen war. Auf dem braunen Umschlag klebten viele kleine bunte Sticker, die Stars aus den achtziger Jahren zeigten: Madonna, Sophie Marceau, Nena, Boris Becker und Otto Waalkes, den Komiker. Das Grinsen der Promis wurde noch verstärkt durch eine große Zahl an gelben Smiley-Stickern.

»Die guten alten Eightys«, murmelte Jock und versicherte sich mit einem kurzen Nicken, dass er die Schachtel in die Hand nehmen durfte. Er stellte sie auf den Tisch und öffnete sie vorsichtig. Der Deckel klemmte erst ein wenig, gab dann aber auf Druck nach.

Als er ihn entfernt hatte, zuckte er heftig zusammen. Er blickte direkt ins Gesicht von Karin. In das Gesicht, das ihm vertraut war und das hier etwa dreißig Jahre jünger sein mochte. Auf dem großformatigen Foto trug sie eine knallrote Bluse und lachte verschmitzt, während sie sich mit beiden Händen in die Haare griff und diese in die Höhe streckte. Jock verspürte den Drang, den Deckel wieder zu schließen. Mit einem kurzen Seitenblick zu Ida, die scheinbar gelangweilt an die Wand starrte, hob er den Stapel Fotos an und betrachtete sie, wobei er gleichmäßig zu atmen versuchte, um seinen Puls etwas zu senken. Es waren Bilder einer scheinbar unbeschwerten Jugend. Karin auf dem Fahrrad, Karin mit Freundinnen am Bodensee oder Karin mit einem gefangenen Fisch am Fluss. Unter den Fotos lagen drei kleine Stofftiere, eine alte VHS-Kassette mit dem Titel »Winter 88«, eine zusammengefaltete *Musenalp-Express*-Zeitschrift und ein mit orientalischen Goldornamenten verziertes Büchlein mit einem Lederband, das mit einem Schloss versehen war. Es war ein Tagebuch. Karins Tagebuch.

»Hat sie das Tagebuch an diesem Abend geöffnet?«

»Nein. Wir haben Fotos angeschaut und das *Musenalp* durchgeblättert, da hat sie damals ein Gedicht drin veröffentlicht. Dazu haben wir das Video von den Skiausflügen geschaut. Ich hab hier noch einen alten Videorekorder. Wie gesagt, es war gemütlich.«

»Gibt es einen Schlüssel zu dem Tagebuch?«, fragte Jock.

Ida nahm von ihrem Nachttisch eine Haarnadel, steckte sie in das Schloss und drehte das Metallteil konzentriert in ihren Fingern. Ein paar Sekunden später baumelte die kleine Lederschlaufe ins Leere, und Ida lächelte schuldbewusst.

Jock schaute etwas irritiert, nahm dann das Buch trotzdem entgegen und schlug es zögerlich auf. Die Schrift, die sich ihm in auffälliger roter Farbe zeigte, neigte sich leicht nach rechts. Über jedem Block, der einem Tag entsprach, stand das jeweilige Datum. Er begann laut zu lesen:

»Sonntag 21. 9. 1986

Alles easy. Es mues... Gestern war ich im Jugi in Herisau. Meiner Mutter hab ich gesagt, wir gehen nach Urnäsch an eine Puurädisco. Sie hat was davon gehört, dass das Jugi eine Drogenhölle sei. So geil. Es stimmt ja auch. Wir ha-

ben nur Diesel getrunken. Finds wahnsinnig grusig. Aber dann hab ich getanzt und getanzt. Ich konnte nicht mehr aufhören. Bei The Final Countdown *sind wir voll ausgerastet, ich hätte mir fast den Kopf an der Säule aufgeschlagen. Es war hammergeil!«*

Jock schaute zu Ida. Sie schien in Gedanken versunken zu sein.

»Ja, das Jugi war früher noch verrucht, irgendwie illegal. Das waren noch Zeiten.«

»Darf ich das mitnehmen?«, fragte Jock, und als Ida nickte, legte er das Tagebuch in seinen Rucksack.

»Und dann ist sie plötzlich gegangen. Wusstest du denn, wohin sie wollte?«

»Keine Ahnung. Ich hatte zuerst das Gefühl, sie freut sich drauf. Sie hat so geheimnisvoll die Augen verdreht. Doch dann war sie völlig durch den Wind.«

Jock schaute aus dem Fenster in das langsam dunkler werdende Grau des Hundwiler Nebels. Seine Gedanken gingen wild durcheinander. Was hatte Karin so aufgewühlt?

»Kannst du dir erklären, warum? Hat sie vielleicht in der Schachtel etwas gefunden?«

»Ich habe keine Ahnung. Sie war plötzlich anders. Ich hab sie noch nie so erlebt.«

11

Jock wollte nicht in dieses Gebäude rein. Mit beiden Händen klammerte er sich an seinen Pappbecher und schlürfte die bittere, entfernt nach Kaffee schmeckende Flüssigkeit, die er an der Tankstelle in St. Fiden gekauft hatte.

Der Bau mit seinen feingliedrigen Verstrebungen glich einem Skelett. Das Institut für Rechtsmedizin in St. Gallen war bei einem Tötungsdelikt für die Untersuchung der Leiche zuständig, Appenzell Ausserrhoden war als Kanton zu klein für eine Rechtsmedizinische Abteilung.

Er stieg aus dem Wagen und sah Silvana mit selbstbewusst erhobenem Haupt in Richtung Eingang gehen. Ihre Miene transportierte klar, dass sie nicht gewillt war, auf einen Small-Talk-Versuch von Jock einzugehen. Nach wenigen Schritten hatte er sie eingeholt.

»Und, wie geht's, hast du gefrühstückt?« Bereits als er die Worte sagte, merkte Jock, was für einen Blödsinn er da fragte.

Silvana drehte leicht den Kopf. »Es geht mir gut, ich hab ausgiebig gefrühstückt. Das mach ich meistens, wenn ich eine Leiche ...«, sie stockte, »sorry, das war ... ich hab schon wieder vergessen, dass ihr zwei ...«

Jock zeigte mit der Hand an, dass es schon okay sei.

»Geht das hier?« Silvana deutete mit dem Kopf auf das Gebäude, während sie ihre Arme über dem Kopf durchstreckte.

Jock war nicht wohl dabei. Das Wissen, dass Karin hier drin irgendwo in einer Schublade lag oder gar auf einem

Tisch seziert worden war, ließ ihn erschaudern. Er versuchte, Silvanas Dehnübungen zu imitieren. Die Bewegung half.

»Es muss.«

Gemeinsam betraten sie das Gebäude. Es roch mehr wie ein Schulhaus als eine medizinische Einrichtung. Jock fühlte sich nicht nur wegen des Geruchs nach billigem Putzmittel, sondern auch durch seine Nervosität und Angst vor dem, was hier noch kommen konnte, an seine Schulzeit erinnert.

In der Eingangshalle erwartete sie Pierina Otènger. Der klein gewachsenen Frau in weißem Kittel mit einem roten Seidenschal um den Hals sah man nicht an, dass sie bereits seit zwanzig Jahren hier am Rechtsmedizinischen Institut arbeitete und daher mindestens fünfzig sein musste.

»*Les Appenzellois! C'est manifique.* Schön, hab ich mal wieder Abwechslung. Es passiert noch Gewalt im Appenzellerland«, sagte sie mit breitem Lächeln.

Jock versuchte, sich nichts anmerken zu lassen, und ging auf die Gerichtsmedizinerin zu. Als er ihre Hand – sie packte kräftig zu – schüttelte, wurde ihm klar, dass dieselben Finger vor wenigen Stunden an Karins Körper rumgeschnitten hatten. Schnell ließ er los.

»Wir sind sehr froh, dass wir Ihre Unterstützung haben, Frau Otènger«, sagte er in unnatürlich lautem Tonfall.

»Jetzt übertreiben Sie mal nicht. Ich mache nur mein *travail*, und ich versuche dabei nett zu meine Kollegen zu sein. *N'est ce pas?*«

Jock und Silvana nickten und lächelten pflichtschuldig zurück.

»*Alors.* Lasst uns in meine schöne Stube gehen und alles Weitere besprechen, bevor wir uns ein paar Details anschauen.«

Jock zuckte zusammen. Falls sie diese Details an der Leiche zeigen wollte, musste er sich eine gute Ausrede einfallen lassen.

In diesem Moment wurde die Türe zum Empfang aufgestoßen, und Beat Sollberger, der Staatsanwalt, betrat den Raum. Silvana und Jock blickten erstaunt. Es war nicht unbedingt üblich, dass ein Staatsanwalt dabei war, wenn man die Resultate mit der Gerichtsmedizin besprach.

»Monsieur Sollberger, das ist aber eine Überraschung. Soll ich Ihnen eine Latte Macchiato bringen? Nein, war nur ein Scherz, unser Kaffee ist nicht besser geworden.«

Otènger lachte laut auf, während Silvana, Jock und der Staatsanwalt etwas verlegen schmunzelten.

»Dieser Fall ist wichtig für die Ausserrhoder Staatsanwaltschaft, darum wollte ich vor Ort sein. Ich weiß, dass wir ein gutes Team haben. Gerade darum möchte ich heute gerne meine Unterstützung anbieten«, sagte Sollberger und schaute aufmunternd in die Runde.

»Ich nehme also an, Monsieur Sollberger, Sie sind gespannt, was die Obduktion der Leiche für Ergebnisse gebracht hat und wann *le* Todeszeitpunkt *exactement* war.«

Silvana, die dem Treppengeländer, das in den oberen Stock führte, mit ihren Fingern ein paar Obertöne entlockte, richtete sich auf. »Es wäre ja wohl sinnvoll, dies nicht unbedingt hier in aller Öffentlichkeit auszubreiten, oder?«

Otènger nickte und zeigte mit ihrer Hand nach oben.

»Mi casa es su casa, wie der Franzose sagt!« Und auch diesen Spruch unterstrich sie mit einem lauten Lachen, während Silvana, Jock und Beat Sollberger an ihr vorbei die Treppe hochgingen.

Das Zimmer sah eher aus wie das Forschungslaboratorium einer verschrobenen Wissenschaftlerin aus dem 19. Jahrhundert als das Büro einer seriösen Medizinerin am Kantonsspital St. Gallen. Zwei riesige Büchergestelle enthielten sämtliche Sammelbände über Anatomie, außerdem Werke wie *Es* von Stephen King, *Dracula* von Bram Stocker oder *Frankenstein* von Mary Shelley, sowie mehrere verrostete Apparaturen, die wohl kaum noch in Gebrauch waren. Den Boden zierte ein Perserteppich, der von hungrigen Schlangen umrahmt war, die einander ins Hinterteil bissen, und in der Mitte stand ein großer Tisch mit Holzstühlen und einer Vase, die mit orangen Tulpen gefüllt war.

»Willkommen in meine Zuhause. Hier habe ich mir einen kleinen Rückzugsort eingerichtet, aber ich denke, Sie sind nicht hier, um mit mir eine Bordeaux zu trinken?«

Jock schwitzte. Er war noch nie hier oben gewesen, sondern hatte bisher nur Opfer begleitet, die noch lebten und deren Verletzungen aufgrund einer Gewalteinwirkung untersucht worden waren.

Dann sah er im Rücken der Gerichtsmedizinerin die Tür mit jener unscheinbaren silbernen Plakette: *Forensische Pathologie*. Der Schmerz war wieder sehr körperlich. Er kroch ihm vom Nacken in den steifen Rücken. Pierina Otènger holte aus ihrem Schreibtisch eine durchsichtige Plastikmappe mit einem Stapel Papiere darin.

»Wir haben ein Puzzle zu lösen, meine Damen und Herren«, sagte sie und zeigte mit großer Geste auf die Türe.

Jock musste reagieren. Jetzt.

»Müssen wir das an der Leiche sehen?«, fragte er in beiläufigem Tonfall.

Pierina Otènger und Beat Sollberger schauten ihn interessiert an. Bei Silvana sah er ein sorgenvolles Erstaunen im Blick.

»*Mais oui.* Ich muss Ihnen diese Besonderheiten am Schädel zeigen.«

»Sie haben in Zürich sicher schon Gröberes gesehen, oder?«, fügte Sollberger hinzu.

»Okay!« Otènger klatschte in die Hände, drehte sich um und ergriff die Türfalle.

»Stopp«, sagte Silvana bestimmt. »Ich möchte das nicht.«

»Sie wissen schon, dass es sicher ist, dass auch Sie mal tot auf eine Tisch liegen werden? Wir hoffen, nicht mit Hämatomen *sur la tête*.«

»Nein, es ist nicht das.« Silvana machte eine Pause. »Ich habe als Kind auf dem Weg zur Ebenalp gesehen, wie eine Frau verunglückt ist. Sie hat sich den Kopf an einem Felsen aufgeschlagen. Ich habe es geschafft, dass dieses Bild nicht mehr jedes Mal auftaucht, wenn ich einschlafen möchte. Darum wäre ich froh, wenn ich verzichten könnte.«

Sie schaute in die Runde und klopfte mit der rechten Hand nervös auf ihren Oberschenkel.

Jock stieß lautlos Luft aus seinem halb offenen Mund. Er wagte es nicht, Silvana in die Augen zu schauen.

Otènger zuckte mit den Schultern. Sie schien enttäuscht, spielte mit ihrem Seidenschal und deutete mit der Hand zum Tisch. »Wenn die Appenzeller das so wünschen, dann zeige ich Ihnen die Bilder eben auf meine Laptop.«

»Frau di Novi ist eine hervorragende Polizistin. Wir respektieren das gerne«, fügte Sollberger mit einem freundlichen Lächeln im Gesicht hinzu und setzte sich auf einen der Holzstühle.

Mit schnellen Bewegungen holte die Gerichtsmedizinerin ihren Laptop aus einem der Schränke. Jock nahm einen Stuhl und stellte ihn in einigem Abstand hin.

»*Alors* …«, sagte sie überdeutlich. Es bereitete ihr sichtlich Freude, die eingespickten französischen Wörter kraftvoll zu dehnen. »Aufgrund der feuchten Witterungsverhältnisse ist es nicht ganz einfach, *le* Todeszeitpunkt *exactement* zu eru-

ieren. Wir gehen im Moment davon aus, dass Frau Äschermann Sonntagabend *entre* 17 und 19 Uhr gestorben ist.«

Beat Sollberger lehnte sich vor, seine Augenbrauen zogen
sich etwas zusammen.

»Das ist ja schon einmal eine Antwort. Wir werden gleich
die Bewilligung einholen für die Ortung aller Handydaten
rund um den Rossfall. Wir sollten wissen, welche Handys
dort eingeloggt waren«, sagte er in gedämpftem Tonfall, so
als ob er verhindern wollte, dass jemand zuhörte.

»Warten Sie, Monsieur! Es gibt ja nicht nur die Frage nach
dem Todeszeitpunkt, sondern auch die Frage nach der Art
der Tötung ...« Sie machte eine Pause. »Ich will nicht sagen,
dass eine Tötung *un art*, also eine Kunst ist, aber ... Sie wissen, was ich meine.«

Ihr Gesichtsausdruck wurde ernster, so als ob sie klarma-
chen wollte, dass sie die folgenden Sätze nicht mit Scherzen
anreichern würde.

»Wir haben am Kopf des Opfers die Rückstände von eine
rostige Gegenstand gefunden. Das Opfer ist vermutlich an
den Folgen eines Schlages mit diese Gegenstand gestorben.
Weitere Hämatome am Körper, die vom Sturz in die Tiefe
kommen, waren vermutlich nicht *décisif*, also ... entschei-
dend.«

»Heißt das auch, dass wir mit größter Wahrscheinlich-
keit von einem mit Absicht ausgeführten Gewaltdelikt und
kaum von einer Notwehrsituation oder einer Affekthand-
lung ausgehen können?«, fragte Silvana, die in einem Notiz-
buch mitschrieb.

»Es kann trotzdem noch im Affekt passiert sein. Das
Trauma am Kopf war einfach mit Sicherheit nicht von die
Sturz, sondern die Schlag. Das sieht man auf diesem Bild
sehr schön, wenn auch nicht ganz so präzis ...«

»Danke, Frau Otènger, ich glaube, wir haben die Informationen, die wir brauchen. Schicken Sie uns doch den Bericht per Mail«, unterbrach sie Jock.

»Oui, oui. Aber meine Lieben … nicht so überstürzt. Es gibt etwas, was wir noch nicht so ganz einordnen können. Wir haben an die Kopf der Toten viele Rückstände von weißen Textilfasern gefunden.«

»Was könnte das bedeuten?«, fragte Sollberger und schaute konzentriert zur Gerichtsmedizinerin, die sich durch die forsche Art des Staatsanwalts nicht einschüchtern ließ.

»Das ist eine gute Frage, Monsieur Sollberger. Vielleicht hat sie eine spezielle Kappe getragen, was eher unwahrscheinlich ist. Oder man hat versucht, sie zu ersticken? Darauf haben wir aber keine weiteren Hinweise gefunden. *Je sais que je ne sais rien.*« Wieder grinste sie.

»Ich möchte, dass Sie mich über die neusten Erkenntnisse ständig auf dem Laufenden halten. Verstanden?«, sagte Sollberger, während er seine Mappe knetete.

»Stets zu Diensten, *Monsieur le procureur.*«

»Herr Kobel, was haben Sie denn bis jetzt herausgefunden?«

Jock deutete mit der Hand zu Silvana, die sogleich das Wort ergriff.

»Vom Tatort gibt es keine klaren Hinweise. Der Abschnitt hinter dem Rossfall ist Teil vom Lily-Langenegger-Weg, der bei Familien sehr beliebt ist. Die Spurensicherung hat daher keine verwertbaren Fußabdrücke finden können.«

»Was ist mit dem Wanderer? Hat man den befragt?«, fragte Sollberger.

»Ein Rentner, der in der Schwägalp übernachtet hat und unterwegs nach Urnäsch war. Er hat die Rettung verständigt, und wenig später waren wir bereits vor Ort.«

»Was macht denn so ein Rentner auf einem Themenweg?«

Silvana di Novi schaute Sollberger an, als habe sie die Frage nicht ganz verstanden. »Er hat Vögel beobachtet. Darum war er auch so aufmerksam und hat das Opfer unten am Fluss bemerkt.«

Sollberger nickte. »Wer sind denn die Verdächtigen?«

»Wir haben zum einen Thomas Äschermann, den Ehemann der Toten, der durchaus ein Motiv hat. Er könnte ...«, sie zögerte etwas, bevor sie weitersprach, »eifersüchtig sein auf einen eventuellen Liebhaber seiner Frau.«

Jocks Bauch verkrampfte sich, als ob er soeben einen Haufen Steine gegessen hätte.

»Außerdem habe ich gestern Abend herausgefunden, dass das Ehepaar eine ziemlich hohe Lebensversicherung abgeschlossen hatte, die nun dem Ehemann zugutekommt. Es gibt Hinweise, dass Thomas Äschermann als selbstständiger Naturheilpraktiker mit finanziellen Problemen zu kämpfen hat.«

Die Vorstellung, dass Thomas Äschermann Karins Leben beenden wollte, weil sie eine Affäre hatte und er finanziell keinen Ausweg mehr sah, war für Jock schier unvorstellbar. Um aus dieser Starre herauszukommen, streckte er seinen Rücken durch und wollte selber mit seinem Bericht vom Besuch der Familie Bendel fortfahren.

»Frau di Novi, Sie haben gesagt, Karin hätte eventuell einen Lover gehabt«, unterbrach die energische Stimme von Sollberger seine Gedanken. Dabei dehnte er das Wort *Lover* aus und lächelte süffisant, so als ob er etwas Verbotenes aussprechen würde. »Wer könnte das denn sein?« Er blickte herausfordernd in die Runde.

»Ich hatte das Gefühl, der Ehemann verdächtigt Ivo Mitrovic, den Besitzer des *Mio Spa*. Das ist jedoch reine Spekulation. Wir gehen nicht davon aus. Er wollte seinen eigenen Traum am Rossfall verwirklichen. Mitrovic war viel eher Konkurrent«, antwortete Silvana und unterstrich das Wort *Konkurrent*, indem sie ihre Fäuste aneinander rieb.

Jock sah diesen großen, gut aussehenden Mann mit dem breiten Lächeln vor sich. Er spürte beinahe die flinken Hände, die ihn massiert hatten. Es schauderte ihn. Hatte Karin ihm ihre exklusive Zuneigung nur vorgespielt und war auch mit Ivo Mitrovic ins Bett gegangen? Er verdrängte den Gedanken. Gleichzeitig stieg in ihm ein Gefühl der Abscheu und des Hasses auf Ivo Mitrovic auf.

»Als ich den Zeugen Mitrovic unverbindlich befragen wollte, tauchte plötzlich sein Anwalt Landshauser auf«, mischte sich nun Jock ins Gespräch und versuchte dabei, seine Stimme möglichst kräftig klingen zu lassen. Er atmete schwerer. Normalerweise war er es, der mit Eifer anstehende Fälle erläuterte. Jetzt war er nur darauf konzentriert, dass er diesen Raum bald wieder verlassen konnte, ohne zusammenzubrechen.

»*Mais pourquoi?* Wieso sollte er ihn in ein begangenes Delikt einweihen?«, wandte die Gerichtsmedizinerin Otènger ein.

»Ich kenne Pädi Landshauser vom Studium. Er ist ein sehr guter Anwalt, und vielleicht war er tatsächlich einfach zufällig im Spa«, sagte Sollberger.

»Vielleicht hatte ja Karin etwas gegen Mitrovic in der Hand, und sie wollte ihn damit erpressen?«, fragte Silvana.

»Das ist eine sehr bedenkenswerte Theorie«, sagte Sollberger mit besorgtem Blick.

»Wir können uns jetzt auch nicht nur auf Mitrovic versteifen«, sagte Silvana und blickte zu Jock. »Du warst doch noch bei der Familie Bendel im Kreuz in Hundwil?«

»Ja, bei den Eltern Agata und Albert. Sie waren wohl überfordert mit den Vorstellungen ihrer Tochter. Es war eine Katastrophe für sie, dass Karin nicht das familieneigene

Restaurant übernehmen wollte, sondern versuchte, sich etwas eigenes aufzubauen.«

»Und was ist mit der Schwester?«, fragte Sollberger.

»Ida Bendel ist gelernte Köchin und hat Erfahrungen im Gastro-Bereich. Sie hätte wohl gerne zusammen mit Karin das Restaurant der Eltern übernommen. Aber ihre Schwester hatte andere Pläne«, sagte Jock und schaute in die Runde.

»Und die Eltern?«, fragte Otènger.

»Die haben es Ida wohl nicht zugetraut«, sagte Jock.

»Kann ich verstehen, die hatte immer wieder mit Drogen zu tun«, sagte Sollberger und erhob sich von seinem Stuhl. »Ich danke euch jedenfalls für die Ausführungen. Wir werden dranbleiben. Bitte informiert mich, wenn ihr etwas herausfindet.«

Auch Otènger stand auf und streckte mit einer an eine Schauspielerin beim Schlussapplaus erinnernden Geste ihren Arm aus, um den Gästen den Weg aus der Türe zu weisen. Jock kannte den Mechanismus von Ermittlungen. Er hatte in seiner Zeit in Zürich auch schon Gewaltdelikte begleitet und diese geschäftige Aufgeregtheit, die bei den Beteiligten seitens Polizei und Staatsanwaltschaft jeweils herrschte, stets genossen. Jetzt war alles anders. Ja, die Gerichtsmedizinerin Otènger hatte eine etwas exzentrische Art, und Sollberger war ein sehr ehrgeiziger Staatsanwalt mit klaren Zielen. Das war es nicht, was in dieser Situation einen solchen Druck erzeugte. Es war dieser Riss, den er mit einem Ermittlungsergebnis zu kitten hoffte. Falls er überhaupt noch lange ermitteln durfte.

Als sie zum Parkplatz kamen, schüttelte Beat Sollberger ihnen die Hand, wünschte viel Erfolg bei den weiteren Ermittlungen, setzte sich in seinen schwarzen Jeep und fuhr in Richtung Appenzellerland davon. Silvana kam zu ihrem kleinen roten Elektromobil, hob kurz die Hand und sagte knapp: »Bis nachher dann.« Als sie einsteigen wollte, stellte sich Jock vor sie hin.

»Danke«, sagte er nur.

Silvana schüttelte ihre Autoschlüssel wie eine Butlerin, die zum Tee bittet. »Mach jetzt bloß keinen Scheiß mehr, ja!«, sagte sie nur mit ernstem Gesicht.

Jock atmete kräftig aus. »Ich möchte bloß herausfinden, wer das Karin angetan hat. Verstehst du das nicht?«

»Ich geb mir Mühe.« Mit diesen Worten stieg Silvana in ihr Auto und fuhr los. Jock schaute dem Wagen hinterher und kreuzte seine Arme. So stand er für eine ganze Weile da und blickte in den hellblauen St. Galler Himmel.

12

Er parkte seinen Wagen am Straßenrand und blickte
hinüber zur Rosenbergstrasse 24a. Haus war vermutlich ein etwas zu bescheidener Ausdruck für diesen Pracht-
bau, der von den Laternen dezent beleuchtet wurde. Villa
wäre wohl passender. Das Gebäude mit seinen grünen
Fensterläden und der steinernen Treppe, die zum Eingang
hinaufführte, strahlte eine altmodische Eleganz aus. Es
war vermutlich ein Stickereibesitzer, der es mit seinen ver-
schnörkelten Fensterverzierungen und farbigen Glasschei-
ben in der Blüte der St. Galler Textilindustrie hatte errichten
lassen.

Auf der anderen Straßenseite beobachtete eine ältere
Dame in einem mintgrünen Deux Pièces und mit sorgfältig
geordneter Frisur ihren Dackel, der einen Rosenstrauch be-
schnupperte. Spürhund. Was für ein bescheuerter Begriff,
dachte sich Jock. Polizeiarbeit funktionierte selten, weil
irgendein einsamer Ermittler den richtigen Riecher hatte. Sie
dauerte vor allem. Es brauchte Bewilligungen, Organisation.
Das war ihm bis anhin egal gewesen. In Zürich war das einfach sein Job, er hatte ja Zeit gehabt. Jetzt war alles anders.

Jock kaute auf seinen Fingern herum. Den Gedanken, dass
Karin Mitrovic erpresst haben könnte und er sie aus Verzweiflung, vielleicht auch im Affekt getötet hatte, konnte
er kaum ertragen. Er war es ihr schuldig, dass er möglichst
schnell herausfand, wieso sie einen solch tragischen Tod
sterben musste. Er atmete tief durch. Dann stieg er aus dem
Wagen, ging über die Straße und öffnete das Gartentor. Die

Fenster waren allesamt dunkel. Vorsichtig spähte er in die Büsche, die rund um den sorgfältig geschnittenen Rasen aufragten. Ob da nicht ein Hund lauern könnte, der wesentlich angriffiger aussah als das kleine Schoßhündchen? Es war inzwischen kalt geworden, und Jock schlotterte in seiner dünnen Jeans und im T-Shirt.

Auf der linken Seite des Gebäudes befand sich ein kleiner Erker, der oben mit feinen steinernen Signaturen dekoriert war und auch sonst mit dem sauber geputzten Sandstein sehr ästhetisch aussah. Jock ging hin, stellte sich auf die Zehenspitzen und lugte hinein. Er erblickte die Konturen eines großen Kronleuchters; das Fenster war gekippt, und wie er schnell erkennen konnte, wäre es ein Leichtes, den Griff des zweiten Fensters zu erreichen. Er summte die Melodie von *More Than Words* vor sich hin. Karin hatte ihn darauf aufmerksam gemacht, dass er immer, wenn er sich konzentrierte, zu summen begann. Das konnten die banalsten Tätigkeiten wie Abwaschen oder Zähneputzen sein. Er tat es, wie andere Leute mit ihrer Zunge spielten oder mit den Füßen wippten. Es summte mit ihm. Erst seit Karin ihn darauf aufmerksam gemacht hatte, achtete er manchmal darauf. So wie jetzt.

Der Gedanke, dass er mit Karin sogar solch alltägliche Dinge geteilt hatte, schmerzte. Gleichzeitig ließ es ihn die Tatsache ignorieren, dass er ein Polizist war, der in die Villa eines Verdächtigen einstieg. Bevor er sich richtig überlegen konnte, was die Konsequenzen sein könnten, war er auch schon auf dem Fensterbrett und öffnete den zweiten Fensterflügel von innen.

Wie er gestern im Spa erfahren hatte, war Mitrovic heute Abend mit der ganzen Familie im Stadttheater St. Gallen, um der neuen Inszenierung der *Zauberflöte* beizuwohnen. Was für ein Snob, dachte Jock.

Er blickte sich um und sah, dass im Nachbarhaus die Lichter brannten. Viel konnte man vermutlich durch die Gartenbäume nicht erkennen. Trotzdem ließ er sich in einem Anflug von Panik seitlich in das offene Fenster fallen. Ein Topf mit einer weißen Lilie drin löste sich und krachte gleichzeitig mit Jock, der sich über seine rechte Schulter abzurollen versuchte, auf den Parkettboden. Er erstarrte. Was, wenn doch noch jemand im Haus war? Ein atemraubender Schmerz pochte in seiner Schulter und breitete sich in seinem Körper in alle Richtungen aus. Er atmete stoßweise durch den Mund und versuchte, ein Stöhnen zu unterdrücken, während er lauschte, ob sich in den anderen Zimmern etwas tat. Da hörte er plötzlich aus dem angrenzenden Raum einen Laut, als hätte jemand einen Gegenstand auf den Boden geworfen. Jock schlich leise hinter ein massives Büchergestell, sodass er von der Türe aus nicht gleich zu erkennen war. Es wurde ihm leicht schwindlig, weil er kaum noch atmete. Es war wieder still im Gebäude. Nur ab und zu drangen die Geräusche von vorbeifahrenden Autos durch.

Zum ersten Mal blickte er in den Raum. Es musste eine Art Lesezimmer sein. Von der Decke hing ein Kronleuchter, der zwar verschnörkelt und mit goldenen Blättern verziert war, aber trotzdem nicht protzig wirkte. Ein mintgrüner Sessel stand vor einem Salontisch, auf dem verschiedene Magazine und Bücher lagen. Neben *Motorsport* konnte er *Die unerträgliche Leichtigkeit des Seins* von Milan Kundera und *Der Malteser Falke* von Dashiell Hammett erkennen. Während ein Teil seines Gehirns diese Aktion hier zur größten Dummheit seines Lebens kürte und ihn daran erinnerte, dass Mitrovic und seine Familie jeden Augenblick hier auftauchen konnten, lobte ein anderer Teil Mitrovics Stil, der ihm bereits im *Mio Spa* imponiert hatte.

Plötzlich spürte er etwas gegen sein Bein drücken. Panisch trat er mit dem Fuß dagegen, und ein lautes Fauchen erklang, als die große schwarze Katze über den Parkettboden schlitterte und gegen den Salontisch stieß. Jock ging auf die Knie, und während sein Herz wie wild pochte, kroch er auf allen vieren auf das Tier zu.

»Miezekatze, Entschuldigung, ich habe dich doch nicht gesehen. Ach, du Schussel, ich wollte dir doch nicht wehtun.«

Sie fauchte ihn an. Jock antwortete mit einer gesummten Version von *Love Cats*. Auch das schien sie nicht zu interessieren, sie rappelte sich auf, bevor er sie streicheln konnte, und stolzierte mit leicht erhobenem Schwanz ins obere Stockwerk.

»Du magst The Cure nicht. Ich respektiere das«, murmelte Jock. Er atmete erleichtert aus. Nachdem er eine Weile gelauscht hatte, ob auch wirklich niemand im oberen Stockwerk war, schlich er ebenfalls die Treppe hoch. Im ersten Zimmer befand sich ein Klavier, auf dem eine große Vase mit violetten Blumen darin stand. Er war wieder erstaunt über den fast schon mondänen Geschmack der Familie Mitrovic. Die Einrichtung hatte nichts Protziges, sondern eher etwas Zeitloses und passte daher perfekt zur noblen Villa.

Die nächsten beiden Zimmer gehörten den Kindern der Mitrovics. An den Wänden hingen Bilder von exotischen Orten und berühmten Fußballerinnen. Die Betten waren mit bunten Überzügen bestückt. Am Ende des Ganges dann fand er das Arbeitszimmer von Mitrovic. Es war der schlichteste Raum, den er bis jetzt gesehen hatte. An der Wand hing ein großes Bild einer Furcht einflößenden Gestalt mit einer Maske und einem Kleid aus Stroh und Blättern, an dessen Brust sechs große Glocken baumelten. Ein Silvesterchlaus, der in Appenzell Ausserrhoden mit einer

Gruppe von Haus zu Haus zog und die Leute mit Gesang und guten Neujahrswünschen beschenkte. Neben einem sterilen Schrank stand ein klassischer Büroschreibtisch mit einem Computerbildschirm, daneben lagen Stifte und verschiedenfarbige Post-its.

Jock schaltete den Computer ein. Auf dem Bildschirm erschien ein Feld mit Anmeldung, wo er das Passwort eingeben musste.

»Okay, mein Lieber, dann wollen wir mal schauen, wie paranoid du bist«, flüsterte Jock. Auf einem Zettel hatte er sich die Geburtsdaten von Mitrovics Kindern sowie von dessen Frau notiert. Er tippte eine erste Zahlenkombination ein. Es geschah nichts. Dann die nächste. Immer noch nichts. Noch ein Versuch, und schwups, auf dem Bildschirm war ein Bild von den Appenzeller Hügelketten. Jock ballte die Faust, wie ein Sportler nach einem Tor.

»Eins zu null, mein Freund.«

Dann suchte er die Ordner auf dem Desktop ab und fand tatsächlich einen, der mit »Rossfall Spa« bezeichnet war. Als er auf ein Icon klickte, ging der Computer automatisch in den Vollbildmodus und zeigte einen Grundriss eines Gebäudes. Am rechten oberen Rand stand klein *Rossfall Spa*. Jock klickte auf eines der Zimmer, und plötzlich war er ein Avatar in einem virtuellen Raum.

Er befand sich in einem Eingangsbereich, der erstaunlich echt aussah. Der Tresen bestand aus dunklem Holz und hatte vorne einen Alpaufzug mit Kühen und Appenzeller Sennen. Die Wand hinter diesem Holzkonstrukt war aus grauem Sichtbeton, und etwa auf Augenhöhe waren verschiedenfarbige Leuchtbuchstaben angebracht, die das Wort WOHLFÜHLFALL bildeten. Mit einem Mausklick auf einen Pfeil, der nach rechts zeigte, blickte Jock auf eine große Holztür, die mit geschnitzten Blumen verziert war.

Er – oder besser gesagt, sein virtuelles Ich – öffnete sie. Jetzt stand er in einem großen Raum, der an drei Seiten mit Holzlatten eingefasst war. Die Front war aus Glas und der Blick, der sich einem bot, atemberaubend. Ein Naturgemälde. Die Appenzeller Hügelketten mit den vereinzelten Bauernhäusern, verstreuten Gruppen von Kühen oder Schafen und einzelnen Waldpartien.

Jock erinnerte sich an einen Besuch bei seinem Vater, der ihm in einer kleinen Zürcher Zweizimmerwohnung diesen irischen Folksong vorgesungen hatte: »*Through the City of Chicago, when the evening shadows fall, there are people dreaming of the Hills of Donegal.*« Das Lied erzählte von irischen Auswanderern in Amerika. Sie vermissten die sanften Hügelketten ihrer Heimat. Immer wenn Jock diesen Song hörte oder selber auf der Gitarre spielte, sah er vor sich die Hügelketten des Appenzellerlands. Er schämte sich auch ein wenig für diese Sehnsucht und getraute sich nicht, sie seiner Mutter oder seinen Zürcher Schulkameraden anzuvertrauen.

Die Escape-Taste holte ihn wieder in die Realität zurück. Er schaute auf die Uhr, es war kurz nach zehn. Das müsste noch reichen, die Vorstellung hatte um Viertel nach acht angefangen.

Nur, er musste loslegen. Was wollte er eigentlich finden hier? »Ich möchte Karin Äschermann umbringen, weil sie meinem Lebenstraum im Weg stand.« Dachte er vielleicht, er würde einen solchen Satz als Datei auf Mitrovics Computer finden? Nein, aber zumindest irgendeinen Hinweis auf Dreck an der Fassade dieses strebsamen, auf Ästhetik versessenen Menschen. Sein Charisma war unbestritten, und die Kombination aus urchigem Appenzeller Dialekt und seinem gewinnenden Auftreten geradezu faszinierend. Was nur war es, das dieser Typ zu verbergen hatte? Wo hatte er sich kurz vor ihrem Tod mit Karin getroffen? Und wie war es Karin ergangen? War auch sie seinem Charme erlegen, oder hatte sie sich zu stark gegen sein Projekt gewehrt?

Er schaute sich die weiteren Ordner auf dem Computer an. »Familie«, »Administration«, »Bestellungen Mio Spa«. Er klickte sich durch die Unterordner, konnte aber keine Datei finden, die irgendeinen brauchbaren Hinweis lieferte. Was hatte Karin herausgefunden, dass sie vor dem Treffen mit ihm so nervös gewesen war?

Draußen war es stockdunkel. Ob die Nachbarn das Licht des Bildschirms erkennen konnten? Er musste jetzt herausfinden, was dieser Mann mit dem Tod von Karin zu tun hatte. Wahllos klickte er sich durch die Ordner auf dem Computer. Er schwitzte und fluchte leise vor sich hin. Sein Nacken fühlte sich an, als ob man ihm eine Bleiweste angezogen hätte. Er kratzte sich und merkte, dass sein Wärmepflaster, das er sich heute Morgen über die Schulterblätter geklebt hatte, unangenehm zu jucken begann. Mit einem Ruck riss er es sich von der Haut, sodass sich ein leicht pfeffriger Duft im Raum ausbreitete. Jock knüllte das Pflaster zusammen und steckte es sich in die Hosentasche. Dann öffnete er die oberste Schublade des Schreibpultes. Darin befanden sich schön ordentlich Briefumschläge in verschiedenen Größen, eine Schachtel mit verschiedenen Stiften und daneben eine kleine Dose. Er nahm sie heraus. Auf dem Deckel prangte ein Bild von Paris aus den zwanziger Jahren. Der Eiffelturm in der Mitte, auf der Seine schaukelten die Schiffe, und neben dem Schriftzug *Paris 1924, la cité de l'amour* stand mit schwarzem Filzstift *E-Banking* geschrieben. In der Dose befand sich eine Bankkarte, ein kleines weißes Kästchen mit Bildschirm und daneben ein Zettel, auf dem neben dem Kürzel PWI eine sechsstellige Zahl stand. PWI – Jock musste schmunzeln. Ein Klassiker. Er hätte Mitrovic etwas mehr Sicherheitsdenken zugetraut.

»Okay. Wenn dem so ist, dann schauen wir uns doch mal an, was du so mit deinem Geld treibst, Ivo Mitrovic.«

Jock führte die Karte in das Gerät, öffnete am Computer die Seite der Bank, und nachdem ihm das Kästchen den nötigen Zusatzcode geliefert hatte, begrüßte man ihn mit den Worten: *Herzlich willkommen, Herr Mitrovic.* Jocks Hände zitterten. Er war jetzt schon zum zweiten Mal in einen Privatbereich eingedrungen, wenn auch diesmal nur online. Ganz richtig fühlte es sich nicht an, doch der Drang, herauszufinden, wer Karin auf dem Gewissen hatte, war stärker. Er klickte sich durch, bis er eine Auflistung aller Kontobewegungen der letzten Monate vor sich hatte. Das meiste war banal. Migrol Tankstelle 113,40 CHF, Bahnhof Take Away 23,10 CHF, Swiss International Airlines 945,50 CHF. Jock wollte schon auf *Log-out* drücken, als er plötzlich jenen Namen las, der in den vergangenen vierundzwanzig Stunden so viel in ihm aufgewühlt hatte. Es war eine Überweisung von Mitrovic an Karin Äschermann über fünfzehntausend Schweizer Franken mit dem Verwendungszweck *Für den* WOHLFÜHLFALL.

Jock spürte, wie er zu schwitzen begann, wie seine Hände, die noch immer auf der Tastatur ruhten, feucht wurden. »Fünfzehntausend Franken, fünfzehntausend Franken für den WOHLFÜHLFALL.« Es war nicht wahnsinnig viel, aber angesichts der angespannten finanziellen Lage bei Karin und Thomas war es auch nicht wenig. Sie hätte das Geld gut gebrauchen können. In Karins Arbeitszimmer hatte er ihre Passion für dieses Projekt als dreidimensionale Welt gesehen. Mitrovic hatte ihr Geld bezahlt. War das eine Abfindung, damit sie davon abließ? Oder Schweigegeld? Aber wofür?

Jock schaute sich gerade im Raum um, als ob jetzt der entscheidende Moment im Spiel mit dem Wellness-Millionär gekommen wäre, als ihn plötzlich etwas in die Seite stieß. Er zuckte zusammen, wedelte mit den Armen und warf dabei ein kleines Wollknäuel, das sich an ihm festgekrallt hatte, von sich weg. Die Katze jaulte auf, als sie auf den Parkettboden knallte. Als er seinen Handrücken betrachtete, sah er, dass sie ihn blutig gekratzt hatte. Panisch streifte er das Blut an seiner Hose ab, bevor es auf den Boden tropfen konnte. Er blickte zu ihr runter und merkte dabei, wie sein Atem schnell und stoßweise ging. Interessiert guckte sie ihn an, sprang ihm dann erneut auf den Schoss und machte es sich dort gemütlich.

»Jetzt aber ohne Gewalt, okay?« Er streichelte ihr über den Kopf. Dann schaute er auf die Uhr. Es war halb elf. Er musste so schnell wie möglich weg von hier. Er nahm einen USB-Stick aus seiner Jackentasche und lud sich Screenshots der Überweisung von Mitrovics Konto darauf. Drag and Drop. Die Zeiten des Wartens waren längst vorbei.

Vorsichtig setzte er die Katze, die inzwischen zu schnurren begonnen hatte, auf den Boden und sah ihr kurz zu, wie sie sich schüttelte und dann etwas beleidigt aus dem Zimmer schlich.

In dem Moment hörte er, wie eine Türe aufging, und ganz plötzlich war das untere Stockwerk erfüllt mit lautem Gerede.

Jock erstarrte. Sein Herz schlug schnell. Er saß hier oben in der Falle. Was konnte er tun?

Verschiedene Stimmen ertönten. Er erkannte Ivo Mitrovics tiefen Bariton. Und dazu einen überdrehten Singsang zweier Teenager, die darüber diskutierten, wie realistisch es war, dass sich der Hauptdarsteller Tamino unsterblich in ein Bild verliebte.

Sie kamen die Treppe hoch.

Scheiße, dachte Jock. Warum genehmigen sie sich nicht wenigstens ein Glas Wasser in der Küche?

Er ging zum Fenster und öffnete es. Ein Sprung von hier war zu riskant, es war schlicht zu hoch. Das Nebenzimmer hatte einen großen Balkon mit schönen steinernen Verzierungen. Von der Dachrinne führte ein rostrotes Rohr bis zum Boden hinunter. Da musste er hin. Die beiden Teenager – den Stimmen nach zu urteilen, Mädchen – waren bereits im Flur. Jock erfasste Panik. Er schaute sich um und ergriff die einzige Möglichkeit, die ihm blieb, öffnete die Schiebetür und kroch in den Schrank, der zum Glück in den unteren Regalen genügend Platz für einen Erwachsenen bot. Von innen konnte er sie gut wieder verschließen.

Was hatte er nur getan? Die Frau, mit der er eine gute Zeit gehabt hatte, war tot. Er hatte es verpasst, das wohl einzig Vernünftige zu tun: seine Kolleginnen und Kollegen die Arbeit machen lassen. Stattdessen lag er jetzt im Schrank eines Wellness-Gurus, der vermutlich korrupt war, einen verstörend guten Geschmack besaß und mit seinen Töchtern in die Oper ging. Es war zum Verzweifeln. Vor einem Jahr war er in die Ostschweiz gekommen. Den Job als Leiter der Fachgruppe Gewaltkriminalität hatte man ihm gerne gegeben, da er dank seiner Arbeit in Zürich viel Erfahrung mitbrachte. Trotzdem war es den Kollegen in Herisau suspekt, dass jemand ernsthaft freiwillig ins Appenzellerland kommen wollte.

Es hatte sicher auch damit zu tun, dass er die wahren Gründe nicht nennen konnte. Auch die Liebe zur Heimat seiner Mutter hatte man ihm anfangs nicht abgenommen. Vielleicht wegen seinem immer noch ausgeprägten Zürcher Dialekt? Als er dann beim Weihnachtsessen Tränen in den Augen hatte, als seine Kollegen ein Zäuerli, also einen

Naturjodel, anstimmten, war vielen klar geworden, dass seine Liebe zu dieser Region mehr als nur ein Lippenbekenntnis war.

Vielleicht ging es Mitrovic genauso? Als gebürtiger Bosnier würde er wohl nie ganz als einer von ihnen akzeptiert werden, trotz seines urchigen Appenzeller Dialekts. War ihm der Rossfall tatsächlich so wichtig, dass er dafür über Leichen ging?

Ein Geräusch schreckte ihn aus seinen Gedanken. Jemand war im Büro. Bitte, bitte nicht in den Schrank schauen, dachte Jock und presste die Lippen aufeinander. Er hörte etwas rascheln, dann ging die Türe wieder zu, und es herrschte Stille. Jock atmete die Luft langsam aus. Mit angezogenen Knien verharrte er eine gefühlte Ewigkeit, bis er schließlich vorsichtig die Schiebetür öffnete. Es war dunkel und vollkommen still im Haus Mitrovic, also stieg er aus dem Schrank und streckte seine Beine durch, die ganz steif geworden waren von der unbequemen Haltung. Dann schlich er vorsichtig durch den Flur. Gerade als er die Treppe hinunterwollte, hörte er eine Türe aufgehen und dann Schritte, die sich näherten. Dem Klang nach waren es die schweren Schritte eines Mannes.

Ohne zu überlegen, schlüpfte er ins nächste Zimmer. Es war offensichtlich das Zimmer eines Teenagers. Die Läden waren nicht geschlossen, und der Mond, der inzwischen schimmernd wie eine perfekt gedimmte Designerlampe am Himmel stand, beleuchtete die Szenerie. An der Wand hing ein Bild von Robert Lewandowski, wie er gerade mit einem wuchtigen Kopfball ein Tor erzielte. Daneben das noch größere Poster einer Fußballerin, deren rosarote Haare in einer schwungvollen Tolle von ihrem Kopf abstanden und die in der linken Hand einen goldenen Fußballschuh hielt. *Megan Rapinoe – an American Heroine*, stand darunter.

Daneben baumelte an einem Nagel ein kleiner Bär mit einem sattgrünen Trikot vom FC St. Gallen.

Ein Blick zum Bett zeigte einen Wuschel dunkler Haare, das Gesicht zur Wand gedreht. Sie schlief schon. Vielleicht. Mit angehaltenem Atem lauschte Jock, was Mitrovic – das konnte nur er sein – im Flur machte. Er ging ins Nebenzimmer, und Jock hörte, wie er in weichem Singsang »Schlaf gut, meine Liebste« hauchte. Oh Scheiße. Er sagt seinen Töchtern Gute Nacht. Ich muss hier raus!

Vorsichtig öffnete er die Tür zum Balkon. Ein Glockenspiel erklang. Jock erstarrte und blickte zum Bett. Das Mädchen bewegte sich leicht, schien aber nicht aufgewacht zu sein. Ein Blick nach oben zeigte ihm, dass bei einer weiteren Bewegung der Türe noch mehr Glöckchen erklingen würden. So schlüpfte er vorsichtig durch den Türspalt ins Freie. Eine angenehm kühle Luft empfing ihn. Zu seiner Linken sah er das Regenrohr, das seine besten Tage bereits hinter sich hatte. Er hatte keine Wahl und ergriff es mit beiden Händen. Mit den Füßen konnte er sich an zwei kleinen Schrauben halten, die vom Rohr abstanden. Er schwitzte und versuchte, nach unten zu klettern, doch das Metall war zu rutschig. Erst konnte er mit einer Hand noch eine steinerne Verzierung des Balkons packen, doch auch dieser Griff war nicht stabil genug. Er glitt ab und stürzte ins Leere. Ein Gewirr aus Zweigen dämpfte seinen Aufprall, und in dem Moment blendete ihn grelles Licht. Rechts und links von ihm an der Hauswand befanden sich zwei Scheinwerfer, die wohl durch einen Bewegungsmelder angegangen waren. Er lag auf einem Strauch irgendeines klassischen Gartengestrüpps, sein Rücken und seine Hüfte taten ihm höllisch weh. Als er seinen Kopf etwas nach hinten senkte und nach oben blickte, sah er in das Gesicht von Mitrovic, der vom Balkon herunterschaute. Sein Blick war weder feindselig, noch drückte er Angst aus. Er schaute nur interessiert, als würde er im Zoo eine etwas exotische Tierart betrachten. In seiner rechten Hand hielt er eine Pistole.

Jock konnte dem Blick nur kurz standhalten. Er rappelte sich auf und spürte noch, wie sich sein Rücken dagegen sträuben wollte, jetzt gleich wieder in Aktion zu treten. In dem Moment, als er zum Gartentor blickte und losrennen wollte, schallte die sonore Stimme Mitrovics von oben: »Bleiben Sie stehen, oder ich schieße Ihnen ins Bein.« Jock ertappte sich noch bei der Idee, dass Mitrovic ein schlechter Schütze sein und ein Sprint in die Dunkelheit sich vielleicht lohnen könnte. Mitrovic schien seine Gedanken gelesen zu haben.

»Ich war im Hundwiler Jungschützenverein. Keine Sorge, ich werde treffen.«

13

Fünf Minuten später trat Jock etwas widerwillig in die Küche, die für den sonstigen Standard des Hauses gar nicht so groß war. Den Boden zierten dunkelrote sechskantige Steinkacheln, und unter dem einzigen Fenster stand ein solider Holztisch mit vier Stühlen, ebenfalls aus Holz. Mitrovic deutete darauf.

»Setzen Sie sich!«, sagte er im Befehlston.

Jock drehte sich um. Er war angespannt. Mitrovic hielt seine Pistole locker in der rechten Hand und schaute auf sein Gegenüber, als ob er einen interessanten Vortrag erwarten würde.

»Ich möchte nur wissen, ob Sie es getan haben«, begann Jock mit zittriger Stimme zu sprechen. »Es ist mir egal, wie viele Jahre Sie dafür kriegen. Ja, das ist mir scheißegal.« Dann wurde er lauter. »Ich möchte wissen, ob Sie es getan haben. Ich muss es wissen!« Er schrie diese Worte raus, und Mitrovic legte sich den Finger auf die Lippen.

»Ich bin nicht gewalttätig. Aber ich habe eine Waffe, und ich kann mich wehren. Bringen Sie mich nicht dazu. Sie sind verdammt noch mal in mein Haus eingebrochen. Und ich sage diesen Satz jetzt nur einmal, nur ein einziges Mal, verstanden?« Dabei lehnte sich Mitrovic leicht nach vorne und sagte ganz langsam, als ob er einem kleinen Kind etwas buchstabieren müsste: »Ich habe Karin nicht umgebracht. Ich war das nicht.«

Mitrovic legte seine Pistole behutsam auf den Tisch. Dann setzte er sich und streichelte mit seinen Handflächen das furchige Holz. Er blickte seinem Gegenüber offen in die Augen. Jock konnte dem Blick nicht standhalten. Wieder spürte er einen leichten Schwindel und setzte sich auf einen Stuhl. Dann war es eine ganze Weile still in der Küche. Er empfand eine irritierende Nähe zu diesem Mann, der so selbstbewusst und klar wirkte. Gleichzeitig war da auch die Ahnung einer Eifersucht. Eine Sehnsucht nach einem solchen Leben mit Familie und erfolgreichem Berufsleben. Oder war dieses Leben auch nur eine Lüge und Mitrovic in Wahrheit ein skrupelloser Gewaltverbrecher? In diesem Moment glaubte er ihm. Er konnte nicht anders.

In die Stille hinein trat plötzlich eine groß gewachsene Frau mit langen schwarzen Haaren und wachen Augen. Sie trug ein blaues Kleid, das ihr eine gewisse Eleganz verlieh. So ganz wohl schien sie sich darin trotzdem nicht zu fühlen.

»Alles okay bei euch?«, sagte sie nur.

»Darf ich vorstellen: Jock Kobel. Einbrecher und Polizist mit geschundenem Rücken. Das ist meine Frau Mira.«

Jock erhob sich. Er wagte es nicht, auf sie zuzugehen, dafür war ihm die Situation schlicht zu peinlich. Er winkte etwas verlegen. »Ich ... äh, ich war grad in der Gegend und hatte noch ein paar Fragen an Ihren Mann.«

Sie musterte ihr Gegenüber mit kritischem Blick. Dann schaute sie zu ihrem Mann, wobei sie die Pistole auf dem Tisch registrierte. Mitrovic schaute sie ernst an und deutete mit den Händen an, dass alles in Ordnung sei. Sie drehte den Kopf zu Jock und lächelte sanft.

»Okay. Aber bitte schreien Sie nicht so herum, meine Kinder wachen sonst auf. Falls Sie Hunger haben, mein Mann hat heute Kartoffelstock gemacht. Muss man probiert haben.« Sie fuchtelte mit einem imaginären Löffel in der Luft herum und verließ den Raum.

Jock blickte rüber zum Herd, wo eine große Pfanne stand. Und tatsächlich, es roch in der Küche angenehm nach Kartoffeln. Sein Magen knurrte. Er hatte kaum etwas gegessen heute. Mitrovic, der seinen Blick zur Pfanne registriert hatte, setzte wieder sein gewinnendes Grinsen auf.

»Kartoffelstock. Meine Spezialität.«

Jock schüttelte nur den Kopf. Es war völlig absurd, jetzt an Essen zu denken. Er saß womöglich mit Karins Mörder in einer Küche, und der versuchte gerade, ihm selbst gemachten Kartoffelstock anzudrehen. Das konnte es doch nicht sein. Dieser Scheißkerl schaffte es wieder, ihn einzulullen und vom eigentlichen Thema abzulenken.

Mitrovic stand auf, schüttete etwas Milch und einen Schuss Rahm in die Pfanne und rührte ruhig darin. Dann nahm er zwei Teller aus dem Schrank und schöpfte ordentliche Portionen darauf. Jock konnte sehen, dass der Kartoffelstock schön sämig von der Holzkelle kam, und ihm lief das Wasser im Mund zusammen. Mitrovic stellte einen Teller auf den Tisch. Jock machte keine Anstalten zu essen. Ganz ruhig hob Mitrovic die Hand.

»Warten Sie noch!« Dann ging er zum Kühlschrank und holte ein Glas mit einer roten Soße. »Ajvar, der Balkankaviar. Passt auch zu Kartoffelstock. Und jetzt essen Sie was, Sie sind ja ganz bleich.«

Jock resignierte. Er konnte kaum noch klar denken, etwas Festes im Magen würde ihm sicher guttun. Er nahm das Glas Ajvar, auf dessen Etikette eine alte Frau mit Kopftuch in einem Topf rührte, öffnete es und strich eine große Portion auf seinen Kartoffelstock. Dann zeigte er mit dem Löffel auf Mitrovic.

»Warum haben Sie Karin fünfzehntausend Franken überwiesen?«

»Woher wissen Sie das?«

»Die Dose aus Paris ... Sie sollten Ihre Passwörter etwas besser schützen. Tipp von der Kantonspolizei.«

Mitrovic schüttelte nur den Kopf. »Das war meine Beteiligung«, sagte er trocken.

»Wie ... Beteiligung?« Jock schaute ihn ungläubig an.

»Eine GmbH braucht zwanzigtausend Startkapital. Eigentlich wollte ich alles zahlen, aber Karin wollte unbedingt auch fünftausend Franken beisteuern.«

Jock schaute immer noch verwirrt.

»Fangen wir ganz von vorn an: Den Rossfall fand ich schon immer interessant. Er hat Tradition und ist am Fuß des Säntis schön gelegen. Was ihm momentan fehlt, ist Anziehungskraft, ein Grund, warum man sich überhaupt auf den Weg dorthin machen sollte. Ein Wohlfühlmoment. Den würde ich gerne dorthin bringen. Nur will in Urnäsch niemand dem erfolgreichen Jugo aus St. Gallen eine Liegenschaft verkaufen.«

Jock hörte aufmerksam zu, obwohl er inzwischen damit beschäftigt war, den Kartoffelstock mit Ajvar zu essen. Langsam wurde ihm klar, worauf dieser Monolog hinauslaufen sollte.

»Sie haben das Projekt zusammen mit Karin geplant?«

»Was hat denn die Leute dazu gebracht, in den Rossfall zu gehen? Bis jetzt waren es die kulturellen Veranstaltungen, also etwa die Stobete mit traditionellem Appenzeller Brauchtum. Da ist aber in den letzten Jahren nicht mehr so viel passiert. Karin hat ...« Er stockte und rieb sich mit zwei Fingern über die Augen. »Hatte ein Flair für die Verbindung von Appenzeller Brauchtum und zeitgenössischer Kultur. Sie wollte zum Beispiel ein Kulturfestival mit traditioneller Musik aus der ganzen Welt veranstalten. Da wären dann Balkan Beats auf Flamenco-Gitarren und Jodelchörli getroffen.«

Mit dem Geschmack des Ajvar-Kartoffelstocks im Mund schaute Jock auf sein Gegenüber und merkte, dass er diesen Menschen komplett falsch eingeschätzt hatte. Mitrovic schien es seinem Blick anzumerken.

»Das hätten Sie dem Balkan-Millionär wohl nicht zugetraut, was?«

»Mmpf …«, sagte Jock nur mit vollem Mund.

Mitrovic stellte zwei Flaschen Quöllfrisch auf den Tisch und öffnete einhändig beide Bügel. Er nahm einen großen Schluck Bier und fuhr fort. »Ich hab Karin an einer Stobete im Sommer auf der Potersalp getroffen. Da haben wir über unsere Ideen gesprochen. Es war mir schnell klar, dass das klappen könnte. Natürlich hab ich meine Interessen. Ich wusste genau, dass die Urnäscher mir die Rossfall-Liegenschaft nicht verkaufen werden, also wollten wir die Wohlfühlfall GmbH gründen, mit Karin als Geschäftsführerin.«

»Dafür haben Sie ihr das Startkapital für die GmbH überwiesen?«

»Genau.«

Wieder war es für einen Augenblick still in der Küche.

Auch Jock gönnte sich einen Schluck aus der Flasche mit dem Appenzeller Traditionsbier.

Ihm brannte noch diese eine Frage auf der Zunge. Es war ihm peinlich, sie auch auszusprechen, aber tun musste er es trotzdem. »Wie nah standen sich denn Karin und Sie?«

Mitrovic lachte laut auf. »Sie meinen, ob wir eine Affäre hatten?« Sein Lachen steigerte sich noch, er begann wie ein junges Pferd zu wiehern. »Schauen Sie mich an. Karin und ich, wir kennen uns seit den Achtzigern. Ich habe eine wunderbare Frau und zwei Kinder. Ich brauch doch keine Affäre.«

Jock blickte auf seinen Teller mit dem rot eingefärbten

Kartoffelstock. Er bereute bereits, diese Frage gestellt zu haben. Mitrovic schöpfte ihm noch ein wenig nach und zeigte dann mit der Holzkelle auf sein Gegenüber.

»Sie und Karin?«

Jock biss sich auf die Lippen. »Sie könnten glatt noch Psychotherapeut sein«, sagte er nach einer längeren Pause.

Mitrovic nickte nur. »Jetzt wird mir einiges klar. Das tut mir sehr leid.« Er schaute Jock tief in die Augen. »Herr Kobel, kann ich Ihnen vertrauen?«

»Ich bin gerade in Ihr Haus eingebrochen.« Jock lächelte gequält.

»Sie wollen herausfinden, wer Karin umgebracht hat. Es wird noch schlimmer: Ich war an diesem Abend beim Rossfall.«

»Was?« Jock legte die Gabel weg und beugte sich vor.

»Ja, ich wollte mich mit Karin beim Restaurant Rossfall treffen, aber sie ist nicht aufgetaucht.«

»Und das soll ich Ihnen glauben?«

»Na ja, Sie haben fast keine Wahl. Wenn nicht, muss ich Sie wegen Einbruchs anzeigen. Ich kann mir kaum vorstellen, dass dies positive Auswirkungen auf Ihre weitere Laufbahn als Polizist haben könnte.«

»Ich brauch keine Laufbahn. Ich brauche Zeit, um herauszufinden, wer das Karin angetan hat. Was wollten Sie denn mit Karin besprechen?«

»Sie haben's noch nicht verstanden. Wir wollten das Ding zusammen durchziehen, wir wollten konkrete Pläne für die Umsetzung unseres Projekts besprechen.«

»Und wer hat davon gewusst, dass Sie Karin dort treffen?«

»Meine Frau.« Er zückte sein Handy und wirkte zum ersten Mal etwas verunsichert. »Und mein elektronischer Kalender halt. Ich habe da nur *Treffen mit K. am Rossfall* reingeschrieben. Wir wollten das Projekt noch geheim halten.«

»Aber wieso war sie im Wald? Sie wollten sich doch beim Restaurant treffen?«, fragte Jock.

»Das ist einfach zu erklären. Der Parkplatz vom Rossfall war voll, wegen einem Jodlerabend im Saal. Sie musste also vermutlich weiter oben an der Schwägalpstrasse parken und ist dann durch den Wald runtergelaufen.«

»Dort hat ihr jemand aufgelauert und sie überwältigt«, setzte Jock den Gedanken fort und nahm einen großen Schluck, bevor er weiterredete. »Als Polizist sind Sie für mich der Hauptverdächtige. Sie waren am Tatort. Das ist Fakt. Vielleicht …« Jock zögerte. Vielleicht hatte Mitrovic doch eine Affäre mit Karin gehabt, er wollte seine Beziehung retten, und es war zum Streit gekommen. »Wieso sollte ich Sie laufen lassen?«

»Weil Sie verdammt noch mal nicht wollen, dass der wahre Täter dort draußen rumläuft, nur weil Sie ein bisschen eifersüchtig auf mich sind.« Mitrovic konnte sich einen leichten Schmunzler nicht verkneifen.

»Mitrovic, Sie sind ein elender Schaumschläger. Sie wären ein armer Hundwiler Schlucker, hätten Sie nicht diese Fähigkeit, Rücken und Kartoffelstock weich zu machen.«

14

Am nächsten Morgen wachte Jock mit einem leichten Kopfweh auf. Nachdem er sich einen Kaffee gemacht und im Kühlschrank ein Himbeerjoghurt gefunden hatte, tigerte er in der Wohnung herum und suchte nach einem Grund, warum er nicht ins Präsidium konnte. Es kam ihm nichts Vernünftiges in den Sinn. Trotzdem schrieb er Silvana eine Nachricht: *Arbeite von zu Hause aus. Meld mich!*

Er dachte wieder an Karin. Sie hatte ihm vieles verheimlicht. Diese Frau, die ihm nahegekommen war, wurde durch die Gespräche mit anderen Menschen vielschichtiger und auch etwas fremder. Vielleicht lernte er sie erst jetzt nach ihrem Tod wirklich kennen. Der Gedanke hatte gleichzeitig etwas Tröstliches, erfüllte ihn jedoch mit noch tieferer Trauer.

Er öffnete seinen Laptop und startete den Browser. Das weiße Oval mit dem blinkenden Cursor drin schien ihn anzustarren. Er ließ den kleinen Pfeil auf dem Bildschirm umhertanzen. Dann gab er *Tötungsdelikte an Frauen in der Schweiz* ein und drückte Enter.

Zuoberst fand er einen Bericht aus dem Schweizer Parlament mit dem Titel: *Frauenmorde in der Schweiz müssen gestoppt werden.* Er begann zu lesen. Die Politikerin, die sich hier mit einer Aufforderung zum Handeln an Parlament und Bundesrat richtete, schrieb in ihren Ausführungen:

Es ist nicht länger hinzunehmen, dass Jahr für Jahr in der Schweiz im Durchschnitt alle zwei Wochen eine Frau ihr Leben im häuslichen Umfeld gewaltsam verliert. Diese Tötungsdelikte an Frauen werden oft verharmlosend in den Medien als Beziehungsdelikte oder Familiendramen dargestellt.

Er nahm einen Schluck Kaffee und klickte sich weiter zu einem Bericht über den Begriff *Femizid*. Der Begriff sei zuerst verwendet worden, um extreme Gewalt gegen Frauen zu definieren und den Frauenhass dahinter sichtbar zu machen. Eine Studie, so las Jock, weise darauf hin, dass auch die Schweiz davon betroffen sei und sie sogar das einzige Land in Europa sei, in dem in den letzten Jahren insgesamt mehr Frauen als Männer Opfer eines Tötungsdelikts geworden seien. Immer mehr Stimmen aus der Politik forderten daher Maßnahmen, um Gewalt gegen Frauen zu verhindern.

Jock kratzte sich am Kopf.

War der Tod von Karin ein Femizid? Wenn ja, war dann nicht der engste Familienkreis verdächtig? Also der Ehemann, oder gar die Eltern oder die Schwester?

Hätte er Karin beschützen können? Er hatte überhaupt nichts geahnt, er wäre nie auf die Idee gekommen, dass sie in irgendeiner Weise bedroht gewesen sein könnte. Er hatte ja auch nicht gefragt. Von Berufs wegen fragte er viel, privat jedoch nur wenig. Wenn er ein gutes Gefühl hatte bei einem Menschen, dann stimmte das. Dann machte man zusammen Musik, redete über Musik oder hatte eben Sex. So war es mit Karin gewesen. Sie redeten über Musik, über das Appenzellerland und hatten Sex. Karin wollte gar nicht über etwas anderes reden. Sie hatte die wenigen Male, die Jock und sie sich gesehen hatten, keine Lust gehabt, über private Dinge zu sprechen. Vielleicht weil sie diese Themen so sehr beschäftigt hatten?

Er fühlte sich leer. Es war nicht mehr viel da. Was blieb noch von ihm übrig, wenn er seinen Beruf als Polizist nicht mehr ausüben konnte und mit der Gewissheit leben musste, dass der wahre Täter oder die Täterin frei herumlief?

Er starrte zum Fenster hinaus und dachte zurück an seine Zeit in Zürich. Gewalt war keine Seltenheit, und er konnte nicht immer gleich gut damit umgehen. Bei dieser kokaingeschwängerten Aggressivität gelassen zu bleiben, fand er schwierig. In solchen Situationen waren manche Kollegen ruhig und fokussiert. Wenn man ihn als Nazibullenschwein beschimpfte oder Steine nach ihm warf, dann ging es für ihn zu weit. Nur schon dieses scheinbar harmlose »All Cops Are Bastards« konnte ihn auf die Palme bringen. Wer ist da, wenn es zu häuslicher Gewalt kommt? Wer versucht etwas dagegen zu tun, dass die Kids nicht mit MDMA überschwemmt werden? Wer kommt, wenn eingebrochen wird? Der Bastard.

Er hatte früher keine Angst vor der Gewalt gehabt, es war viel eher eine Angst vor seiner Reaktion. Angst davor, einmal etwas zu sehr auszurasten. Ein Polizist sollte die Menschen vor Gewalt beschützen, nicht selber gewalttätig werden.

Und dann war es doch nicht die Wut. Dann war es plötzlich eine Angst, die er so vorher nicht gekannt hatte. Es war eine ganz normale Nachtschicht im August gewesen. Noch um elf Uhr nachts war es richtig warm und viele Menschen mit einem Eis unterwegs. Dann kam diese Meldung, dass Nachbarn sich über den Lärm in einer Wohnung in Zürich Schwamendingen beschwerten. Reine Routine. Ein bisschen reden, beruhigen und vielleicht eine Verwarnung aussprechen. Es kam anders. Die Wohnung gehörte zwei holländischen Drogendealern, die sofort die Waffe zückten. Dieser Moment, als er die Pistole seines schwitzenden Gegenübers am Kopf spürte, während sich sein Kollege, dem sie ins Bein geschossen hatten, schreiend am Boden wälzte. Da war keine Spur von Aggression in ihm, sondern nur noch die nackte Angst. Die Angst, in diesem engen Wohnungseingang in Schwamendingen zu sterben.

Sie ging auch nicht weg, als sie ihn an den Abfluss im Badezimmer fesselten. Er dachte, es sei vorbei. Doch ein Polizistenmord war den zwei Dealern, deren Lager mit Kokain, MDMA und Crack gerade aufgeflogen war, dann doch zu viel. Sie flüchteten mit den Drogen und wurden zwei Tage später an der deutsch-niederländischen Grenze gefasst.

Mechanisch griff Jock zur Gitarre, die an einem Haken an der Wand hing. Er spielte ein paar Akkorde und landete dann ganz organisch in der Version von *Creep*, dem Klassiker von Radiohead. Seine Stimme tönte brüchig, als er die letzte Zeile hauchte ... »*I don't belong here.*«

Irgendwann nach zwölf Uhr bekam er Hunger, merkte aber, dass er nichts mehr im Kühlschrank hatte. Selbst die Himbeerjoghurts waren aufgegessen. Er zog Turnschuhe und eine graue Jacke an.

Fünfzehn Minuten später saß er im Mötli vor einem Teller Pommes mit Ketchup. Eigentlich hatte er keine Lust darauf, aber die ebenfalls angebotene Brokkoli-Cremesuppe hatte ihm dann doch zu wenig Substanz, und so spülte er die Pommes mit etwas Bier hinunter. Rosy Diegel stand hinter dem Tresen und schaute zu ihm hinüber. Jock erkannte an ihrem Blick, dass sie Bescheid wusste. Inzwischen war die Nachricht von dem Todesfall bereits in allen Medien, und so, wie er Rosy einschätzte, konnte sie eins und eins zusammenzählen.

»Kann ich eigentlich in zwei Wochen mit euch rechnen?«, fragte Rosy in einem für sie erstaunlich freundlichen Tonfall.

»Hmm, ich geh mal davon aus.«

»Du gehst mal davon aus? Hey, ich muss das wissen, ich hab 'ne Tontechnikerin organisiert, und Bier muss ich auch bestellen, wenn der Laden voll wird.«

»Okay«, sagte Jock und beugte sich wieder über seine Pommes.

»Jock, ich weiß, dass du manchmal ein kauziges Arschloch sein kannst, aber das hier geht zu weit. Ich seh, dass es dir schlecht geht. Jetzt rück endlich raus mit der Sprache. Was ist passiert? Was hat dieser Fall mit dir gemacht?«

Jock schaute sie an. Rosy war vermutlich der einzige Mensch, dem er noch wirklich vertraute. Er sagte lange nichts. Dann erzählte er ihr von seiner Affäre mit Karin und den Ermittlungen, mit denen er überfordert war.

»Außerdem wird es vermutlich eh unser letztes Konzert. Wir haben keinen Schlagzeuger mehr.«

»Warum denn das?«

»Philipp hat zu viele Kinder.«

Rosy schaute ihn amüsiert an. »Kinder und Rock 'n' Roll. Das ist schwierig.«

»Vielleicht wird's ja eine Schlagzeugerin?«, erklang da plötzlich die vertraute Stimme von Silvana. Sie hatte sich unauffällig genähert und stand jetzt hinter Jock am Tresen.

Rosy grinste triumphierend und stellte ein Sonnwendlig hin. Auch Silvana lächelte verschmitzt und trommelte mit den Fingern auf dem Tresen.

»Das tut jetzt allerdings nichts zur Sache. Ich habe gute Neuigkeiten.«

»Okay.« Er konnte sich ernsthaft keine guten Neuigkeiten mehr vorstellen. Trotzdem war er gespannt, was sie herausgefunden hatte.

»Wir haben Mitrovic verhaftet«, sagte Silvana.

»Ihr habt ... Moment mal, ihr könnt doch nicht einfach ...«

»Du warst seit gestern Abend nicht mehr erreichbar. Es ging alles ganz schnell.«

»Was heißt das, es ging alles ganz schnell? Gestern wolltet ihr Mitrovic noch ganz formal als Zeugen befragen, und jetzt habt ihr ihn verhaftet? Sag mal, spinnst du?«

Silvana verdrehte beim letzten Satz die Augen und wählte die folgenden Worte, als ob sie zu einem Kind spräche. »Während du zu Hause rumgeheult hast, haben wir die Handydaten ausgewertet und herausgefunden, dass Mitrovic um 18 Uhr – also zum vermutlichen Todeszeitpunkt – am Rossfall eingewählt war.«

Jock faltete die Hände und versuchte, ruhig zu bleiben. Er konnte Silvana nicht verraten, wo er gestern gewesen war.

»Dafür gibt es bestimmt eine plausible Erklärung. Es ist jedenfalls noch kein Beweis dafür, dass er sie umgebracht haben muss!«

»Nun ja. Es ist zumindest sehr verdächtig, aber es kommt noch dicker. Wir haben bei ihm im Garten eine Schaufel gefunden. Otènger hat vor zwei Stunden bestätigt, dass die Blutspuren daran vom Opfer stammen.«

15

Ivo Mitrovic hob die Arme über den Kopf und nahm zwei tiefe Atemzüge. Gerade schritten die Regierungsvertreter und der Landweibel in geordnetem Schritt die Dorfstraße entlang zum Stuhl.

Dann steckte er die Hände in die Taschen der schwarzen Lederjacke und ließ seinen Blick über die Menge schweifen. Seine schulterlangen, mit etwas Gel nach hinten frisierten Haare waren gepflegt, und aus seinen blauen Augen blitzte ein aufreizender Schalk.

Die Diskussionen über das Frauenstimmrecht hatte er interessiert, wenn auch mit einer gewissen Portion Unverständnis verfolgt. Sein Chef bei der Elektro Waldburger AG war ein großer Fan der Landsgemeinde, und genau diese Tatsache führte er als Hauptargument gegen das Frauenstimmrecht an. Die wunderbare Tradition müsste sterben. Außerdem gäbe es ein Platzproblem, und die Landsgemeinde würde zu einem familiären Volksfest verkommen. Wer sollte dann auf die Kinder aufpassen? So wahnsinnig wichtig seien ja die Themen, über die man abstimme, so oder so nicht.

Er konnte sich noch gut erinnern, wie er an einem Montagmittag mit einem Käsesandwich in der Hand im Pausenraum vorgeschlagen hatte, man könnte doch abwechseln. Ein Jahr gehen die Frauen und ein Jahr wieder die Männer, dann sei das mit dem Platz und der Kinderbetreuung ja gelöst. Da hatten ihn sein Chef und die zwei Lehrlinge erst verständnislos angeschaut und schließlich schallend gelacht. So als ob er gerade einen gelungenen Witz erzählt hätte.

So, wie sie ihn als den »Jugo« mit den etwas speziellen Ansichten nicht verstehen wollten, so sehr verstand er ihre alpsteinharten Positionen oft nicht. Was er mit ihnen teilte, war die große Liebe zum Appenzellerland, zur Landschaft und zum Brauchtum.

Als der Landweibel die Männer im Ring zum Beten aufforderte, versank auch Ivo in ein Zwiegespräch mit Gott. Das es sinnvoll sei, ein gutes Verhältnis zum Allmächtigen zu haben und immer mal wieder mit ihm zu sprechen, hatte ihm seine Nana beigebracht, die bosnische Großmutter. Nach einigen frommen Zeilen aus dem Vaterunser wünschte er sich von ganz oben ein Haus, Kinder und genügend Geld, um die Familie zufriedenzustellen. Er war mit Stefan und Reto, zwei Kumpeln aus der Berufsschule, gekommen, die wie er die Ausbildung zum Elektriker machten. Sie waren auch erst achtzehn und durften daher noch nicht in den Ring.

Etwas gelangweilt schauten sie nach vorne, als es um Vorschläge für den Regierungsrat ging. Der Landweibel fragte und wartete auf Namen aus dem Ring.

»Hey, Jungs! Wollt ihr mich vorschlagen?«, fragte Ivo mit einem breiten Grinsen.

Sie schauten ihn amüsiert an. »Erstens bist du noch nicht zwanzig, und zweitens hast du nicht mal einen Schweizer Pass«, sagte Stefan.

Ivo verzog sein Gesicht zu einer Grimasse.

»Ich zeig denen meinen gefälschten Ausweis, und als erste Amtshandlung würde ich Cevapcici als obligatorisches Landsgemeinde-Menü einführen!«

Stefan und Reto lachten schallend, erhoben ihre Pranken und schlugen bei Ivo ein.

Vorn im Ring wurden derweil verschiedene Namen reingerufen, und sogleich eröffnete der Landweibel die Abstimmung, indem er die genannten Männer einzeln zur Wahl vorschlug.

Während seine Begleiter in ein Gespräch über die richtige Zusammensetzung von Whisky Cola vertieft waren, drehte Ivo seinen Kopf und blickte schräg nach hinten, wo er Karin Bendel etwa zwanzig Meter entfernt, breitbeinig und mit verschränkten Armen stehen sah. Karin war ein Jahr älter als Ivo. Er kannte vor allem ihre Schwester Ida, die sich als trinkfest herausgestellt hatte und ab und zu mit seiner Hundwiler Truppe um die Häuser zog. Ida war lustig, Karin aber hatte diese geheimnisvolle Kraft, diese etwas abweisende Art, die ihn so faszinierte.

Ihr Hemd leuchtete in auffälligem Rot, und sie ließ ihren Blick über die Menge gleiten. Es kam ihm ein bisschen so vor, als ob sie in die Köpfe der Männer da unten hineinschauen wollte. Es musste ihre Konzentration sein, die dazu führte, dass ihr linkes Knie sich deutlich bewegte. Dann trafen sich ihre Blicke. Er zuckte zusammen und merkte, wie ihm das Blut in den Kopf schoss. Karin erhob ihre Hand und streckte ihm zwei Finger entgegen. Das Victory-Zeichen. Er lachte, verzog das Gesicht und vollführte mit beiden Armen eine Art Tanz, der zeigen sollte, dass es wohl noch nicht so klar sein würde.

Da traf ihn ein Schlag an der Schulter. Er drehte sich um und blickte in das breit grinsende Gesicht von Stefan.

»Bist du etwa spitz auf die Emanze da oben? Da musst du aber aufpassen, die schneidet dir nachts den Schwanz ab, wenn du nicht brav bist.«

»Dann musst du ja keine Angst haben, für deinen kleinen Pimmel muss sie zuerst die Lupe holen, bis sie ihn abschneiden kann«, konterte Mitrovic, ohne eine Miene zu verziehen.

Auch diese Pointe feierten die beiden ab wie ein Tor beim Fußballspiel. Die heutige Abstimmung schien sie nicht sonderlich zu interessieren.

Ohne dass es seine zwei Kollegen bemerkten, schlängelte sich Mitrovic zwischen den Menschen hindurch, von denen viele noch nicht sehr aufmerksam verfolgten, was vorn im Ring passierte. Er grüßte kurz eine Nachbarsfamilie seiner Eltern, bis er endlich oben bei der großen Buche ankam, unter der Karin noch immer stand.

Sie musterte ihn skeptisch. »Interessierst du dich jetzt für Politik?«, fragte sie und drückte ihre braune Tasche fest an sich.

»Nein, nicht wirklich.« Er holte einen kleinen Flachmann aus seiner Lederjacke. »Ich interessiere mich für die Frauen«, sagte er grinsend, öffnete die kleine Flasche und streckte sie ihr entgegen. »Schnäpsli?«

»Warum eigentlich Hundwil?«, fragte sie und nahm den Flachmann entgegen.

»Wie meinst du das?«

»Warum ist deine Familie nach Hundwil gekommen?«

»Mein Vater suchte Arbeit auf dem Bau. Er kam nach St. Gallen, nahm das Postauto, und als er in Hundwil zufällig eine Baustelle sah, ist er ausgestiegen. Das war vor zwanzig Jahren.«

»Und wohin fährst du mal weg?«

Karin nahm einen ordentlichen Schluck und verzog das Gesicht, als sie merkte, wie stark das Gesöff war.

»Sliwowitz«, sagte er grinsend und zeigte auf den Flachmann. »Wer sagt denn, dass ich weggehe?«

»Weil hier alles nur verbohrte Vollidioten leben?«

»Wer sagt dir denn, dass ich nicht auch ein verbohrter Vollidiot bin?«

Karin öffnete ihre Haare, schüttelte sie und band sie, ohne dabei den Blick von Ivo Mitrovic abzuwenden, wieder zusammen. »Du findest dieses Machoding noch lustig, gell?«

»Es ist auch nicht viel mehr als lustig«, sagte er in ernstem Tonfall.

Vom Ring unten hörte man die Pfeiffer, die den neu gewählten Regierungsrat Werner Niederer zusammen mit zwei bewaffneten Spiessenmannen zum Stuhl begleiteten.

Die Wahlen waren vorbei. Die Sachgeschäfte standen an. Mitrovic merkte, wie Karin unruhig umherblickte. Sie ergriff ihre Tasche und schaute ihm noch einmal mit einem etwas nervösen Blick in die Augen.

»Ich muss los, du bosnischer Macker«, sagte sie und drückte ihm einen Kuss auf die Wange.

16

Kaum ein Verhörraum konnte weiter weg von den Bildern im Kriminalfilm sein als dieser hier in Herisau. Er strahlte freundliche Biederkeit aus, mit dem großen Glastisch, den ein Tuch mit weiß und rot eingestickten Linien nur gerade halb bedeckte, dem etwas einsamen Gummibaum und einem Bild, das orangefarbene Pinselstriche mit einem gelben Quadrat zeigte. Das wenige Licht, das durch die langen vertikalen Lamellen fiel, warf Schatten, die wie graue Schlangen an der gegenüberliegenden Wand tanzten. Es roch nach dem Rosenwasser, das die Putzfirma benutzte, wenn sie das Zimmer einmal in der Woche reinigte.

Am Tisch saß der Anwalt von Ivo Mitrovic, Pädi Landshauser, und wühlte geschäftig in seiner braunen Aktentasche. Als er Jock und Silvana bemerkte, stand er auf, strich sein etwas zerknittertes blaues Hemd glatt und schüttelte Silvana die Hand.

»Landshauser. Ich bin Mitrovics Anwalt.«

»Di Novi. Ich leite zusammen mit Herrn Kobel diese Ermittlungen.«

»Hallo, Jock«, sagte er etwas knapp und schüttelte auch ihm die Hand.

»Pädi, alles klar?«, erwiderte Jock.

»Danke, ich komme zurecht.«

Silvana schaute vom einen zum anderen. »Ihr kennt euch?«

In diesem Moment kam Sollberger ins Zimmer gestürmt.

»Nun ja, da können wir im kleinen Appenzellerland ja

wohl nichts machen. Aber wir wollen schließlich nur das Beste für die Appenzeller Justiz. Darum habe ich Pädi, also Herrn Landshauser, den Anwalt von Ivo Mitrovic, vor der Befragung schon einmal einbestellt. Nun, es tut mir leid, es sagen zu müssen, aber die Sachlage ist recht eindeutig. Wir werden angesichts der Beweise eine erste Befragung mit Ivo Mitrovic führen und danach wohl nicht mehr drum rumkommen, Anklage zu erheben. Die Beweise sind ziemlich stichhaltig.«

»Ich konnte noch nicht mit meinem Mandanten sprechen, aber er wird kooperieren«, sagte Pädi. Er schwitzte recht stark, ging zum Wasserspender und füllte sich ein Glas mit kaltem Wasser.

»Können wir kurz rausgehen?«, flüsterte Jock Silvana zu.

Sie schaute ihn etwas verwundert an, nickte aber.

»Meine Herren, bitte entschuldigen Sie uns einen Augenblick«, sagte Jock und trat mit Silvana auf den Gang hinaus.

»Mitrovic ist unschuldig«, sagte Jock mit fester Stimme, nachdem er sich versichert hatte, dass niemand zuhörte.

»Und woher willst du das so genau wissen?«

»Kann ich dir vertrauen?«

»Rede bitte Klartext, verdammt!«

»Ich war gestern bei ihm zu Hause. Er wollte mit Karin zusammenarbeiten.«

Silvana wandte sich ab, hob ihre Arme über den Kopf und fuchtelte wild damit herum. Mit einer schnellen Bewegung drehte sie sich wieder um und schaute ihn mit weit aufgerissenen Augen an. »Du warst wo genau? Bei ihm zu Hause? Wenn ich sagen würde, das ist dumm, dann wäre das jetzt verdammt nett ausgedrückt, sind wir uns da einig?«

»Der Staatsanwalt und sogar sein Anwalt haben bereits beschlossen, dass er schuldig ist. Für die ist er nur schon ein Verbrecher, weil er vom Balkan kommt«, sagte Jock und versuchte sie zu beruhigen.

»Der Klassiker. Du willst sagen, alle Beamten sind Rassisten.«

Jock blickte zu Boden. »Ich ... Es tut mir leid. Ich will ja auch nur diesen Fall lösen.«

»Du hast mich jetzt zweimal verarscht. Du hast dich nicht an Abmachungen gehalten und dein Egoprogramm durchgezogen«, sagte sie in ganz ruhigem Tonfall. »Ich möchte, dass du jetzt da reingehst und denen sagst, dass du dich vom Fall zurückziehst. Welche Gründe du angibst, ist mir, sorry, egal. Ich kann so nicht mehr mit dir zusammenarbeiten.«

»Silvana, bitte ...«

»Wenn du das nicht machst, erzähle ich alles.«

Jock schluckte.

Trotz seiner Furchen um die Augen sah er in diesem Moment aus wie ein kleiner Junge mit zerzausten Haaren, der im Gang auf jemanden wartete. Nur dass er nicht wirklich wusste, auf wen.

»Das macht die Sache dann schon ein wenig komplizierter«, sagte Beat Sollberger, während er sich auf seinem Stuhl zurücklehnte.

»Ich ... Es tut mir leid. Ich wollte an der Aufklärung des Verbrechens beteiligt sein.«

»War es denn eine richtige Liebesbeziehung?« Die Frage war Sollberger offensichtlich peinlich. Er blickte dabei in seine Akten.

»Wieso ist das jetzt plötzlich wichtig?«, fragte Jock.

Pädi Landshauser schlurfte mit etwas gebeugtem Kopf zum Wasserspender und füllte erneut seinen Plastikbecher auf. Er zuckte mit den Schultern. »Und wenn du sagst, mein

Mandant sei unschuldig. Wie kommst du darauf?«, fragte Pädi und nahm einen großen Schluck.

»Er wollte mit Karin zusammenarbeiten.«

»Hast du dafür Beweise?«

Jock sagte eine ganze Weile nichts. Dann klopfte er sich mit beiden Händen auf seine Jeans.

»Für Mitrovic sieht es nun mal düster aus«, sagte Sollberger und wedelte dabei mit seinen Papieren herum, als wollte er eine Fliege verscheuchen.

Wieder war es lange ruhig im Raum.

»Ich verstehe schon. Es macht wohl Sinn, dass ich mich unter diesen Umständen für eine gewisse Zeit ...« Jock zögerte und blickte zu Sollberger, »von der Polizeiarbeit zurückziehen werde.«

»Es wird wohl kaum zu vermeiden sein, da wir sonst eine interne Ermittlung einleiten müssten«, sagte Sollberger, während er einen Stapel Papier akribisch in die passende Form klopfte.

Silvana, die sich auf den Tisch gesetzt hatte und mit den Beinen baumelte, blickte zu Boden, während sie mit den Fingern auf der Glasplatte einen Rhythmus klopfte.

»Ich danke für die Zusammenarbeit«, sagte Jock mit fester Stimme und verließ den Raum.

Der Geruch in seinem Auto war vertraut. Das tat gut. Draußen stand eine Gruppe Jugendlicher vor der Kälblihalle. Sie rauchten und stießen sich immer mal wieder liebevoll in die Rippen. Ein unbeschwerter Tanz der Jugendlichkeit.

Jock drehte den Zündschlüssel. Der Motor röchelte, das vertraute Geräusch, wenn der Wagen zu vibrieren begann, stellte sich allerdings nicht ein. Er drehte und drehte, gab dem Schlüssel etwas mehr Raum, versuchte mit der Kupplung zu pumpen. Es passierte nichts. Wieder nichts. Entnervt stieg er aus dem Auto und öffnete die Motorhaube. Er hatte keine Ahnung, woran es liegen könnte, dass sein kleiner violetter Wagen nicht mehr anspringen wollte. Da sah er, wie Pädi Landshauser aus dem Präsidium trat und zu ihm hinüberblickte. Er kam näher.

»Probleme?«, fragte Pädi und imitierte mit Daumen und Zeigefinger das Drehen des Zündschlüssels.

»Keine Ahnung, woran es liegt.«

»Ich müsste mal horchen.« Pädi trat zur offenen Motorhaube, breitete seine Arme aus, als ob er das Auto umarmen wollte, und neigte seinen Kopf vorsichtig über den Motor.

»Los. Starte mal.«

Jock setzte sich ins Auto und drehte den Zündschlüssel noch einmal.

Nachdem Pädi genau gelauscht hatte, schloss er die Motorhaube, trat neben die Fahrertüre und drückte seinen massigen Körper gegen das Auto. Dann packte er mit einer Hand den Kotflügel, und mit der anderen griff er ins offene Autofenster, fast so als ob er einen Stier bändigen wollte.

»Auf drei, drehst du noch mal. Eins, zwei, drei.«

Jock drehte den Schlüssel, und Pädi schüttelte den Wagen, so fest er konnte. Zuerst passierte nichts, doch dann röchelte der alte Nissan plötzlich auf und sprang an.

Pädi schloss die Motorhaube.

»Der Samenleiter war verstopft«, sagte er und grinste triumphierend. »Dein Auto kriegt keinen hoch, dann muss man es schütteln.«

Jock schaute ihn irritiert an.

»Die Benzinpumpe funktioniert nicht richtig«, sagte Pädi.

»Danke für die Hilfe.«

Pädi stellte seinen Arm ins Fenster. »Mach jetzt mal Pause, das wird dir guttun. Fahr ans Meer und gönn dir was.«

Jock nickte nur und fuhr los.

17

Jock fröstelte leicht, als er aus dem Auto auf den Parkplatz beim Rossfall trat. Die Luft roch frisch und feucht. Da war aber auch dieser modrige Gestank. Der Kreislauf der Natur. Lebewesen wurden geboren und starben. Wieder dieser Geruch nach Tod. Er schaute auf die rötlich braune Fassade des Restaurants Rossfall. Über dem Eingang hing ein Schild mit einem Pferd und dem dazugehörigen Säumer auf dem Weg zum Säntis.

Wäre Karin hier glücklich geworden? Hätte er vielleicht sogar ein Teil dieses Glücks sein können? Oder hatte sie vielleicht gar das Glück mit Ivo Mitrovic gesucht?

Er ging den Weg rechts am Restaurant vorbei und kam zu der Stelle, wo Karin den Abhang zum Fluss hinuntergestoßen wurde. Das gelbe Absperrband der Kantonspolizei Ausserrhoden flatterte etwas verloren zwischen den Bäumen. Er hörte einen Specht, der gegen einen Baum hämmerte, und immer wieder die großen und kleinen Fahrzeuge, die in Richtung Schwägalp fuhren. Könnte jemand von der Straße aus die Tat gesehen haben? Gemeldet hatte sich niemand. Was spielte es für eine Rolle, er war nicht mehr als Polizist hier. Was hatte er sich erhofft? Reinigende Tränen, einen Abschied oder gar einen Neuanfang? Stattdessen war da nur diese Leere, die ihn jetzt, wo er auch noch seinen Job verloren hatte, wie eine kalte eiserne Klaue umfasste. Er trauerte um eine Frau, die er gar nicht richtig gekannt hatte. Er trauerte um eine Beziehung, die keine gewesen war. Karin hatte ihm vieles verschwiegen, vielleicht hatte sie ja einfach etwas Abwechslung in ihrem ach so geordneten Leben mit Mann und Haus und zwei Kindern gebraucht? Ein ausgefallenes Restaurant-Projekt mit einem Wellness-Guru und eine Affäre mit dem Dorfpolizisten.

Sein Atem ging schneller. Kalter Schweiß bildete sich auf seiner Stirn. Er hörte sich »Scheiße noch mal!« in den Wald hinausschreien.

Ging es hier überhaupt um Karin? Vielleicht ging es ja mehr um ihn. Vielleicht trauerte er gar nicht um Karin, vielleicht trauerte er um sein eigenes Leben? Wollte er mit Mitte vierzig ein Polizist in der Provinz ohne Frau und Kinder sein? Wollte er das?

Seine Gedanken begleiteten ihn tiefer in den Wald hinein. Den Wanderweg, auf dem ihm von Zeit zu Zeit immer mal wieder Familien entgegenkamen, hatte er schon lange verlassen. Der moosbewachsene Boden fühlte sich weich unter den Schuhen an. Er kam an einen großen Fels- oder eher Steinbrocken. Vermutlich mal ein Steinschlag. Dem Lauf der Dinge war der Tod einer einzelnen Frau herzlich egal. Jock atmete tief durch, um sich von diesem Druck auf der Brust etwas zu befreien. Als er hinter den mit viel Moos bewachsenen, sicher drei Meter hohen Stein trat, sah Jock, dass unter einer kleinen Einbuchtung jemand ein Feuer gemacht hatte: Davon zeugte ein geschichteter Haufen grauer Asche. Als er mit dem Fuß dagegentrat, zerstob die Asche und gab den Blick frei auf etwas, was erst wie festgestampftes Papier aussah. Als Jock es mit den Fingern prüfte, stellte er fest, dass es ein Stück Stoff sein musste, der nicht ganz ausgebrannt war. Vielleicht ein paar Kinder, die ein altes Bettlaken verbrannt hatten? Allerdings war es hier eher unwahrscheinlich, dass Kinder einfach frei spielen konnten, schließlich gab es keine Wohnhäuser in der näheren Umgebung. Warum sonst könnte jemand auf die Idee gekommen sein, alte Textilien zu verbrennen? Dass die Spurensicherung diese Überreste nicht gefunden hatte, war nicht weiter verwunderlich, schließlich war dieser Fels weit weg vom Weg, und zudem war das Feuer gut versteckt hinter dem Felsbrocken entfacht worden. Ein weiterer Umstand, den Jock seltsam fand. Er versuchte, die Textilüberreste zu greifen. Asche stob auf und flog ihm in den Mund. Er pustete und spukte fluchend aus. Dann bekam er ein Stück von der Größe eines kleinen Kissens zu fassen. Es war erstaunlich schwer. Die Stoffe waren also eng zusammengerollt gewesen. Er legte es vorsichtig auf einen flachen Stein und griff mit seinen Händen hinein, um die ursprünglich wohl mal weißen Laken etwas auseinanderzutrennen. Als der Packen wie ein aufgeschlagenes Buch vor ihm auf dem Stein lag, zuckte er zusammen, und sein Herz begann schneller zu schlagen. Auf dem Stoff zeichneten sich klar bräunlich rote Flecken ab. Jock hatte in seiner Zeit in Zürich genügend Wohnungen der Zürcher Drogenszene gesehen, um getrocknetes Blut als solches zu erkennen.

Pierina Otènger saß am Holztisch, hatte die Füße hochgelegt und las in einem Buch, als Jock ohne Anklopfen in ihr Büro platzte. Sie rückte ihre Lesebrille etwas nach vorne und schaute ihn interessiert und ohne jede erkennbare Emotion an. Sie legte das Buch auf den Tisch. Auf dem Cover waren ein tanzendes Skelett und der Titel *Danse Macabre – die Welt des Horrors von Stephen King* zu erkennen. Es entstand eine für Jock viel zu lange Pause, während der Otènger ihn musterte, als ob sie in seinen Kopf schauen könnte.

»*Je sais tout.* Sie dürfen nicht hier sein.«

Jock hatte die verbrannten Stoffreste auf eine Plastiktüte gelegt und stand jetzt da wie ein Kellner, der eine exklusive Spezialität präsentierte.

»Und was soll diese Staubhaufen?«, fragte Otènger.

Jock legte den Packen vorsichtig auf den Tisch. »Mein Vater hat auch viel von Stephen King gelesen«, sagte er und zeigte auf das Buch.

»Ich möchte jetzt eigentlich nicht Ihre Vater-Sohn-Komplex lösen. Ich möchte wissen, warum Silvana mir sagt, Sie seien *suspendu*, und jetzt legen Sie mir hier einen Staubhaufen in meine Büro?«

»Das da habe ich im Wald beim Rossfall gefunden. Sie sollten es sich ansehen.«

»Ich habe keine Zeit.« Sie widmete sich wieder ihrem Buch.

Jock hämmerte die Faust auf den Tisch, sodass verkohlte Teilchen durch die Luft stoben. »Verdammt noch mal, wir wollen doch diesen Fall lösen!«

Otènger musterte ihn. »Ich schau mir gar nichts an, solange Sie mir nicht sagen, warum Sie plötzlich am Durchdrehen sind, nur weil Sie mal einen Fall mit etwas mehr *complexité* lösen müssen.«

Er musste nicht lange überlegen und erzählte ihr die ganze Geschichte, allerdings ohne den Teil mit seinen Selbstzweifeln, ob er diese Frau überhaupt in irgendeiner Form gekannt hatte. Otènger schaute ihn etwas skeptisch an.

Dann stand sie auf, ging zu einem Schrank und holte sich zwei Plastikhandschuhe, die sie ganz ruhig über ihre Hände stülpte. Sie schritt wieder zum Tisch und öffnete behutsam die verkohlten Stoffreste. Während sie sich die Lesebrille aufsetzte, studierte sie das vertrocknete Blut.

»Das haben Sie in die Wald gefunden?«

Jock nickte.

»Wenn ich da was finde, dann leite ich es auch an Silvana weiter. *D'accord?*«

»Einverstanden«, sagte Jock und nickte.

»Sie müssten mir ein bisschen Zeit geben.«

»Haben Sie zufällig eine Gitarre hier?«

Otènger, die sich bereits an ihrem Schrank zu schaffen gemacht hatte, drehte sich noch einmal um und schaute ihn mit irritiertem Blick an. »Verschwinden Sie aus meine Büro, ich rufe an, wenn ich etwas habe, *d'accord*?«

»*D'accord*«, sagte Jock und versuchte dabei, beide Silben möglichst auffällig zu betonen.

Das war im Moment sein Wohlfühlort. Das Auto. Er könnte ein wenig Schlaf vertragen. Sein Kopf war jedoch zu voll mit wilden Spekulationen rund um diese blutigen Laken. Er drehte den Zündschlüssel. Wieder röchelte sein Nissan wie ein verendendes Tier, startete aber nicht. Jock stieg aus und öffnete die Motorhaube. Eine leichte Rauchwolke schwebte über den Eingeweiden des in die Jahre gekommenen Motors. Auch ein hilfloser Versuch, den Wagen zu schütteln, nützte nichts. Er schloss die Haube und klopfte sanft darauf. »Ich weiß, es ist alles zu viel.« Dann drehte er sich um, steckte die Hände in die Hosentaschen und schritt vom Parkplatz hinunter. »Jetzt rede ich schon mit meinem Auto.«

Er hatte keinen Plan. Nach Hause konnte er jetzt nicht, dafür war er viel zu unruhig. Erst versuchte er es am Marktplatz mit einem Bier, vermisste jedoch schnell das Mötli, weil sowohl das Bier als auch die Atmosphäre nicht wirklich stimmten. Dann ging er am Vadian-Denkmal vorbei Richtung Kloster, wo er kurz vor dem *Mio Spa* bei der Haltestelle der Mühleggbahn innehielt und sich fragte, warum und wie Mitrovic in diese Geschichte hineingezogen worden war. Hatte er wirklich nichts mit dem Tod von Karin zu tun?

Er stieg in die Mühleggbahn, die als Transportverbindung

zum St. Galler Stadtteil St. Georgen diente. Der kleine Waggon ratterte durch den engen Tunnel am St. Galler Fels vorbei.

Wenn dieses Blut, das an den Textilien klebte, wirklich von Karin war, was bedeutete das dann? Hatte man sie erschlagen, in Tücher eingewickelt und erst dann den Abhang hinuntergeworfen? Aber warum?

Als Jock aus der Schalterhalle ins Freie trat, wuchs seine Unruhe noch weiter an. Vielleicht drehte er gerade komplett durch. War nicht alles ganz einfach und Mitrovic der offensichtliche Täter? Er musste die Resultate aus der Rechtsmedizin haben. Als er Otènger auf dem Handy zu erreichen versuchte, nahm sie nicht ab. Klar. Sie brauchte jetzt keinen ungeduldigen Trottel, der ihr sagte, sie solle doch bitte ein bisschen schneller machen.

Die Drei Weieren lagen ruhig da, und auf den Stiegen oberhalb dieses beliebten St. Galler Ausflugsortes saßen vereinzelt Leute. Allein oder in kleinen Gruppen. Vor dem rustikalen Badehäuschen im Fachwerkstil mit den abgeschrägten Dächern standen zwei Männer in engen Badehosen, die sich auf einen Sprung ins aprilkalte Wasser vorbereiteten. Sie klatschten sich beide mit den offenen Handflächen auf die nackte Haut und atmeten dabei stoßweise.

Jock setzte sich auf eine der Stiegen, kramte in seinem Rucksack und suchte seine Wasserflasche. Er ertastete einen verschrumpelten Apfel, ein T-Shirt und ein Paar Ersatzsocken, als er plötzlich mit der Hand gegen kaltes Metall stieß – es gehörte zum Schloss von Karins Tagebuch, das er völlig vergessen hatte. Es war noch immer offen. Das kleine Lederbändel baumelte in der Luft. Ida hatte davon erzählt, dass Karin aufgewühlt gewesen sei, nachdem sie die Dose mit all den nostalgischen Kostbarkeiten erforscht hatten. Warum hatte er das Tagebuch nicht schon früher genauer angeschaut? Er öffnete es. Als er es das erste Mal in der Hand gehalten hatte, war ihm der Geruch noch nicht aufgefallen. War das möglich, nach so langer Zeit?

Er hielt seine Nase nah an das etwas raue Papier. Es roch nach diesem kräftigen, holzigen Geruch indischer Räucherstäbchen. Es war, als ob sich ein Geist zwischen den Seiten versteckt hätte. Er sah Karin vor sich, wie sie in ihrem Zimmer in Hundwil saß und ihr Tagebuch schrieb. Die leicht geneigte Schrift, so fand Jock, war normal. Ganz normal. Wie die Schrift von einem Mädchen, das zur jungen Frau wurde. Er überflog die ersten Aufzeichnungen aus dem Jahr 1986 und stieß dann auf einen Anfangssatz im Februar 1987, der ihn genauer lesen ließ:

Fr 13. 2. 1987

Meine Eltern sind Arschlöcher. Man kann es nicht anders sagen. Sie glauben, sie haben die Weisheit mit Löffeln gefressen. Aber eigentlich haben sie keine Ahnung. Oder sie haben irgendwie nur Ahnung von ihrer Welt. Von meiner Welt wollen sie keine Ahnung haben.

Mein Vater kam in mein Zimmer und wollte, dass ich die Musik leiser stelle. Beastie Boys. Fight for your Right. Er meinte echt, das sei doch keine Musik, dieser Lärm. Der Typ hat so keine Ahnung. Ich hoffe, ich werde mal nicht so engstirnig wie meine Eltern.

Sa 14. 3. 1987

Tati hat Simone de Beauvoir gelesen. Und sie hatte schon mal Sex. Krass. Also, nicht das mit Simone de Beauvoir.

Also das ist halt krass, weil der Feminismus den Frauen alles möglich macht. Wir wollen nicht, dass ein Mann sagt, was wir zu tun haben. Wir wollen selber bestimmen. Tati sagt dann auch: »Wir wollen selber herausfinden, was Spaß beim Sex macht.« Das check ich noch nicht ganz, aber ich hatte schließlich noch nie Sex. Reto und ich haben geknutscht, und er hat meine Brüste angefasst. Das fand ich aber irgendwie komisch. Also, nicht das Knutschen. Das mit den Brüsten.

Die Jungs in meiner Klasse an der Kanti Trogen sind eh alle peinlich. Die interessieren sich nur für Eishockey und Flugzeuge. Dann tun sie so pseudo erwachsen, aber eigentlich sind sie aggressiv und hassen Max Frisch, weil er die Schweiz kritisiert hat. Was für Vollidioten. Die haben echt keine Ahnung. Unsere Deutschlehrerin ist cool. Sie hat in Berlin studiert und war sogar mal bei einer Lesung mit Max Frisch. Ich find den Stil von ihm geil, obwohl ich nicht immer alles verstehe, aber es ist echt, und er schreibt voll aus dem Leben.

Sa 25. 4. 1987

Fuck. Ich glaub's nicht. Ich geh morgen da hin. Und niemand kann mich aufhalten. Auch mein Vater nicht, der mich wohl am liebsten vor Gericht stellen würde. Ich hab den Brief hier. Tati hat ihn bekommen und mir geschenkt. Die haben den in verschiedene Briefkästen gelegt, und Tatis Tante kennt die Irene Jäggi, die diese Landsgemeinde organisiert.

Auf der Seite im Tagebuch war der genannte Brief fein säuberlich eingeklebt. Das Datum und die Uhrzeit hatte vermutlich Karin mit rotem Stift angestrichen.

Am 26. April 1987, dem Landsgemeinde-Sonntag, treffen sich alle selbstbewussten, unerschrockenen, betroffenen und trotz alledem noch immer vergnügten Frauen um 11:00 Uhr auf dem Dorfplatz in Trogen zu einem Gespräch und zu einem Fest, ohne irgendjemanden a u s z u - s c h l i e ß e n – weder sympathisierende Männer noch Kinder noch Zugezogene. Nach dem Treffen auf dem Platz reden wir in einem Lokal weiter. Alle sind willkommen, die unterschiedlichsten Meinungen sind gewiss erwünscht!

Ich bin supernervös. Meinen Vater hab ich angelogen und ihm gesagt, wir müssten für eine Prüfung lernen. Eigentlich bräuchten sie mich ja im Kreuz, und meine Mutter hat mal wieder damit angefangen, dass ich diese Matura nicht brauche, weil ich ja eh mal hier im Restaurant einsteigen werde … bla, bla, bla. Als ob ich nichts Besseres zu tun hätte, als irgendwelchen Bauern fettige Pommes zu servieren.

Na ja. Sie haben's dann doch irgendwie geschluckt.

Tati hat solche Probleme nicht. Ihre Eltern sind jetzt nicht superlinks, aber sie lassen sie so leben, wie sie das will. Tati hat sich mit Filzstift »Ich bin Ida Schläpfer« hinten auf die Lederjacke geschrieben. Wie geil ist das denn?!?!?

Ich hasse meine Eltern. Ich glaub, sie sind schuld, dass ich nicht so selbstbewusst bin. Sie kommen ständig mit irgendwelchen Sachen, die MAN so oder so machen muss. Dieses MAN, MAN, MAN, MAN nervt mich extrem. Ich könnte kotzen.

Morgen wird cool. Ich hoffe einfach, es sind nicht nur Erwachsene dort.

Jock schaute hinaus auf das ruhig daliegende Wasser. Eine Entenmutter mit ihren Jungen schwamm gelassen über den

Weiher. Er zog seinen Reißverschluss noch etwas höher. Es war trotz der Sonnenstrahlen kalt. Die Luft roch schon etwas nach Frühling, den auch die paar Schneeglocken ankündigten, die an verschiedenen Orten bereits in voller Pracht strahlten.

Es erstaunte ihn nicht, dass Karin schon als Teenagerin engagiert war und sich für feministische Themen interessiert hatte. Zwei Namen, die er noch nicht ganz einordnen konnte, waren Tati und Ida Schläpfer. Was hatte es genau mit diesen beiden Frauen auf sich? Tati war, so klang es zumindest, eine wichtige Bezugsperson damals. Und Ida Schläpfer? Wer war Ida Schläpfer?

18

Ida Bendel saß auf einem einfachen Hocker mit rotem Leder-
bezug. Ihre Augen waren leicht gerötet.

»Ist es denn vielleicht nicht einfach scheißegal, wer sie
umgebracht hat?«, fragte sie ganz leise, aber dennoch klar.

Jock schaute verständnislos.

»Warum muss man das wissen? Es holt sie nicht zurück.
Es nützt ihr ja nichts. Vielleicht braucht nur dein Polizisten-
Ego die Auflösung dieses Rätsels. Vielleicht will ja das Rätsel
gar nicht gelöst werden.«

»Ida, du laberst Scheiße – sorry.« Jock hatte Mühe, ruhig
zu bleiben.

»Sag mir bitte noch mal, was Karin genau gemacht hat,
bevor sie zu diesem Treffen mit Mitrovic gegangen ist.«

»Mitrovic?«

»Sie wollte ihn am Rossfall treffen. Vermutlich ist es aber
gar nie zu einem solchen Treffen gekommen.«

Ida schaute konzentriert auf ihr Gegenüber. »Sie war halt
hier«, sagte sie ohne Emotion in der Stimme.

»Und was genau habt ihr gemacht?«

»Das hab ich dir doch schon mal gesagt. Wir haben uns an
früher erinnert. Hast du sie geliebt?«

Die Frage war für Jock nicht ganz abwegig, er hatte sie
sich in den letzten Tagen ständig gestellt.

»Das ist jetzt egal«, sagte er.

»Mir ist es nicht egal. Sie war schließlich meine Schwester.«

Er holte sich in der kleinen Kochnische ein Glas Wasser,

stellte einen hölzernen Stuhl vor Ida hin und schaute sie ganz ruhig an. »Ich weiß es ehrlich gesagt nicht. Ich habe sie ja nicht wirklich gekannt. Inzwischen habe ich das Gefühl, ich kannte sie schlechter, als ich geglaubt habe.«

Ida fingerte eine Zigarette aus der Packung, zündete sie sich an, nahm einen tiefen Zug und schaute Jock mit traurigen Augen an. »Sie sagte oft nicht, was genau in ihr vor ging. Offen war sie eigentlich nur mit so politischen Sachen. Frauenrechte und so. Da konnte sie aggressiv sein.«

»Sagt dir der Name Tati etwas?«

»Ja klar. Tatjana Schott. Das war ihre beste Freundin an der Kanti. Die waren voll eng.«

»Und weißt du, wo ich diese Tatjana finde?«

»Vermutlich irgendwo in Zürich, die ist nach der Matura sofort weg und eigentlich nie mehr groß hier im Appenzellerland aufgetaucht. Ihre Eltern sind auch weggezogen.«

»Ihr habt euch an diesem Nachmittag an früher erinnert und alte Sachen angeschaut.«

Plötzlich änderte sich der Ausdruck in Idas Gesicht. Sie wirkte wacher, klarer. »Sie hat in der Schachtel was entdeckt …«

»… und deshalb eine bestimmte Person getroffen. Und das war nicht Mitrovic«, ergänzte er. Was danach passierte, wollten beide nicht aussprechen, bei Jock kamen unwillkürlich Bilder von Karin, wie sie irgendwo erschlagen und dann mit einem Fahrzeug zum Rossfall gefahren wurde.

»Was sollte sie denn Aufregendes entdeckt haben? Sie kannte ja die Sachen schon«, sagte Ida, ging zum Schrank und holte den Karton noch mal heraus.

Jock griff hinein und nahm die VHS-Kassette in die Hand.

»Die habt ihr auch geschaut, oder? Du hast gesagt, da wären Filme vom Skifahren drauf?«

»Ja, die hab ich gemacht.«

»Wie? Du gemacht?«

»Ja, ich hab die gedreht.«

»Dann schauen wir jetzt da mal rein.«

Idas Gesichtsausdruck zeigte an, dass sie sein Befehlston etwas irritierte. Trotzdem öffnete sie eine Schublade, zog einen alten Videorekorder heraus, und einige Minuten später blickte Jock auf ein verwackeltes Bild, wo links unten eine helle, leuchtende Schrift *18. Nov 1988, 10:45* anzeigte. Auf dem Bild war eine Gruppe von etwa zehn Jugendlichen vor einem grauen Gebäude zu sehen. Alle trugen sie Skianzüge, hielten die Skier lässig vor die Brust und fuchtelten mit ihren Stöcken in Richtung Kamera. Im Hintergrund konnte Jock erkennen, dass sie sich bei den Kronbergbahnen befanden. Dann zuckte das Bild und erzeugte eine Art Welle, die gleich wieder verschwand.

Der Bildschirm wurde weiß. Sogleich erfasste die Kamera zwei junge Männer, die mit blau-weiß-roten Kappen, auf denen SKA stand, in die Kamera winkten. Jock drückte auf Pause und schaute konzentriert auf das leicht zitternde Bild.

»Der da links, das ist doch Mitrovic?«

»Ja, klar. Das ist nicht so spektakulär. Damals haben halt die Hundwiler und ein paar Kantischüler im gleichen Alter Sachen zusammen gemacht.«

»Das heißt, Thomas Äschermann, Karins Mann, Pädi Landshauser, der Anwalt von Mitrovic, und unser Staatsanwalt Back Sollberger waren auch dabei?«

»Ja. Außer natürlich Thomas Äschermann, der machte sich nie was aus Skifahren. Der war schon immer etwas speziell und hat sich mehr mit seinen Kräutli beschäftigt.«

»Und wo war Karin, ich sehe sie hier nie auf dem Bild?«

»Sie war nicht so die Skifahrerin. Meistens mit Tati unterwegs. Die haben irgendein bescheuertes Manifest verfasst oder so.«

Jock legte sich die Hände an die Wangen und dachte angestrengt nach. Hatte Karin vielleicht etwas gesehen, das so aufwühlend war, dass sie ihre Pläne, zum Rossfall zu gehen, geändert hatte? Das Video brachte ihn nicht weiter, es waren nur banale Aufnahmen von Ski fahrenden Jugendlichen, die dicht vor der Kamera irgendwelche Grimassen schnitten oder halsbrecherische Sprünge probierten. Er musste sich das Tagebuch noch einmal genauer anschauen. Er öffnete seinen Rucksack und kramte es hervor. Ohne Ida groß zu beachten, die mit regloser Miene auf ihrem Stuhl saß und in den Bildschirm starrte, blätterte Jock weiter in dem Tagebuch.

23. 11. 87

November ist nicht wirklich mein Monat. Nur schon das Aufstehen fällt mir schwer. Warum fühle ich mich immer beobachtet? Ich möchte etwas bewirken und nicht von allen irgendwie schräg angeschaut werden. Unser Geschichtslehrer Hättenschwiler sagt, dass diese Männerlandsgemeinde nicht den Menschenrechten entspricht. Es kann sein, dass bald ein Gericht befiehlt, dass die Appenzeller den Frauen das Stimmrecht geben müssen. Ich könnte kotzen!

12. 3. 88

Wenn ein Prinz fast in einer Lawine umkommt, dann schreiben alle drüber, wenn eine Frau geschlagen wird, ist es ihnen scheißegal. Sogar Tati findet, ich sei herzlos, wenn ich kein Mitleid mit Prince Charles hätte. Interessiert mich nun mal nicht, dieser Prinzen-Kram.

2. 5. 88

I shot the Landammann ... *Geil, oder?*
So kam Ida Schläpfer auf die Welt. Stark und direkt. Sie
ist wütend. Keine Kompromisse. Sie ist aggressiv und hat
keine Blumen für die Männer. Wir sind da, und wir sind
laut.

Meine Mutter ist voll ausgeflippt, als sie die Ida-Schläpfer-
Briefmarken mit dem weiblichen Bären drauf gesehen hat.
Sie hat das Wort »obszön« gebraucht. Ich hab sie dieses
Wort noch nie sagen hören. Ich wusste nicht einmal, dass
sie einen solchen Wortschatz hat. Vermutlich hat ihr das
der Dorfpfarrer eingeflüstert.

Obszön sind in diesem Kanton nur die Männer, obszön
ist die Freude an der Tradition auf Kosten der Frauen-
rechte, obszön sind die Argumente, dass die Frauen eh
nicht abstimmen wollen. Obszön ist der große rote Pim-
mel des Appenzeller Bären.

Ich verstehe auch die Frauen nicht, die finden, wir scha-
den der Sache, wenn wir laut sagen, was wir wollen. Die
ziehen sich dann 'ne Tracht an und schleimen sich bei den
Männern ein. Das ist doch peinlich.

Wir waren in Zürich im Volkshaus bei Johnny Clegg
und Savuka. Es war sehr easy. Kiffen, tanzen, einfach sein.
So stell ich mir das vor. Südafrika ist allerdings gar nicht
easy. Shit. Die Welt ist voll am Arsch, aber man kann nicht
überall was tun. Ich konzentrier mich auf meine Welt.
Meine kleine Hundwiler Hinterwelt.

Zwischen den Seiten steckte ein Bogen mit Briefmarken, die
einen aufrecht gehenden Bären zeigten, der anstelle eines
Penis eine auffällig strahlende Vulva hatte. Es war also vielmehr eine Bärin. Daneben stand *Ida Schläpfer*. Jock nahm

den Bogen mit den Briefmarken aus dem Tagebuch und streckte ihn Ida hin.

»Wer ist diese Ida Schläpfer?«

»Meine Eltern hätten den Typen lynchen können, dass er sie Ida genannt hat.«

»Wieso Typen?«

»Na ja, die Ida Schläpfer hat es nicht gegeben, die hat der Fricker, ein Ausserrhoder Künstler, erfunden. Der war schon ein bisschen durchgeknallt.«

»Karin hat das gefallen?«

»Ja, sie war halt schon auf der extremen Seite.«

»Und warum hat man die erfunden?«

»Die wollten halt so eine Kultfrau erschaffen und haben dann auch ihren Namen reingerufen an der Landsgemeinde. Ich hab das damals noch nicht so gecheckt, aber ich versteh irgendwie, dass man das übertrieben fand.«

Jock nickte interessiert und las dann im Tagebuch weiter.

1.3.89

Elisabeth Kopp haben sie aus dem Bundesrat rausgeschmissen! Da hat es endlich mal eine Frau in der Politik geschafft, und dann fliegt sie wieder raus, weil sie ihrem Mann mit seinen krummen Geschäften helfen will. Tati findet, Kopp sei ihr egal, weil sie keine Linke ist. Aber sie ist eben auch die erste Frau im Bundesrat. Was wäre denn gewesen, wenn sie ein Mann wäre. Hätte sie dann auch zurücktreten müssen???

13.3.89

Unser Restaurant ist voll mit Idioten. Jassen und saufen. Was anderes haben die nicht im Kopf.

16.4.89

Ich hab mir die EMMA *in St. Gallen gekauft. »Aufstand der Schwestern!« Muss lesen.*

18.4.89

Meine Mutter findet, dass, wenn das so weitergeht mit den Emanzen, dann leiden die Kinder. Niemand kocht mehr richtig für sie, und die Familien fallen auseinander. Für sie sind die Emanzen die große Bedrohung. Ja, sie redet immer von den Emanzen. Wie sie es ausspricht, erinnert es mich an »Wanzen«. Ich find halt, die Männer sind die Bedrohung. Das Patriarchat. Die sitzen auf ihren fetten Ärschen und lassen die Frauen arbeiten. Meine Aufgabe als Frau ist es, dieses Patriarchat zu zerschlagen. Wir können nicht einfach betteln. Die Männer sollen selber mal erfahren, was es heißt, unterdrückt zu sein.

29.4.89

Tati findet auch, wir sollten bei einer Ablehnung was Krasseres machen. Einen richtigen Schock sollten die Männer bekommen. Diese feigen Arschlöcher, diese tauben Idioten, die nur ihr nächstes Bier im Kopf haben. Wenn sie es ablehnen, dann jagen wir denen einen ordentlichen Schrecken ein. Die können sich auf was gefasst machen!

Jock bemerkte, dass Ida die letzten Einträge mitgelesen hatte.

»Das war voll ihr Thema damals.«

»Hat sich das geändert?«

»Ja schon. Nach der Landsgemeinde war das für sie nicht mehr so wichtig.«

Die weiteren Seiten waren leer. Das Tagebuch hörte am Abend vor der Landsgemeinde auf.

»Gibt es noch mehr Tagebücher?«

Ida zuckte mit den Schultern. »Ist zumindest keins mehr in der Schachtel drin.«

Karin hatte auf diesen Tag hingefiebert, dann kam das Frauenstimmrecht durch, und sie schrieb nichts mehr. Das war doch komisch. Wieso berichten die Tagebücher nicht von dem großen Sieg bei der Landsgemeinde? Bis dahin hatte sie immer mit Freude und Enthusiasmus geschrieben, wenn ihr etwas Positives widerfahren war. Jetzt aber kam einfach nichts. Diese Leere. Was hatte sie zu bedeuten? Was war passiert an jener Landsgemeinde? Hatte Karin den Kampf gegen das Patriarchat trotz des Sieges zu ernst genommen und etwas getan, das sie jetzt, dreißig Jahre später, eingeholt hatte?

Jock stand auf, bedankte sich und ging zur Türe. Als er die Klinke drückte, drehte er sich noch einmal zu Ida um.

»Pass auf dich auf.«

Er trat in den muffigen Gang und ging langsam die Treppe hinunter. Die mit Teppichen ausgekleideten Stufen dämpften seine Schritte. Als er an der Toilette vorbeikam, hielt er kurz inne und betrachtete ein Foto von einem Mann mit Gewehr, als ihn plötzlich etwas in die Seite stieß.

»'tschuldigung, 'tschuldigung«, stammelte Agata Bendel, die einen großen Zuber mit Wäsche trug. »Ich hab Sie gar nicht gesehen.«

Jock schüttelte kurz seine Hüfte, nahm ihr den Zuber ab und stellte ihn auf den Boden. Er lächelte versöhnlich und blickte dann auf das Foto an der Wand. »Ist das Ihr Mann?«

Um ihre Augen zeigten sich Anzeichen eines Lächelns. »Das ist ein Sechzehnender.«

»Da braucht man eine ruhige Hand, was?«

Wieder grinste sie. Mit einem verschmitzten Ausdruck, den er diesem strengen, traurigen Gesicht nicht zugetraut hätte.

Jock blickte auf das Bild, dann wieder zu Agata Bendel. Jetzt hatte auch er ein Grinsen im Gesicht.

»Nein, oder?« Er zeigte mit dem Finger auf das erlegte Tier. Albert Bendels Gesichtszüge hatten etwas Verkrampftes.

»Ich hatte halt diese ruhige Hand früher. Musste ja niemand wissen, dass ich abgedrückt habe.«

Das Grinsen in dem furchigen Gesicht wurde breiter. Jock wedelte mit seinem Zeigefinger in Richtung des Bildes. »Dann könnten Sie mir jetzt ja mit ruhiger Hand ein schönes Bier zapfen.« Er nahm den Zuber in beide Hände, und obwohl Agata Bendel protestierte, schleppte er die weiße Fracht in die Küche.

Als sie am Tisch saßen, hatte sich der Gesichtsausdruck von Agata Bendel wieder normalisiert. Das Weiche darin, das Jock vor diesem Foto kurz hatte aufblitzen sehen, war weg.

»Hat Ihr Mann die Niederlage damals 1989 an der Landsgemeinde gut ertragen?«, fragte Jock und nahm einen Schluck vom angenehm kühlen Bier.

»Er musste ja. Ist halt Demokratie.«

»Gab es denn keine Proteste?«

»Die meisten haben es akzeptiert. Man sagt, ein paar hätten ihre Degen ins Sittertobel hinuntergeworfen. Weiß nicht, ob das stimmt.«

»Und Ihr Mann?«

»Verbrochä.«

Jock schaute sie verwundert an.

»Den Säbel. Hat er zerstört. Und nie mehr hervorgeholt.«

»Und wie hat Karin nach dem Entscheid reagiert?«

Sie schaute weg. Tränen traten ihr in die Augen. »Was wollen Sie jetzt plötzlich über die Landsgemeinde reden?«

Jock erklärte ihr ausführlich seine Vermutung, dass sich Karin vor ihrem Tod mit den Ereignissen von 1989 beschäftigt haben musste.

Agata Bendel fuhr über die Außenseite ihres Bierglases. Das kondensierte Wasser befeuchtete ihre schwieligen Finger. »Es war eine komische Zeit.«

»Wie meinen Sie das?«

»Sie war nach der Landsgemeinde anders.«

»In ihrem Tagebuch hat sie geschrieben, sie wolle den Appenzeller Männern einen Schrecken einjagen.« Jock blickte hinaus auf den Landsgemeindeplatz, als ob er in die Vergangenheit schauen könnte. »Hat sie das gemacht?«

»Sie war plötzlich nicht mehr so laut, nicht mehr so rebellisch«, sagte Agata Bendel und stellte dabei ihr Glas behutsam auf den Bierdeckel. »Albert fand das gut, aber mir war es nicht ganz geheuer. Eine Mutter spürt doch, wenn es der Tochter nicht gut geht.«

»Haben Sie nie nachgefragt?«

Sie zuckte nur mit den Schultern.

»Hat diese Tatjana Schott etwas mit der Veränderung von Karin zu tun?«

Sie stand auf, nahm ihr leeres Glas und ging damit zur Theke. Ohne groß auf Jock zu schauen, murmelte sie: »Tatjana, unmöglichs Wiib!« Dann drehte sie sich zu Jock um und deutete mit ihrem Glas zum Ausgang. »So, Födlä lopfä.«

Als Jock aus dem Restaurant trat, blickte er in die Sonne. Er musste wohl tatsächlich den Arsch hochkriegen und diese Tatjana finden.

19

Hundwil 30. 4. 1989,
Tag der Landsgemeinde

Es war immer noch trüb. In Richtung Säntis sah man einzelne Fetzen Schnee, die wie schlafende Schafe auf den Hängen lagen. Karin schaute zu ihrer Schwester hinüber, die an einen Baum gelehnt eine Zigarette rauchte.

Die Spannung war spürbar, sowohl unten im Ring als auch oben auf der Wiese bei den Zuschauenden. Immer wieder wurde die Frage diskutiert, die auch beim Sportereignis aufkommt: Wer gewinnt? Tradition oder Moderne?

Karin bewegte sich. Sie konnte nicht still sein. Sie wusste genau, bei einem Nein würde es krachen. Ein Nein würde für die nächsten Jahre den Graben zwischen den Konservativen und den Modernen noch mehr aufmachen. Wenn sie ehrlich zu sich war, dann spürte sie auch ein wenig Lust auf einen solchen Kampf. Sie wäre dann nicht mehr die brave Karin, es könnte den Bruch mit ihren Eltern bedeuten. Wäre das nicht eine logische Entwicklung? Sie würde den Kampf, sie würde diese neue Epoche annehmen. Mit all der Kraft, die ihr zur Verfügung stand.

Kein Mann, der hier gegen das Frauenstimmrecht war, würde zugeben, dass er Angst vor Frauen hatte. Dabei konnte Karin eine solche Angst auch verstehen. Wenn Frauen ihre Intelligenz mit dem Willen zur Macht kombinieren konnten, dann könnte das schon unangenehm werden für die Männer. Sie dachte an Simone de Beauvoir und ihre Aussage, dass Frauen, die nichts fordern, auch beim Wort genommen werden sollten: Sie bekommen nichts. Sie hatte vor, als Frau etwas zu fordern, etwas zu verändern. Ja, auch Politik zu machen. Die Männer sollten nicht einfach alles entscheiden dürfen und für die Frauen gleich mit.

Ivo Mitrovic schien die ganze Sache nichts anzugehen. Er und seine zwei Kumpel stießen sich gegenseitig in die Rippen und lachten dann und wann. Sie wäre gerne in seiner Nähe geblieben, es fühlte sich gut an mit ihm. Aber es konnte nicht sein, dass sie bei diesem historischen Entscheid einen oberflächlichen Macho mit lustigen Sprüchen neben sich hatte. Ob vielleicht mehr in ihm steckte? Dass viele ihn nur den Jugo nannten, schien ihn nicht zu kümmern. Neben seinen überdrehten Kumpels wirkte er in seiner schwarzen Jacke und seinem Blick, der immer eine Tendenz hatte, leicht nach oben zu gehen, wie ein Geheimagent, der sich in einem ihm fremden Umfeld souverän bewegte.

Als dieser Blick wieder kurz bei ihr zu verweilen schien, merkte sie, dass auch er sie nicht ganz einschätzen konnte. Sie lächelte.

Bis die entscheidende Abstimmung der Landsgemeinde sie aus ihren Gedanken riss.

»Herr Landammann, Herren Regierungsräte. Getreue, liebe Mitlandleute und Bundesgenossen. Wer das Frauenstimmrecht auf kantonaler Ebene einführen möchte, der erhebe seine Hand.«

Karin stand auf den Zehenspitzen und schaute auf die Hände, die nach oben gingen und von einzelnen »Uä!«-Rufen begleitet wurden. Irgendwo schrie einer, der wohl mit noch mehr Nein-Stimmen in seinem Pulk gerechnet hatte: »Ihr huerä Hüchler!«

Dann kam die Frage, wer es ablehnen möchte. Sie schaute

auf das Meer von Nein-Stimmen, und es war überwältigend, wie viele Männer gegen die Einführung dieses Grundrechts waren.

Der Landammann drehte sich um und ging kurz zu seinen Regierungskollegen. Was würde er entscheiden? Wenn Karin ehrlich war, konnte sie nicht sagen, ob es mehr Ja- oder Nein-Stimmen waren. Sie konnte kaum atmen. Ihre Hand umklammerte die Zündhölzer, bereit, bei einem negativen Entscheid diese Landsgemeinde für einige Minuten mit einem knallvollen Protest zu stören.

20

Als Jock am nächsten Morgen auf einer Bank am Obstmarkt in Herisau auf den Bus wartete, deuteten die frische, klare Luft und der blaue Himmel an, dass es ein richtiger Frühlingstag werden könnte. Silvana war am Telefon kühl und abweisend gewesen, als er sie darum gebeten hatte, in der Polizeidatenbank nach Tatjana Schott zu suchen. Widerwillig hatte sie ihm mitgeteilt, dass keine Vorstrafen vorlagen und die ehemalige Freundin von Karin heute in einem Frauenhaus in Zürich arbeitete.

Er schaute nach links, und sein Blick blieb hängen. Es war derselbe Ort. Nur dass damals noch Schnee lag. Hier vor dem Herisauer *Treffpunkt* hatte er Karin vor etwa drei Monaten mit den Worten angesprochen: »Ich war mal verknallt in dich.« Er war selbst etwas erstaunt gewesen über seine Direktheit. Es war auch ein Erstaunen über diesen ähnlichen, fast körperlichen Zustand, den er schon als Junge damals im Kreuz in Hundwil erlebt hatte. Seine Mutter hatte ihm nach einer Wanderung ein kaltes Rivella versprochen. Während er das Etikett mit dem Slogan *Sportler trinken Rivella* vom Flaschenhals gekratzt hatte, schaute er zur Theke rüber und beobachtete dieses Mädchen, das vielleicht drei Jahre älter war als er. Sie hatte ihren Kopf auf beide Hände abgestützt und blickte aufmerksam in den Raum. Dieser Blick, der gleichzeitig etwas Lauerndes und Verletzliches besaß, hatte ihn fasziniert.

Und nun blickte er in das dreißig Jahre ältere Gesicht. Die Aufmerksamkeit war immer noch da. Nur die Nasenflügel bewegten sich auffällig. Sie wirkte nervös, leicht verunsichert.

»Kennen wir uns?«

»Kreuz, Hundwil, oder?«

Karin schaute ihn verwirrt an.

»Sorry, also ... ich kenn dich von früher. Also, von ganz viel früher.« Er streckte ihr die Hand entgegen. »Ich bin Jock.«

»Wenn du in mich verknallt warst, warum hast du nichts gesagt?«

»Es war mir peinlich, du warst ein paar Jahre älter als ich.«

»Jetzt bin ich ja da.« Nun war sie überrascht über ihre Aussage. Und dann dieses Lächeln.

Klar, er deutete diesen offenen Blick als Angebot und wusste ja nicht, dass sie verheiratet war.

»Lust, einen Schneemann zu bauen?«

Jetzt lachte sie laut.

Keine zwanzig Minuten später stand ein putziger Schneemann mit Holzärmchen und einem Kugelschreiber der Kantonspolizei Appenzell-Ausserrhoden als Nase auf dem kleinen Fleckchen Wiese vor dem *Treffpunkt*.

Darauf holten sie sich an einem Stand einen Glühwein, und weil sie beide irgendwann durchgefroren waren und nichts mehr offen hatte, bat Jock seine Wohnung als wärmende Insel an. Dann ging alles sehr schnell. Sie sehnten sich beide nach Wärme, nach Nähe, nach Sex.

Der Bus kam, und er schüttelte die Erinnerungen ab wie ein lästiges Insekt, setzte sich die Kopfhörer auf und stieg ein.

Als Axel Rose *Right Next Door to Hell* sang, zog draußen das Firmenlogo des Schweizer Rüstungskonzerns *Ruag – together ahead* vorbei. Dann fuhr der Zug über die Badi

Unterer Letten, und Jock erinnerte sich an seine Zeit, als er bei der AC/DC Elektro gearbeitet hatte. Der Chef war ein Rockfan gewesen und hatte mit viel Stolz die Firmen-Poloshirts präsentiert, darauf das aufgestickte Logo mit der Unterzeile *We rock your electricity*.

Dann kam auch schon die lange Zeile von neuen Bauten an der Europaallee, dort, wo in den Neunzigern noch diese große, an eine Bahnhofshaltestelle angelehnte Tafel ZU-REICH auf dem besetzten Wohlgroth-Areal stand.

Für Jock war es trotz seines unruhigen Zustandes ein Heimkommen. Das war immer so, wenn der Zug am Bahnhof in Zürich einfuhr, und vergleichbar mit dem Gefühl, das er hatte, wenn er den Säntis sah. Das Alpsteinmassiv und ein paar graue Häuserfronten an den Geleisen lösten in ihm dieselbe Reaktion aus. Jock musste bei dem Gedanken schmunzeln.

Heute spürte er auch eine große Unsicherheit. Er durfte mit diesem Fall eigentlich nichts mehr zu tun haben. War die Fahrt nach Zürich wirklich eine gute Idee? In diese Stadt, die einmal sein Lebensmittelpunkt gewesen war?

Als er durch die geräumige Bahnhofshalle ging, überholten ihn verschiedene Gruppen in roten oder orangen Westen, teilweise trugen sie Fahnen oder eingerollte Transparente mit sich. Es war der 1. Mai – der Tag der Arbeit. Vermutlich nicht der ideale Tag, um eine Person zu suchen, von der er nur den Arbeitsort kannte, aber er hatte keine Wahl. Es sah für Jock ganz klar danach aus, dass Tatjana eine Schlüsselfigur in Karins Leben gewesen war.

Am Bahnhofquai stieg er ins Tram Nummer vier in Richtung Altstetten. Sie arbeitete für die Stiftung Frauenhaus. Erst wollte er anrufen, doch dann war für ihn klar, dass er Tatjana persönlich treffen musste. Außerdem konnte er sich kaum vorstellen, dass ein Frauenhaus irgendeinem Mann Auskünfte über eine Mitarbeiterin geben würde.

Als er am Limmatplatz aus dem Tram stieg, merkte er plötzlich, wie warm es bereits geworden war. Er zog seine Lederjacke aus und stopfte sie in seinen Rucksack.

Die Leute saßen draußen und tranken Kaffee oder gönnten sich ein spätes Frühstück. An der Quellenstrasse zeigten sich in einem verwilderten Garten blühende Rosen, um die bereits Bienen in der Luft tanzten. Es wäre ihm lieber gewesen, die Stadt hätte dieses bleierne Grau des Novembers getragen. Die Farbe würde seinen Gemütszustand viel eher abbilden. Er verstand melancholische Gemüter, die den ersten Frühlingstagen nichts abgewinnen konnten. Diese äußerlich zur Schau gestellte Heiterkeit war nicht zum Aushalten.

Der Eingang zur Stiftung befand sich im Innenhof eines unscheinbaren, gelblichen Gebäudes. Jock klingelte. Wenige Sekunden später meldete sich eine Stimme an der Gegensprechanlage.

»Ja, hallo?«

»Ich möchte zu Tatjana Schott.«

»Darf ich fragen, warum?«

Jock zögerte, bevor er antwortete. »Ich möchte mit ihr über Karin Äschermann reden.«

Es war still am anderen Ende.

Vielleicht war allein die Frage nach einer Frau verdächtig, und man ließ grundsätzlich keine Männer rein, die sich in dieser Weise meldeten. Oder aber es war Tatjana höchstselbst, und sie wollte nicht über Karin reden.

Jock blickte sich um. Bei den Fahrrädern stand eine zierliche Frau in einem Kapuzenpulli und blies Rauch aus einer violetten E-Zigarette.

»Entschuldigung?«, fragte Jock vorsichtig.

Die Frau schaute mit skeptischem Blick zu ihm rüber. Sie sagte nichts.

»Sind Sie von der Stiftung?«

Ihr Blick sagte ihm, dass er richtig vermutet hatte.

»Ich würde gerne zu Tatjana Schott.«

Sie hüllte sich in eine Rauchwolke und kam näher. »Da müssen Sie mir schon etwas mehr Informationen geben.«

Jock öffnete seine Tasche und zückte seinen Polizeiausweis. »Ich bin von der Kantonspolizei Appenzell Ausserrhoden und bräuchte eine Auskunft.«

Sie musterte den Ausweis und zuckte leicht mit den Schultern. »Appenzell, okay.«

Dann nickte sie.

Auf dem Empfangstresen standen frische Blumen. Es war niemand da. Auch die zwei Arbeitsplätze hinter der Theke waren verwaist. Vor einem Computerbildschirm, dessen Bildschirmschoner violette Schlangenlinien produzierte, stand eine Kaffeetasse mit einem gelben Smiley drauf. Bevor sich die Frau an den Computer setzte, klopfte sie an die Tür hinter den beiden Pulten und rief kurz: »Tatjana!«

Einen Moment später trat eine Frau in schlichter schwarzer Bluse mit auffallend blauen Augen und hellen, weißgrauen Haaren, die ihr bis zur Schulter reichten, in den Raum. Sie musterte Jock kritisch.

»Tati?«, fragte er vorsichtig.

Tatjana stand eine Weile nur da. Sie schien zu überlegen, sagte dann aber: »Äschermann. Dann hat Karin also den Namen von diesem Trottel angenommen?«

»Können wir hier irgendwo ungestört reden?«, fragte Jock mit einem Seitenblick zu ihrer Kollegin.

Als sie es bemerkte, fuchtelte sie nur kurz mit den Händen. »Ich bin dann mal weg.«

»Kaffee?«, fragte Tatjana und zeigte mit der Hand auf einen unscheinbaren Metalltisch mit zwei Stühlen, der neben einer Zimmerpflanze in der Ecke des Raumes stand.

»Gerne doch.« Jock war froh, dass er sich hinsetzen konnte.

Als Tatjana sich an der Kaffeemaschine zu schaffen machte, blickte er sich im Raum um. Mit Pflanzen und einem mehrfarbigen Teppich hatte man versucht, die sterile Büroatmosphäre etwas aufzubrechen. Auf einem kleinen Büchergestell lagen allerhand Informationsbroschüren und Bücher.

Tatjana stellte zwei Tassen Kaffee und eine Flasche mit Kaffeerahm auf den Tisch. Sie wirkte etwas nervös und setzte sich.

»Den Spitznamen Tati hab ich schon sehr, sehr lange nicht mehr gehört.«

»Hat nur Karin Sie so genannt?«

»Sie und ein paar andere Mitschülerinnen an der Kanti. Du kannst Du zu mir sagen. Du bist hier in Zürich.«

Jock schüttete etwas Sahne in den Kaffee und nahm einen Schluck.

»Es tut mir leid, dir das mitzuteilen, aber Karin Äschermann, also ehemals Bendel, ist leider gestorben. Sie wurde Opfer eines Gewaltverbrechens.«

Jock konnte am Gesichtsausdruck von Tatjana Schott nicht wirklich ablesen, was diese Information mit ihr machte. Er wartete auf eine Reaktion, doch sie sagte nichts. Als sie immer noch nichts hinzufügte, setzte er noch mal an.

»Ich bin von der Polizei, also, nicht hier in Zürich, also, eben auch nicht mehr in Appenzell Ausserrhoden … ach, was rede ich – ihr wart ja offenbar gute Freundinnen an der Kanti.«

»Das ist lange her.«

»Du findest, Thomas Äschermann ist ein Trottel? Wieso denn?«

»Ich habe ihn nicht so gut gekannt, aber das hat mir gereicht. Er ist ein esoterischer Chauvinist.«

»Könntest du dir vorstellen, dass er etwas mit dem Tod von Karin zu tun hat?«

»Keine Ahnung. Du bist der Polizist.«

»Ich habe ihre Tagebücher aus den späten achtziger Jahren gelesen. Sie äußerte gewisse ... Ich nenne es jetzt mal Gewaltphantasien gegen Männer. Ist da an der Landsgemeinde etwas passiert?«

Tatjana trank ihren Kaffee in einem Zug aus. »Gewaltphantasien gegen Männer. Was redest du denn für einen Müll?«

»Ich habe den Verdacht, diese Vergangenheit wurde ihr zum Verhängnis. Du kannst mir das sagen, wenn ihr damals irgendwie über die Stränge geschlagen habt.«

»Du hast echt keine Ahnung.«

Sie stand auf, nahm die beiden Kaffeetassen und spülte sie kurz ab. Dann wühlte sie in ihrer Tasche, holte ihr Handy raus und meinte mit Blick auf das Display: »Ich muss leider wirklich los. Ich habe einen wichtigen Termin mit einer Klientin.«

Mit diesen Worten packte sie eine kleine weiße Stofftasche, ging an Jock vorbei zur Tür und drehte sich dann noch einmal um. Sie zitterte leicht, und in ihren Augen zeigten sich die ersten Tränen.

Jock stand auf und hob beruhigend die Hände. »Kann ich noch mal hierherkommen und mit dir reden? Ich muss wissen, was damals passiert ist.«

Tatjana ballte die Fäuste. »Ich bin normalerweise nicht hier in der Stiftung, sondern im Frauenhaus.« Sie hob die Hand kurz zum Abschiedsgruß und ging los. Dann hielt sie kurz noch einmal an, stützte sich an der Wand ab und drehte sich zu Jock.

»Ich kann grad noch nicht mit dir reden, sorry.«

Sie verschwand im neonbeleuchteten Gang, ohne dass Jock es schaffte, ihr noch etwas hinterherzurufen.

Er starrte auf die gegenüberliegende Wand, an der ein Plakat mit der Aufschrift *femRave – Frauen kämpfen, Frauen tanzen* hing. Seine Intuition, nach Zürich zu fahren und mit Tatjana das Gespräch zu suchen, war richtig gewesen.

Was verschwieg sie ihm?

Ruckartig stand er auf und verließ die Stiftung.

21

Er sah Tatjana noch, wie sie am Kiosk, dessen Schaufenster ein Plakat eines Bollywood-Films zierte, vorbeiging und um die Straßenecke bog. Er folgte ihr möglichst unauffällig. Ihre Schritte wurden schneller, und als sie vor einem hellgelben Haus anhielt, dessen Garten von einem rostigen Zaun eingefasst war, blickte sie sich das erste Mal um. Er schaffte es gerade noch, sich hinter einen Stromverteilerkasten zu ducken. Sie drückte eine Klingel draußen am Zaun und trat dann in das Haus.

War es das? Kam er hier nicht mehr weiter? Dass er Karin und damit wohl auch Tatjana Gewaltphantasien unterstellt hatte, war nicht sehr schlau gewesen. Sie wusste etwas von früher, da war er sich sicher. Diese Tatsache musste mit der Tat am Rossfall zu tun haben. Vielleicht hatte sie ja selbst einen Grund gehabt, Karin umzubringen, um zu verhindern, dass die Vergangenheit ans Licht kam. Wenn er noch offiziell im Dienst wäre, könnte er sie wegen der Verweigerung einer Zeugenaussage unter Druck setzen. Aber er war ja nicht offiziell als Polizist hier. Jock streckte seine von der Hocke leicht tauben Beine durch und strich sich die strähnigen Haare nach hinten.

Ziellos schlenderte er durch die Straßen im ehemaligen Industriequartier Zürichs. Es war erstaunlich ruhig. Ein Paar stand vor einem Hauseingang und küsste sich, während daneben die Tauben ungestört Brotreste vom Boden picken konnten. Erst als er den Durchgang zum ehemaligen Kasernenareal betrat, wurde es lauter, es roch nach exotischen Gewürzen, und Menschen aller Altersstufen schlenderten den Ständen entlang, wo Speisen aus den verschiedensten Ländern angeboten wurden. Er entschied sich für ein indisches Curry und ein Bier.

An den hellbraunen Festtischen, die über das ganze Areal verstreut aufgestellt waren, saßen überall Leute. Eine Gruppe Studentinnen und Studenten war in eine hitzige Diskussion über das bedingungslose Grundeinkommen vertieft, während daneben ein junger Mann mit Rastalocken verträumt in den Himmel schaute. Zwei kleine Kinder schlürften mit viel Hingabe ein Eis. Etwas verloren stand er da und blickte auf diese Szenerie. Ein typischer Zürcher Feiertag. Die Menschen machten den Eindruck, als ob sie mitten im Leben stünden. So als ob völlig klar wäre, woher sie kommen und wohin sie gehen werden. Er fühlte sich gerade eher außerhalb dieses Lebens. Jock wollte allein sein.

Er trat wieder aus dem Innenhof und bog in eine Seitenstraße ein. Dort setzte er sich auf eine Treppe. Außer ihm war niemand hier draußen. Auf der schwarzen Wand gegenüber prangte ein goldenes P mit einem Lorbeerkranz. *Puschkin Bar, Disco, Club* stand darunter. Als aktiver Streifenpolizist war er immer mal wieder in solchen Lokalen unterwegs gewesen. Bis zu jenem Abend. Jenem Abend, an den er nicht gerne zurückdachte. Auch jetzt nicht.

Jock öffnete die Plastikbox und langte kräftig zu. Die Schärfe brannte ihm angenehm auf der Zunge. Er lehnte sich an die Wand, nahm einen Schluck vom exotischen Bier, blinzelte in die Sonne und schloss die Augen. Dann hörte er die Sprechchöre. »Wir wollen keine Bullenschweine!« »Erster Mai, Straße frei!« Wenigstens arbeitete er heute nicht. Zumindest nicht offiziell.

Die Sirenen näherten sich, und auch die Sprechchöre wurden lauter, die Stimmung aggressiver. Es knallte. Das Trampeln von Schuhen. *Zum Glück bin ich hier, in einer beschaulichen Nebenstraße,* dachte Jock noch, als plötzlich drei Männer auf ihn zugerannt kamen. Schwer atmend setzten sie sich direkt ihm gegenüber auf den Asphalt. Sie trugen Jeans und schwarze Kapuzenpullis, zwei weiße Tücher und ein rotes über Mund und Nase.

»Alter, die fucking Bullen werden immer aggressiver. Komm, wir holen Steine und gehen zurück.«

Jock bemerkte, wie seine Augen zu jucken begannen. Der stechende Geruch von Tränengas, das der leichte Wind in die Nebenstraße getragen hatte, lag in der Luft. Die drei Typen zogen sich die Tücher vom Gesicht und wischten sich damit die Stirn ab. Jock schätzte sie vielleicht auf achtzehn bis zwanzig. Weit aufgerissene Augen deuteten auf eine Ladung Kokain hin. Der Schmächtigste mit dem roten Tuch schaute zu Jock rüber.

»Hast du ein Problem?«

Ohne den Blick abzuwenden, hob Jock beschwichtigend die Arme. Doch der Blickkontakt hatte ausgereicht. Der Anführer überquerte die Straße. Jock stand auf und suchte reflexartig nach seiner Waffe, um sogleich festzustellen, dass er entschieden hatte, sie zu Hause zu lassen. Er wusste, dass die einzige Möglichkeit, hier eine Eskalation zu vermeiden, die Flucht wäre. Stattdessen schaute er dem jungen Demonstranten in die Augen, der sich jetzt die schweißnassen Haare aus der Stirn strich. Dann stand er nur noch einen Meter von ihm entfernt. Er nahm den starken Geruch wahr, der von einer Portion Deo und viel Stressschweiß ausging. Jock spannte seine Muskeln an.

»Was siehst du denn Spannendes?«, fragte der Schmächtige.

Jock schloss kurz die Augen, und es kam das Bild vom Fluss, von Vögeln und dem Tuch mit diesem verdrehten

Arm, der dort fehl am Platz war. Dann öffnete er sie wieder und schaute seinem Gegenüber direkt ins Gesicht.

»Ich sehe ein paar Erst-Mai-Bubis, wieso fragst du?«

Als der Satz draußen war, wusste er bereits, dass er einen Fehler gemacht hatte.

Die Faust traf ihn an der rechten Wange. Er hörte ein Knacken und prallte nach hinten. Der Schmerz breitete sich in seinem Gesicht aus. Als er sich wieder gefangen hatte, sah er, wie der Größte der drei auf ihn losstürmte. In unzähligen Selbstverteidigungskursen hatten sie dieses Szenario geübt. Jock hatte stets zu den Besten gehört. Er kannte diesen Augenblick. Es war wie vor einem Gitarrensolo: Ein kurzer Moment der Ruhe, und dann ging alles schnell. Er duckte sich im richtigen Moment und ging sofort zum Gegenangriff über. Mit gezielten Tritten und Schlägen brachte er seinen Angreifer aus dem Gleichgewicht und zwang ihn so zu Boden. Was jetzt folgte, hatte nicht mehr viel mit Selbstverteidigung zu tun. Jock merkte, wie er es sichtlich genoss, dass sein Körper diese Taubheit der letzten Tage abstreifte. Blind schlug er auf seine Angreifer ein.

Dann hörte er die Sirene. Ein grauer Kastenwagen kam um die Ecke geschossen und bremste mitten auf der Straße. Mehrere Polizisten in voller Montur stürmten auf die Gruppe zu. Im nächsten Augenblick lag Jock mit dem Gesicht nach unten da, während ihm ein Beamter das Knie in den Rücken drückte. Er schrie verzweifelt auf. Dann sah er sich um. Auch seine Kontrahenten lagen auf dem Boden. Als sich sein Blick mit dem des jungen Angreifers traf, stellte er erstaunt fest, dass dieser eher Enttäuschung als Wut ausdrückte.

Er kannte diesen Raum. Hier hatte er manche Befragung durchgeführt. Von aufgebrachten jungen Leuten, denen die Taschen geklaut worden waren, bis zu den grinsenden

Drogendealern, die jegliche Aussage verweigerten, war alles dabei gewesen. Der Gestank ging heute von ihm selbst aus. Sein T-Shirt roch nach dem adrenalingetränkten Schweiß, von dem er gerade reichlich produziert hatte. Ein pochender Schmerz breitete sich in seinem Gesicht aus. Man hatte ihm Wundkompressen gereicht, und er tupfte sich damit etwas Blut von der Wange. Vermutlich ließ man ihn erst mal warten. Handy und Portemonnaie hatten sie ihm abgenommen. Ein Becher Wasser stand auf dem Tisch. Jock kannte das Prinzip. Gerade nach körperlichen Auseinandersetzungen war es sinnvoll, die Beteiligten etwas abkühlen zu lassen. Trotz der Schmerzen in Gesicht und Rücken hatte er das Bedürfnis aufzustehen. Er drückte beide Hände gegen die Wand. All die Jahre, die er hier drin Befragungen gemacht hatte, war ihm die Struktur dieser Wände nie bewusst geworden. Er strich mit den Fingerkuppen darüber.

Welches Detail hatte er übersehen? Was war damals passiert? Der Schlüssel zu Karins Vergangenheit war Tatjana. Die aber hatte sich ihm aus noch ungeklärten Gründen entzogen. Wenn er diesen Schlüssel finden wollte, musste er noch einmal mit Tatjana reden. Das war die einzige Möglichkeit.

In dem Moment trat eine junge Polizistin ins Zimmer. Jock hatte sie noch nie gesehen. Sie hatte ein freundliches, offenes Gesicht und einen kräftigen Händedruck.

»Herr Kobel. Weber. Was macht denn ein Polizist der Ausserrhoder Kantonspolizei am 1. Mai in Zürich?«

»Ich bin privat hier.«

»Da haben Sie gedacht, Sie verprügeln privat mal ein paar Demonstranten?«

Jock sagte nichts. Er fand es absolut berechtigt, dass sie ihm ein sarkastisches Lächeln schenkte. Mit diesem Selbstbewusstsein würde sie sicher eine schöne Polizeikarriere machen.

»Wir gehen jetzt mal davon aus, dass die Jungs keine Anzeige erstatten, aber wenn ich mir die so anschaue, könnte es nicht so einfach sein, auf Notwehr zu plädieren.«

»Ich bin nicht ganz privat hier«, sagte Jock kleinlaut.

»Da bin ich ja mal gespannt, warum Sie sich im Rahmen Ihrer Ermittlungen mit dem Schwarzen Block anlegen müssen?«

»Es hat nichts mit dem Schwarzen Block zu tun. Ich wusste nicht mal, dass heute 1. Mai ist ...«

Es klopfte, und ein groß gewachsener Mann mit dunklen Locken streckte seinen Kopf ins Zimmer. Er strahlte über das ganze Gesicht.

»Das glaub ich jetzt nicht, oder?«

Jock grinste etwas verlegen.

»Heiliger Bimbam, Jock. Hast du Heimweh?«

Die junge Polizistin blickte irritiert zwischen Jock und dem Lockenkopf hin und her.

»Ihr kennt euch?«

Beide nickten.

»Jock war lange Zeit einer von uns. Ich übernehme hier. Danke für deinen Einsatz, Sara.«

Eine halbe Stunde später saß Jock mit seinem ehemaligen Kollegen Henrik und drei weiteren Polizisten der Wache Aussersihl in der Olé-Olé Bar an einem erhöhten Tisch auf Barhockern.

»Hey, wie geht's dir? Erzähl mal?«, fragte ihn Henrik, und die drei Kollegen schauten ihn ebenfalls erwartungsvoll an.

Es war eng und heiß hier drin. Vielfarbige Memorabilien an den Wänden und hinter der Bar gaben dem Ort eine Art Wohnzimmeratmosphäre. Jock leerte ein weiteres Bier. Das wohlige Gefühl, wenn der Alkohol seinen Körper in Watte packte, kam auf. Dieser schwebende Zustand, bei dem Orientierung, Ziele oder auch die Lösung von Problemen keine Rolle mehr spielten. Henrik hatte ihn gerade vor einer längeren Befragung bewahrt, wieso sollte er ihm nicht erzählen, warum er hier war? Die Musik war so laut, dass er seine Geschichte über den Tisch brüllen musste. Er schweifte aus, berichtete von Karin, den Tagebüchern, dem etwas undurchsichtigen Ehemann, von Ida und ihren Eltern, Mitrovic und seinem Abgang bei der Kantonspolizei Appenzell Ausserrhoden.

Als Jock an die Bar ging, um Bier nachzubestellen, packte ihn Henrik an der Schulter.

»Hey, wir haben dich vermisst.«

Jock nickte nur.

»Warum bist du so plötzlich abgehauen?«, fragte Henrik und zwickte ihn dabei freundschaftlich in den Nacken. Jock verzog das Gesicht. Er wusste nicht, was er sagen sollte.

»Reto geht es etwas besser. Sein Bein ist zwar am Arsch, aber er kriegt eine Invalidenrente. Und er scheint eine echt bodenständige Psychotante gefunden zu haben. Das hättest du vielleicht auch gebraucht.«

Jock drehte vorsichtig seinen Kopf. »Heni, ich bin mir nicht sicher, ob ich ein guter Polizist bin.«

»Du bist ein Gerechtigkeitsfanatiker. Was will man mehr bei der Polizei?«

»Vielleicht kühle Köpfe?«

Henrik drückte Jocks Kopf an seine Brust. »Langweilig scheint's dir bei den Bauern ja nicht zu werden.«

Jock war froh, als die bestellten Flaschen auf dem Tresen standen, klemmte sie sich zwischen die Finger, drehte sich ab und ging zum Tisch zurück.

»Und in diesem Aufzug willst du in ein Frauenhaus und dort eine Mitarbeiterin befragen, die vielleicht …«

»… Jungs, die haben den falschen Mann verhaftet«, unterbrach er Henrik, der ihn etwas irritiert anschaute. »Tatjana muss den entscheidenden Hinweis zur Auflösung dieses Verbrechens haben.«

»Einen Hinweis, den du wegen eines Tagebucheintrags suchst?« Henrik schüttelte den Kopf.

»Nur weil ich auf dem Land lebe, bin ich nicht blöd.«

»Ich habe nicht gesagt, dass du blöd bist. Es ist nur etwas speziell, dass du hier auftauchst, drei Jugendliche verprügelst und dann die Hoffnung hast, wir könnten dir helfen, in ein Frauenhaus zu kommen«, sagte Henrik und schaute ihn an, als würde er am Verstand seines früheren Kollegen zweifeln.

»Das habe ich nicht gesagt.«

Jock legte seine Stirn auf die Tischplatte. Jetzt wäre er gerne allein. Als er wieder aufblickte, nahm Henrik seinen Kopf zwischen die Hände. Jock ließ es geschehen.

»Gönn dir einen halben Tag mit warmem Wasser im Hürlimann Areal und buch dir eine Massage.«

Er hatte Henrik immer gemocht. Und auch jetzt fühlte er sich auf eine eigenartige Weise geborgen in diesen harten Händen. Da war auch eine Form von Scham, die er spürte. Ja, er schämte sich, seine Truppe einfach verlassen zu haben. Ohne Begründung, ohne Abschied. Auch jetzt wieder. Er musste gehen. Er kletterte vom Barhocker, drückte ein paar Hände, ließ sich aufmunternd auf die Schulter klopfen und winkte dann noch einmal etwas unbeholfen, bevor er aus der Bar ins Freie trat.

Jock war froh, endlich wieder allein zu sein. Er saß auf einem Steg an der Limmat. Kleine Schaumkrönchen kamen und gingen im bewegten Schwarz des Flusses. Gesprächsfetzen und laute Lacher schallten aus verschiedenen Richtungen.

Es gab früher viele Momente, bei denen er sich wohlgefühlt hatte hier. Meistens mit einem Bier in der Hand und seinen Lehrlingskollegen. Diese Zeiten schienen weit weg. Zu den Jungs von früher hatte er keinen Kontakt mehr, und gerade hielten ihn wohl auch die Zürcher Polizisten für einen exzentrischen Kauz. Jocks Hände fühlten sich kalt an. Sollte er gleich in einen Zug Richtung Ostschweiz steigen? Es war noch nicht so spät. Aber was wollte er dort? Er hatte keinen Job mehr, und die Tatsache, dass die Herisauer Polizei den falschen Mann in Untersuchungshaft gesteckt hatte, machte ihn fertig. Jock entschloss sich, vorläufig in Zürich zu bleiben. Er ging den Fluss entlang und buchte sich online im Zürcher Stadtteil Wipkingen in einem kleinen Hotel ein Zimmer. Als er die Limmat am Dammsteg überquert hatte, blickte er von seinem Handy hoch und zuckte zusammen. Zwei gelbe Knopfaugen schauten ihn direkt an. Der Fuchs stand quer auf dem Weg und bewegte sich nicht. Dann hob er ganz langsam ein Vorderbein und neigte leicht den Kopf, als ob er seinem nächtlichen Gegenüber einen Ratschlag mitgeben wollte. Jock ging in die Knie. Eine Weile sahen sich beide an.

»Guet Nacht«, sagte Jock ganz sanft.

Die Ohren des Fuchses zuckten kurz, dann tänzelte er in schnellem Tempo los und war im Gebüsch verschwunden.

Die Türen im Hotel gingen alle mit einem Code auf. Er war froh, dass er mit keinem Menschen reden musste, und setzte sich im Zimmer aufs Bett, den chemischen Geruch des Linoleumbodens in der Nase. Er packte die Bettdecke mit beiden Fäusten. Dann kamen ihm die Tränen. Er legte sich seitlich aufs Bett, und sein ganzer Körper zitterte. Er war allein.

22

Am nächsten Morgen weckte ihn die Sonne, die das trostlose Zimmer in grelles Licht tauchte. Seine Zunge klebte am Gaumen. Der Kopf pulsierte und tat weh. Jock setzte sich auf, öffnete den Kühlschrank neben dem Bett, griff nach einer Dose Coca-Cola und nahm einen großen Schluck. Im Zimmer hörte man nur das leise Brummen des kleinen Kühlschranks. An der Wand hing ein Bild, das eine dünne Gestalt in oranger Farbe vor hellblauem Hintergrund zeigte. Jock starrte auf das Bild. Er hatte nie etwas mit bildender Kunst anfangen können. Ob sie künstlerisch wertvoll oder kompletter Kitsch war, konnte er nicht einschätzen. Dieses Bild hier war wohl einfach nur hässlich und diente einzig dem Zweck, etwas Farbe in das trostlose Zimmer eines Zürcher Zwei-Sterne-Hotels zu bringen. Trotzdem schien ihn diese orange Gestalt anzuschauen. Sie löcherte ihn mit Fragen: Wer bist du? Wo gehörst du hin? Warum suchst du dir nicht in Herisau eine Stelle als Elektroinstallateur?

Doch er wusste, dass in einem solch kleinen Kanton wie Appenzell Ausserrhoden der Makel einer gescheiterten Karriere als Polizist wie alter Kuhdreck an ihm kleben würde.

Aber auch in Zürich sah er keine Zukunft. Er war hier nicht zu Hause, kannte fast niemanden mehr, und die ehemaligen Kollegen von der Polizei sahen ihn als Wirrkopf, der in ein Frauenhaus eindringen wollte. Das war er ja irgendwie auch.

Ging es überhaupt noch um die Aufklärung eines Verbrechens? Oder ging es darum, Karin durch diese Ermittlungen überhaupt erst kennenzulernen? Reichten dafür die Erinnerungen von Tatjana Schott? War er wirklich der Überzeugung, dass sie etwas Essenzielles zur Lösung dieses Rätsels beitragen könnte? Er wusste es nicht, konnte aber nicht einfach hier sitzen bleiben und damit leben, dass Tatjana sich ihrer Vergangenheit nicht stellen wollte. Er musste etwas tun.

Eine halbe Stunde später ging Jock die Langstrasse hinunter. Er kaufte sich beim Palestine Grill einen *Sabich* mit frittierten Auberginen. Als er auf der schmalen hölzernen Bank saß und die Sonne ihm hell ins Gesicht schien, schaute er an sich herunter. Ein Mann in Jeans, mit einem Dreitagebart und einer schwarzen Lederjacke. Die Kollegen von der Polizei Zürich hatten recht: So würde man ihn niemals in ein Frauenhaus lassen. Er musste schmunzeln. Der Gedanke war absurd. Frauen, die aufgrund eines gewalttätigen Ehemannes Schutz gesucht hatten, fänden das wohl weniger lustig; und wenn er jetzt versuchen würde, ohne Erlaubnis in das Haus einzudringen, dann hörte der Spaß ganz auf.

Er beobachtete die Passanten an der belebten Straße, die noch immer als verrucht galt, obwohl bereits diverse Supermarktketten des Landes und einige bekannte Fast-Food-Läden ihr Revier markiert hatten. Auch die Menschen, die sich hier umtrieben, zeigten die Vielfalt dieser Straße. An der Langstrasse tummelten sich Anzugträger, Alkoholiker, Studentinnen und Drogendealer gleichermaßen.

Die Frage war jetzt: Wie brachte er Tatjana Schott dazu, noch einmal mit ihm zu reden? Er wusste nicht, wo sie wohnte. Sie hatte im Internet kaum Spuren hinterlassen, außer der Tatsache, dass sie für die Stiftung Frauenhaus arbeitete. Die Idee, über den Hintereingang ins Frauenhaus zu schleichen, verwarf er schnell wieder. Sich als Frau zu verkleiden, war eine eher dumme Idee, und auch als Pizzakurier würde er kaum weit kommen.

Neben ihm hatte sich auf dem Boden eine Gruppe Jugendlicher niedergelassen, mit Ice-Tea, McDonald's-Tüten, aber auch Salaten mit Hüttenkäse und Brot. Als er seine Lehre als Elektriker gemacht hatte, war er ebenfalls mit so einer Gruppe unterwegs gewesen. Der Grund, warum er es geschafft hatte, seine Lehre abzuschließen, war sicher sein Chef gewesen, der ihn immer unterstützt hatte, auch wenn er mal schlechte Noten von der Berufsschule mitgebracht hatte. Elektriker. Die Hausbesuche, wenn die Sicherungen nicht funktionierten oder der TV-Anschluss nicht ging. Diese Besuche waren oft so banal, dass ein Knopfdruck für die Lösung des Problems gereicht hatte und die Leute dann happy waren.

Das war es. Er musste es riskieren.

Sein ehemaliger Chef Luca Tornelli begrüßte ihn mit einer innigen Umarmung und freute sich, Jock nach all den Jahren wiederzusehen. Auch die Frage nach einem Poloshirt der AC/DC Elektro AG fand er nicht wirklich abwegig, schließlich begründete Jock den Wunsch mit seiner Nostalgie und der dagebliebenen Liebe zur Gitarrenmusik. Eine Stunde später war er bereits wieder auf dem Weg zum Zürcher Kreis 4. Mehrfach hatte er in den letzten Tagen schon die Grenzen des Gesetzes strapaziert. War es das wert? Nur wusste Jock nicht wirklich, was er mit seinem Leben noch anfangen sollte, wenn er es nicht fertigbrachte, den wahren Schuldigen für den Tod von Karin zu finden. Und dafür musste er mit Tatjana reden.

Sein Herz schlug heftig, als er an dem Secondhand-Kleiderladen vorbeiging, vor dem sich draußen an einem

Kleiderständer farbige Blusen leicht im Wind bewegten, als ob sie einen einstudierten Tanz vollführten. Er verlangsamte seine Schritte, als er sich dem Zaun des Hauses näherte. Bäume und Buschwerk boten einen guten Sichtschutz. Jock spähte hinein. Es war niemand im Garten. Das Schild unter der Klingel am gut gesicherten Eingang zum Grundstück war leer. Jock zögerte. Als er seinen Blick leicht anhob, sah er die kleine Kamera, die am Eisengitter befestigt war. *Es ist eine dumme Idee*, dachte er noch, bevor er die Klingel drückte. Wenn jetzt Tatjana die Klingel bediente, war die Sache eh gelaufen. Dann meldete sich eine feste Stimme: »Kann ich Ihnen helfen?«

»Ich bin von der AC/DC Elektro AG, ich habe einen Termin mit Tatjana Schott.«

Es war lange ruhig. Dann ging plötzlich die Haustüre auf, und eine breitschultrige Frau mit kurzen grauen Haaren trat hinaus. Jock erkannte sofort, dass sie für eine Sicherheitsfirma arbeitete. Ihr trainierter Körper, der Knüppel und die Pfefferspraydose am Gürtel ließen keinen Zweifel. Breitbeinig und mit misstrauischem Blick kam sie auf ihn zu.

»Sie haben einen Termin mit Tatjana vereinbart?«, fragte sie mit rauer Stimme.

»Ja, genau.«

»Es tut mir leid, Sie müssen gehen. Melden Sie sich ein andermal wieder, es geht jetzt nicht.«

Ihre Stimme hatte seltsam vibriert, und Jock bemerkte, dass auch ihre Hände zitterten. »Was ist denn passiert?«

»Tatjana ist …« Die Frau schluckte. »… tot.«

23

Hundwil 30. 4. 1989,
Tag der Landsgemeinde

Ihr habt der Einführung des kantonalen Frauenstimmrechts zugestimmt.« Die Worte von Landammann Hans
Ulrich Hohl hallten über den Platz.

Karin sprang in die Luft. Sie jubelte und tanzte und
schaute triumphierend zu ihrer Mutter, die mit einem aus-
druckslosen Blick oberhalb der Kirche auf der Wiese stand.
Sie sah etwas verloren aus neben den applaudierenden Zuschauenden, die noch näher an den Ring strömen wollten,
um den Männern mit ihrem Applaus für den Entscheid zu
danken. *Danken*, dachte Karin. Dass wir denen noch dankbar sein sollen, dafür, dass sie uns das Recht lassen, das wir
schon seit Menschengedenken haben sollten. Nein, Applaus bekamen sie von ihr nicht.

Die Landsgemeinde war noch nicht abgeschlossen, und
während unten im Ring weitere Abstimmungen geführt
wurden, verließen einzelne kleinere Gruppen den Platz. Die
Blicke zum Boden gerichtet, manche leise fluchend. Trotzdem getraute sich keiner, den noch laufenden demokrati-
schen Prozess zu stören. Zwischen den sich entfernenden
Männern sah Karin Tatjana auf sie zukommen. Sie strahlte,
wackelte leicht mit dem Kopf und umarmte ihre Freundin.

»Wir haben es geschafft, Karin. Wir sehen uns nächstes
Jahr in Trogen!«

»Na ja, wenn ich die vielen Nein-Sager bedenke, dann hab ich das Gefühl, wir haben nicht wirklich was geschafft. Es gibt noch viel zu viele Trottel hier im Land.«

»Jetzt sei mal nicht so griesgrämig. Wir gehen heut Abend nach Herisau ins Jugi. Kommst du mit?«

Karin wusste, dass Tatjana recht hatte. Es lohnte sich nicht, an die vielen Hände zu denken, die mit Nein gestimmt hatten.

»Ich muss noch im Restaurant aushelfen. Die müssen sich den Frust wegsaufen.«

Tatjana schaute sie etwas mitleidig an. »Das ist schade. Dann lass uns jetzt noch ein wenig jubeln.«

Und mit diesen Worten streckten beide die Arme in die Luft und fuchtelten wie wild herum, während sie angestrengt versuchten, nicht zu laut zu schreien. Nicht weit entfernt standen zwei etwa sechzigjährige Frauen und schauten zu ihnen rüber. Die beiden schmunzelten und imitierten dann nur ganz kurz den etwas speziellen Jubeltanz.

24

Jock war äußerlich nur leicht zusammengezuckt, doch er merkte sofort, wie sein Puls schneller ging.

»Was ist denn passiert?«, fragte er.

»Darf ich fragen, warum Sie das so interessiert?« Sein Gegenüber hatte sich wieder etwas gefasst und schaute ihn durch die breiten Gitterstäbe misstrauisch an.

»Haben Sie Tatjana Schott gekannt?«, fragte Jock direkt, auch auf die Gefahr hin, dass ihn die Frau wegschickte.

Wieder kämpfte sie mit den Tränen.

»Ich muss jetzt gehen, ich hätte Ihnen das nicht erzählen dürfen.«

Jock senkte den Blick und deutete mit der Hand an, dass er ihr Bedürfnis nach Ruhe nachvollziehen konnte. Langsam drehte er sich vom Eingang weg, als sich plötzlich ihre Stimme erhob.

»Irgendein Vollidiot, der seine Frau schlägt und dem es nicht passt, dass Tatjana sich für die Freiheit dieser Frauen einsetzt, hat es auf sie abgesehen. Wenn ich das Arschloch finde, schneide ich ihm die Eier ab.«

»Wo ist sie denn umgebracht worden?«, fragte Jock vorsichtig.

Die Frau zückte ihr Handy und strich nervös darauf herum. Dann streckte sie es Jock durch den Zaun entgegen. »Die Aasgeier von Tele Züri waren schon dort.«

Jock sah auf dem Display einen Straßenzug mit mehreren etwas in die Jahre gekommenen hellen Gebäuden. Vor einem mehrstöckigen Haus standen drei Polizeifahrzeuge.

Brutaler Mord an Sozialarbeiterin, berichtete ein blauer Balken unter der gefilmten Szene. Schnitt. Ein Reporter in beigem Pullover kam ins Bild. Jock achtete nicht darauf, was er sagte, denn hinter ihm sah er das für Zürich typische blaue Straßenschild.

»Darf ich schnell?« Ohne die Antwort abzuwarten, fixierte er mit einer Hand das Handy, drückte auf Pause und zoomte mit Daumen und Zeigefinger hinein. Als er den Straßennamen auf dem Schild lesen konnte, nickte er nur zufrieden.

»Es tut mir leid … ich. Mein herzliches Beileid.«

Mit diesen Worten rannte er los. Noch immer kannte er sich recht gut aus in Zürich und wusste genau, in welches Tram er steigen musste, um zum Sydefädeli zu gelangen. So schnell er konnte, rannte er zum belebten Limmatplatz. Nach nur wenigen Minuten kam tatsächlich die 13, und er stieg ein; zu ungeduldig, um sich hinzusetzen, wartete er direkt bei den Türen.

Im Sydefädeli. Der zärtliche Name der Straße stand in groteskem Kontrast zu dem, was hier passiert war. Vor dem Eingang stand nur noch ein Streifenwagen. Es sah von außen alles friedlich aus, als ob hier ein einfaches Verkehrsdelikt aufgenommen würde. Die Leiche war wohl bereits abtransportiert worden, sodass es auch keine Schaulustigen mehr hatte. Jock blickte in beide Richtungen die Straße hinunter. Vor der Eingangstüre stand ein Beamter.

»Darf ich fragen, was Sie hier wollen?«, fragte der Polizist mit scharfem Tonfall in der Stimme. Instinktiv fingerte Jock seinen Ausweis aus seinem Portemonnaie und streckte ihn dem Beamten selbstbewusst hin.

»Jock Kobel von der Kantonspolizei Appenzell Ausserrhoden. Wir vermuten einen Zusammenhang mit einer Tat in unserem Kanton.«

Der junge Beamte schaute sich den Ausweis genau an. Dann zuckte er nur mit den Schultern.

Äußerlich ruhig ging Jock die Treppen hoch. Es roch streng nach allen möglichen Nuancen von Schweiß und Leder. Vor jedem Hauseingang standen Regale, die vor Schuhwerk überquollen. Die Türe zur Wohnung von Tatjana Schott war zu. Es klebte kein Siegel daran, was darauf hindeutete, dass noch jemand da war. Ganz sanft klopfte Jock, doch es regte sich nichts. Gerade als er die Türe vorsichtig öffnen wollte, ging sie mit einem Ruck auf, und eine Frau, deren graue Haare zu einem Dutt zusammengebunden waren, der wie eine kleine Palme auf ihrem Kopf aufragte, stand vor ihm. Sie trug einen weißen Ganzkörper-Overall, schaute Jock mit zusammengekniffenen Augen an und sagte nichts, sondern presste ihre Augenlider noch etwas mehr aneinander und atmete hörbar aus.

»Hallo, ich bin Jock Kobel von der Kantonspolizei Appenzell Ausserrhoden, ich habe von der Tötung von Tatjana Schott erfahren. Wir vermuten einen Zusammenhang mit einem unserer Fälle, und da wollte ich mich am Tatort kurz ... ähm ... umschauen?«

Die Frau schaute auf ihre Uhr. »Das ging aber schnell. Und Sie sind jetzt von Appenzell direkt hierhergekommen?«

»Ja, also, eigentlich ist Appenzell eher Innerrhoden, und wir sind in Herisau stationiert, aber egal ... also ja sozusagen.«

»Das muss ich erst mit meiner Chefin besprechen, ob sie da einfach reinspazieren können.« Sie zückte das Telefon, und Jock merkte, wie er zu schwitzen anfing. Er öffnete die Jacke. »Ja, das verstehe ich. Es ist nur ...«

Sie senkte ihr Mobiltelefon und setzte wieder ihr leicht verkniffenes Ich-habe-nicht-ewig-Zeit-Gesicht auf.

»Pierina Otènger schickt mich. Sie möchte gerne möglichst schnell Resultate.« Es war der erste Name, der ihm eingefallen war. Als er den Gesichtsausdruck der Frau sah, merkte er, dass er ins Schwarze getroffen hatte. Sie strahlte.

»Pierina! Wie geht's ihr denn?«

»Es geht ihr gut. Sie ist äh … witzig wie immer«, stammelte Jock.

»Wir haben zusammen studiert. Das waren noch Zeiten. Sorry, ich habe mich noch gar nicht vorgestellt. Ich bin Sonja von der Rechtsmedizin. Ich wollte mir, bevor ich die Leiche untersuche, ein Bild vom Tatort machen.«

Sie streifte ihre Handschuhe ab und reichte ihm die Hand, während sie noch immer lächelte, so als habe das Wort *Pierina* in ihr irgendeine geheime Quelle zum Leben erweckt. Jock lächelte zurück, obwohl ihm bewusst war, dass es wohl etwas gekünstelt aussehen musste. Innerlich frohlockte er, denn es war ihm offensichtlich gelungen, dass sie den Telefonanruf bei ihrer Chefin vergessen hatte.

»Dann dürfte ich mich schnell ein bisschen umschauen?«

Sonja, die in Gedanken immer noch bei ihrer ehemaligen Kommilitonin zu sein schien, schaute ihn verträumt an und nickte dann, als ob sie ihm für etwas gratulieren wollte. Sie trat einen Schritt zurück und streckte ihm im nächsten Augenblick zwei blaue Überzieher mit Gummiband entgegen. Jock streifte sie sich über seine Schuhe und trat in die Wohnung, wobei er sich gleich mehrfach als Eindringling vorkam. Die Wohnung roch nach einer Mischung aus altem Holz und etwas abgestandener Gemüsesuppe. Es war nicht unangenehm, stellte Jock erstaunt fest.

Sonja ging voraus und öffnete die Tür zum Badezimmer. Hier war plötzlich der metallene Geruch nach Blut nicht mehr zu ignorieren. Die mit gelben Kacheln versehenen Wände waren blutverschmiert, und auf dem Boden zeigten Markierungen, wo die Leiche bis vor wenigen Stunden noch gelegen hatte.

»Es waren drei Schüsse aus einer kleinkalibrigen Pistole. Der Täter muss sie überrascht haben.«

»Denkst du, er hat das Opfer gekannt?«

»Du bist echt ein Kumpel von Pierina?« An Sonjas Lächeln konnte Jock die Bewunderung für die St. Galler Rechtsmedizinerin noch einmal ablesen.

Er nickte nur.

»Die Türe ist sehr fachmännisch aufgebrochen worden. Also, wenn du mich fragst, war es ein Auftragsmord.«

»Wie ... wie kommst du darauf?«, fragte Jock.

»Ich hab schon vieles gesehen. Ein Beziehungsdelikt sieht nicht so aus.«

»Wie sieht denn ein Beziehungsdelikt aus?«

Sie zeigte auf die Kacheln und meinte trocken: »Blutiger.«

Jock hatte genug von dem Anblick. Er drehte sich um, schwankte und hielt sich am Türpfosten fest. Er merkte, wie ihn wieder eine leichte Übelkeit überkam. Sonja schien das nicht aufzufallen. Sie ging an ihm vorbei in Richtung Küche und redete dabei weiter.

»Wer weiß, vielleicht wollte ein kranker Ehemann seine Frau einschüchtern und hat sich einen Auftragsmörder geleistet. Meistens sind das nicht mal echte Profis, sondern einfach Verbrecher, die nicht mehr viel zu verlieren haben und dann für Geld mal etwas wirklich Krasses durchziehen«, sie hob ihren Zeigefinger, zeigte damit auf Jock. »Paff. Und dann abhauen.«

Er zuckte zusammen und erinnerte sich daran, dass er hierhergekommen war, um etwas über Tatjana herauszufinden. Seit er mit ihr geredet hatte, war er den Verdacht nicht losgeworden, dass sie ihm etwas verheimlichte. Und vielleicht fand er hier ja einen Hinweis darauf.

»Man darf das ja nicht laut sagen, aber der 1. Mai ist gar nicht schlecht für einen Mord. Die Polizei ist gut beschäftigt«, sagte Sonja und zeichnete dabei mit ihrem Kugelschreiber imaginäre Kreise in der Luft.

Mit einem etwas schiefen Grinsen zeigte Jock zum Gang. »Ich würd mich einfach mal noch ein bisschen umsehen, bevor ich gehe.«

Sonja schaute etwas misstrauisch. »Okay.« Dann nickte sie.

Jock verließ die Küche und trat in das erste Zimmer, ein karg eingerichteter Raum mit einem weißen Bettsofa, das von einer farbigen Steppdecke überzogen war. Auf einem Tisch stand eine Vase mit einer einzelnen orangen Tulpe drin. Die Wände waren mit drei Bücherregalen zugestellt, die bis an die Decke gingen. Neben vielen Büchern standen auch kleinere und größere Schachteln im Regal, die Jock sofort interessierten, hatte er doch bereits bei Ida Bendel interessante Sachen in ganz normal aussehenden Schuhkartons entdeckt. In der ersten Schachtel fand er einen Stapel mit alten Fotos, die er schnell durchblätterte. Auf den meisten Bildern strahlte Tatjana mit anderen Frauen um die Wette. Die Fotos zeigten sie an verschiedenen Orten auf der Welt. Vor dem Schiefen Turm von Pisa, an einem Strand mit Palmen und weißem Sand oder auf einer Bergspitze mit Rucksack, Sonnenbrille und rotem Tuch um den Kopf. Als er den nächsten Deckel abnahm, stieß er auf Erinnerungsstücke. Farbige Steine, einen kleinen vergoldeten Buddha, eine Miniaturversion des Wiener Stephansdoms; an einem Holzstück hingen drei schwarze Figürchen mit weiß aufgemalten Skeletten, deren feine Gelenke aus Metall zu tanzen anfingen, als sich Jocks Finger bewegten. Auf dem Holzstück stand in weißer, verschnörkelter Schrift: *Dia de los Muertos*. Vorsichtig legte er sie wieder zurück, seine Hände zitterten. Was suchte er? Irgendeinen Hinweis auf früher. Ein Tagebuch, ein Foto, irgendetwas, das ihm weiterhelfen könnte herauszufinden, weshalb Tatjana nicht über Karin reden wollte. Neben dem Bücherregal stand eine kleine pastellgrüne Kommode. In den obersten zwei Schubladen befanden sich ein Durcheinander aus Kabeln, eine Schachtel mit Schreibzeug und wild übereinandergestapelte DVDs. Es waren meist französische und italienische Arthouse-Klassiker, Privataufnahmen entdeckte er keine. Als er die unterste Schublade öffnen wollte, merkte er, dass sie abgeschlossen war. Er zog noch einmal dran. Das ganze Möbelstück wackelte.

»Suchst du vielleicht das hier?«

Jock zuckte heftig zusammen.

Sonja lehnte in der Türe mit einer großen Schachtel in beiden Händen, auf der *Kanti Trogen* stand.

Jock blickte sie schuldbewusst an. »Ich muss dir was gestehen.«

»Diesen Satz hat mein Ex-Mann auch mal gesagt. Es ging nicht gut aus, das kann ich dir schon mal versichern.«

Jock biss sich kurz auf die Lippen. Dann versuchte er ihr in wenigen Worten zu erklären, weshalb er offiziell gar nicht mehr als Polizist arbeiten durfte und warum er einen Zusammenhang mit dem Tötungsdelikt am Rossfall in Urnäsch vermutete.

»Und deshalb möchtest du eine Kommode aufbrechen?« Sonja hob ihre Augenbrauen und wartete auf weitere Erklärungen.

»Karin hat etwas herausgefunden. Irgendeine Information, die so brisant sein muss, dass es sie das Leben gekostet hat. Vielleicht wollte sie jemanden erpressen. Die einzige Person, die ebenfalls von dieser Information hätte wissen können, war Tatjana Schott. Und die ist jetzt auch tot.«

Sonja nickte leicht mit dem Kopf, als ob sie die Ausführungen von Jock noch einmal durchdenken wollte. Ihre gerade Körperhaltung und der stechende Blick machten ihn nervös.

Jock betrachtete immer noch gebannt die große Box, die sie in den Händen hielt. Er befürchtete, dass sie die niemals loslassen würde. »Die lag bei ihr im Schlafzimmer. Hat sie wohl erst kürzlich aus dem Keller geholt«, sagte Sonja und rümpfte die Nase.

Jetzt roch es Jock auch, jenen unverwechselbaren Geruch nach Staub und leicht angeschimmeltem Karton. Tatjana musste die Schachtel gestern gleich nach ihrem Gespräch geholt haben.

»Ich mag Pierina. Sie hat etwas sehr Geradliniges und ist äußerst loyal. Wenn sie dich mag – und davon gehe ich jetzt mal aus –, dann kannst du kein kompletter Vollidiot sein. Wir wollen ein Tötungsdelikt aufklären, und ihr in Herisau wollt das auch. Wenn wir uns dabei helfen können – *fair enough*.« Mit diesen Worten stellte sie die Schachtel auf den Boden und streckte Jock zwei blaue Gummihandschuhe entgegen.

Als ob sie ihm ein wertvolles Geschenk aushändigen würde, bedankte er sich und stülpte sich die Gummihandschuhe über. Während ihm Sonja aufmerksam zuschaute, versuchte er die Schachtel zu öffnen. Der Deckel klemmte, und Jock riss etwas ungeduldig daran herum, sodass er sich schließlich mit einem Ruck löste und verschiedene rosafarbene Briefumschläge auf den Boden fielen. Auf jedem Kuvert stand das gleiche Wort. In einer Schrift, die Jock nur zu gut kannte.

Tati.

25

Ich erwarte schon, dass du Bundesrätin wirst«, sagte Tatjana und tanzte um Karin herum, die mit einem schelmischen Lachen auf dem Gesicht den Landsgemeindeplatz überblickte. Sie erhob beide Arme und ballte ihre Fäuste.

»Fuck you, Geschichte. Wir können alles erreichen.«

»Willst du immer noch den Stuhl anzünden?«

»Ich will die verdammte Welt anzünden.«

»Musst du denn jetzt schon arbeiten?«, fragte Tatjana.

»Ich habe noch etwas Zeit. Die Schwester meiner Mutter hilft aus, aber die muss bald wieder auf den Hof.«

Unweit von ihnen räumten zwei Arbeiter in blauen Handwerkerhosen die Absperrungen weg. Auf der Treppe vor der Kirche saßen die Jungs, denen Karin und Tatjana vor der Landsgemeinde mit dem Wasserschlauch gedroht hatten. Sie stießen sich gegenseitig in die Rippen, schubsten sich von der Treppe.

»Komm, wir gehen weg von hier«, sagte Karin und schüttelte beide Hände, so als ob sie die eben vollzogenen politischen Geschäfte wegwischen wollte.

»Wollen wir ans Meer?«, sagte Tatjana und warf ihren Hut in die Luft.

»Hauptsache, ein bisschen Weitsicht.«

Wenig später standen sie ein paar Hundert Meter weiter

oberhalb des Landsgemeindeplatzes auf einer Krete. Der Himmel hatte die Farbe von etwas abgestandener Milch angenommen. Es war kühl, und Karin war froh, dass sie sich noch schnell einen Mantel geholt hatte.

»Ich habe noch eine Überraschung.« Karin zog aus ihrer Manteltasche eine Flasche Rotwein. »Achtundsiebziger Barolo. Habe ich meinem Vater aus dem Keller geklaut.« Sie öffnete die Flasche mit einem Taschenmesser und hielt sie ihrer Freundin hin. »Auf unsere Freundschaft.«

Tatjana nahm sie entgegen und trank einen großen Schluck.

»Immer noch klar, dass du Psycho machst nach der Matura?«, fragte Karin, während sie den Mantel auf dem Boden ausbreitete und sich daraufsetzte.

»Ja. Und du?«

»Mal schauen, ich weiß es noch nicht so genau. Vielleicht ein Zwischenjahr. Etwas reisen, Geld verdienen. Hauptsache, weit weg von hier.«

Tatjana öffnete ihren Rucksack und griff hinein. »Ich habe auch eine Überraschung. Du wolltest doch noch Feuerwerk machen, oder?«, fragte Tatjana.

Karins Augenbrauen hoben sich. Sie nahm einen Schluck Rotwein und stellte die Flasche dann vorsichtig auf der Wiese ab. »Du willst jetzt ernsthaft …« Sie verstummte, als sie bemerkte, dass es nicht die Böller waren, sondern ein goldener Vulkan, den Tatjana da herauszog.

Karin sprang auf und klatschte jauchzend in die Hände. Die beiden Freundinnen umarmten sich.

Hinter dem goldenen Feuerwerkskörper, der jetzt auf einem Holzpfahl stand, zeigte die Appenzeller Landschaft ihre urtümliche Schönheit. Es war ein wenig heller geworden, und vereinzelte Sonnenstrahlen beleuchteten das Gemälde mit Hügeln, etwas Schnee, verstreuten Bäumen und

Bauernhäusern. Der Wind trieb Wolkenformationen wie schmutzige Schafe am Horizont vorbei. Und im Zentrum der Säntis.

Als Karin den Vulkan entzündete, tauchten die brennenden Funken die Szenerie in prickelndes, knisterndes Gold. Die beiden Frauen schauten andächtig zu und hofften, dass dieser Moment kein Ende haben würde.

26

Jock griff nach einem Kuvert. Es fühlte sich zerbrechlich an, wie Seidenpapier, und war oben offen. Er entnahm ihm einen Brief, der noch vor der Landsgemeinde abgeschickt worden war. Ähnlich wie Karins Tagebucheinträge waren die Worte geprägt von Emotionen und einem tiefgreifenden Unverständnis gegenüber den konservativen Appenzellern. Auch die weiteren Briefe vor dem Landsgemeinde-Sonntag hatten einen fast schon manischen Unterton, diese Vorfreude auf eine Konfrontation, diese Lust aufs Rebellinnentum. Dann ein Sprung. Im Mai hatte sie keine Briefe mehr geschrieben, und der nächste stammte vom 15. Juni 1989.

Liebe Tati,

gib mir mein Herz zurück ... Ich höre viel Grönemeyer. Meine Schwester nennt ihn Gröneberger. Sie meints nicht bös, aber manchmal frag ich mich schon, auf welchem Trip sie ist.

Du musst akzeptieren, dass ich nicht darüber reden will. Schreiben. Ich weiß nicht. Es ist einfach passiert, und ich muss damit leben.

Wo bist du? Ich vermisse dich.

Ich kann mit niemandem reden. Ich kann auch selber nicht wirklich daran denken. Ich bin mir nicht mal sicher, ob ich es dir hätte erzählen sollen. Was bringt es dir, außer dass du dir Sorgen machst? Was bringt es mir? Ich weiß ja nicht mal, wer es war. Es ging so schnell.

Warum bin ich stumm geblieben? Warum habe ich nicht geschrien? Warum habe ich mich nicht gewehrt? Ich sah nur diese Maske mit dem roten Saum.

Ich wehre mich sonst gegen Männer. Aber warum habe ich mich hier nicht verteidigt? Ja, sie sind vielleicht stärker, aber das ist es nicht. Ich war stumm, ich war still, ich wollte, das es vorbei ist.

Eigentlich war es ja ein Feiertag. Endlich haben wir das Stimmrecht, endlich können wir diesen Kanton vielleicht etwas bunter machen. Ja, vielleicht habe ich etwas viel provoziert. Ja, ich war überdreht, ich war selbstbewusst. Darf ich das nicht an dem Tag?

Tati. Ich möchte es jetzt hinter mir lassen. Es bringt nichts, noch weiter darüber nachzudenken. Es bringt nichts, verdammt noch mal!

I ha di gärn

Karin

Jock schaute lange auf dieses »I ha di gärn«. Das i-Pünktchen war mit einem Herzen versehen. Er schloss die Augen und murmelte: »Scheiße, Scheiße, Scheiße.« Es war ihm bewusst, dass er Karin nicht wirklich gekannt hatte. Das war nicht möglich. Jeder Mensch hatte Geheimnisse. Doch hier war sie: die Leerstelle. Karin hatte eine unfassbar schwere, traurige Last mit sich herumgetragen.

Tatjana hatte es gewusst und sich bis zu ihrem letzten Tag dafür geschämt, dass sie Karin nicht hatte helfen können. *Warum bin ich stumm geblieben?* Karin, damals neunzehn Jahre alt, hatte also niemandem von diesem Übergriff erzählt. Die historische Landsgemeinde war bereits Geschichte. Ein Jahr später ging Tatjana wieder nach Zürich.

Warum habe ich nicht geschrien? Warum habe ich mich nicht gewehrt? Es konnte sich nur um eine Vergewaltigung handeln. Karin war mit diesem Geheimnis allein. *Und ich möchte es jetzt hinter mir lassen.* Sie hatte versucht, es zu verdrängen. *Ich sah nur diese Maske mit dem roten Saum.* Was für eine Maske?

Jock machte mit seinem Smartphone ein Foto des Briefes und streckte ihn Sonja wieder hin, die ihn nur fragend ansah. Jock faltete die Hände wie zum Gebet und schaute sie mit schuldbewusster Miene an.

»Danke, dass ich das hier lesen durfte. Ich melde mich.«

Ohne ein weiteres Wort verließ er den Raum und rannte mit schnellen Schritten die Treppe hinunter. Nur ein kleiner Teil seines Gehirns registrierte Sonjas Schimpftiraden, die durch den Gang hallten.

Als er unter der Kornhausbrücke fast mit einem jungen Skater zusammenprallte, setzte er sich außer Atem auf eine der Steinbänke an der Limmat. Kreischend kämpften sich zwei Teenager aus dem Fluss und kommentierten euphorisch, wie kalt das Wasser war.

Am unteren Teil des Brückenbogens prangte ein großer Schriftzug: *WIR SPRAYEN – IHR SCHREIT. SIE VERGEWALTIGEN – IHR SCHWEIGT.* Er starrte auf die weißen Großbuchstaben, bei denen an verschiedenen Stellen die heruntergetropfte Farbe feine Linien zeichnete. Bildete er sich diesen Satz jetzt gerade ein? Die Wahrheit, die diese schiefen, verzitterten Buchstaben Jock hier zeigten, war erdrückend. Aber warum hatte Karin geschwiegen? Musste sie sterben, weil sie das Schweigen gebrochen hatte? Vermutlich war es ihr irgendwie gelungen, dieses grausame Erlebnis zu verdrängen. Bis zu dem Tag, an dem sie getötet wurde. Aber von wem? Wollte der Täter von damals verhindern, dass diese Vergewaltigung öffentlich wurde? Hatte Karin vielleicht sogar herausgefunden, dass es Mitrovic war, obwohl er jetzt den guten Geschäftspartner mimte? Oder war es sogar jemand aus der Familie? Und wie hing der Mord an Tatjana damit zusammen?

Jock zückte sein Handy. Er musste herausfinden, wer das Karin damals angetan hatte. Der Anruf bei Ida Bendel blieb erfolglos. Dann versuchte er es bei Henrik, der sofort abnahm und sich erkundigte, ob es Jock gut gehe, und dass er gerade nicht viel Zeit habe, weil gerade mit der *family* auf dem Atzmännig und von wegen *work-life balance* und dass sich die Kollegen mit dem Tod von Tatjana befassten und es jetzt erst mal einfach Zeit brauche für die Ermittlungen und ja noch nicht klar sei, ob ein Zusammenhang zur Tat in Urnäsch bestehe.

Zeit, Zeit, Zeit. Diese Zeit hatte er gerade nicht. Er konnte nicht einfach still hier am Fluss sitzen und warten, bis die Ermittlungsarbeiten richtig angelaufen waren. Er musste zurück.

27

Hundwil 30. 4. 1989,
Abend der Landsgemeinde

»Chom hau dröberabä, hau dröberabä, hau dröberabe,
hau dröberabe

Ond allewile weni Hunger ha, fressi än Cervelat,
allewile weni Hunger ha, frässi ä Worscht.

Ond allewile weni Dorscht verspür, suuff i ä Locher Bier,
allewile wenn Dorscht verspür, suuff i ä Bier.

Drom hau dröberabä, hau dröberabä, hau dröberabe, hau
dröberabe ...

Ond lueg dei die Flüg a dä Wand, mit eme Stock Chääs i
dä Hand,
Lueg dei die Flüg a dä Wand mit eme Stock Chääs.

Drom hau dröberabä, hau dröberabä, hau dröberabe, hau
dröberabe ...

Ond henderem Dorfbronnä döt isch äs ganz gääl
Ond äs nimmt äme nöd Wonder sii vogläd ä Sau.

Drom hau dröberabä, hau dröberabä, hau dröberabe, hau
dröberabe ...«

Dazu hämmerten die jungen Männer abwechselnd ihre Fäuste und Ellbögen auf den Tisch und grölten alkoholselig weitere Strophen. Über dem Buffet schwebten Rauchschwaden.

Albert Bendel zapfte fleißig Bier, während seine Frau Agata in der Küche mit Pfannen hantierte, Wienerli aus dem Wasser zog und die Fritteuse mit neuen Pommes frites aus dem Tiefkühler fütterte. Sie und Karin, die die Gläser den durstigen Gästen hinstellte, waren die einzigen Frauen im Restaurant Kreuz in Hundwil.

Ivo Mitrovic saß mit dem Rücken zum Fenster. Scheinbar teilnahmslos beobachtete er die singende Gruppe. Seinen linken Arm hatte er lässig aufs Fenstersims gestützt, in seiner Rechten glomm ein schmaler Zigarillo. Er stellte sich vor, er säße auf einer Jacht im Hafen von St. Tropez und nicht hier auf einem harten Stuhl im stickigen Kreuz. Es roch nach Salz, und der Wind liebkoste seine Haare, während eine stolze Frau in seinen Armen selig lächelte. Als die jungen Männer am langen Tisch vor ihm kurz ruhig waren, fing er mit feiner, klarer Tenorstimme an zu singen:

»Schifflein fahren auf und nieder,
fahren auf zum letzten Mal.
Und wir singen Abschiedslieder,
hören auf des Echos Schall.

Ond mis Herz tuet mer so weh,
will i schääde mues vom Seealpsee.«

»Der Jugo kann Appenzellerliedli, hä. Da staunt der Laie!« Der Zwischenruf wurde nur von einer kleinen Gruppe mit einem Lacher gewürdigt. Der Rest hörte nur andächtig zu.

»Kehr ich einst zur Heimat wieder,
dort, wo meine Wiege stand,
sing ich alle meine Lieder,
frisch und froh fürs Vaterland.

Ond mis Herz tuet mer so weh,
will i schääde mues vom Seealpsee.«

Als Ivo Mitrovic mit dem Jodelteil anfing, setzte nach und nach die ganze Beiz ein, und ein vielstimmiger Chor reicherte den Klang mit Heimweh und Melancholie an.

28

Das Postauto hielt an der Hauptstraße von Hundwil. Jock trat aus dem stickigen Innern an die frische, angenehm kühle Luft. Es war bereits später Nachmittag, Wandergruppen waren keine mehr unterwegs. Mit ihm stieg eine zierliche Teenagerin aus. Auf ihrem T-Shirt bändigte ein grotesk muskulöser Mann unter dem Schriftzug MANOWAR – *Kings of Metal* einen Blitz. Manchmal fragte er sich, ob die Jungen die Musik noch hörten oder ob sie einfach die übertriebene Ästhetik cool fanden.

Als er zum Landsgemeindeplatz kam, erfasste ihn ein mulmiges Gefühl. Ein erneuter Anruf bei Ida Bendel, doch er landete nur auf der Mailbox. Er wollte um das Restaurant Kreuz herumgehen, da trat ihm Albert Bendel, der Vater von Ida und Karin, in den Weg.

»Was tun Sie hier noch?«

»Ich wollte mit Ihrer … also, mit Ida reden.«

»Jetzt, wo die den Jugo verhaftet haben? Was gibt's da noch zu fragen?«

»Ich glaube nicht, dass Ivo Mitrovic Karin umgebracht hat.«

Die Gesichtszüge des Kreuz-Wirts wurden hart. »Hau ab!«

»Okay. Ich bin schon weg. Es braucht mich ja nicht mehr hier. Ähm, wenn Sie Ida sehen, können Sie ihr ja sagen … ach, egal.«

Jock ging vorsichtig rückwärts und behielt Albert Bendel genau im Blick. Seine Augen waren glasig. Er konnte sich schlicht nicht vorstellen, wie es war, die eigene Tochter zu verlieren. Wenn dann noch dazukam, dass nicht klar war, warum sie aus dem Leben hatte scheiden müssen, dann waren Zweifel an der Täterschaft zu schlimm, um wahr zu sein.

Jock murmelte eine Entschuldigung und ging zurück über die große Wiese, auf der noch bis Ende der neunziger Jahre Landsgemeinden stattgefunden hatten, bevor man sie dann endgültig abschaffte. Rechts neben ihm erhob sich die Kirche. *Coiffeursalon-Restaurant-Harmonie* stand in verschnörkelter Schrift auf einer der eleganten Häuserfronten im Appenzeller-Stil. Hier irgendwo musste damals das Schreckliche passiert sein. Jocks Herz schlug schneller. Wieder kam sie, diese schwer zu kanalisierende Wut.

Plötzlich tippte ihm jemand von hinten auf die Schulter. Er fuhr herum und blickte in das Gesicht von Silvana. Den Kopf schützte ein auffällig gelber Fahrradhelm, die Augen waren von einer eng anliegenden getönten Schutzbrille verdeckt. Sie legte die Ellbogen auf den Lenker ihres Fahrrads und schaute Jock neugierig an.

»Was machst denn du hier?«

»Das könnte ich dich auch fragen.«

»Ich führ mein neues Gravel-Bike spazieren.«

»Gräwell-was?«

»Egal. Ist so etwas wie eine Gitarre, die alles kann«, sagte sie und zog sich Helm und Brille aus. Ihre dunklen Augen funkelten in der Sonne.

»Silvana, ich habe etwas herausgefunden. Wir müssen unbedingt ...«

»Stopp, stopp, stopp«, unterbrach sie ihn und legte das Fahrrad mit einer schnellen Bewegung ins Gras. »Ich möchte jetzt nicht über diesen Fall reden. Du musst da erst mal runterkommen.« Sie machte eine Pause. »Oder vielleicht eher hochkommen?«

Jock verzog sein Gesicht zu einer Grimasse.

»Ich mein das nicht pervers, du Trottel. Wir gehen auf die Hundwiler Höchi. Jetzt.« Sie schloss ihr Bike an einem Metallpfosten an, aus dem verschiedene gelbe Wanderwegmarken herausragten, und stapfte ohne ein weiteres Wort über die Wiese los.

Nach einer knappen Stunde sahen sie bereits das Bergrestaurant. Jock keuchte, blickte auf sein Handy und wischte sich mit dem Ärmel den Schweiß von der Stirn.

»Du spinnst. So schnell war ich noch nie hier oben. Ich brauch mal eine Pause.«

Silvana grinste nur.

Sie setzten sich auf einen Grashügel und schauten auf das vor ihnen liegende Panorama. Der Alpstein zeigte sich hier in all seiner Pracht. Durch die später werdende Stunde hatte König Säntis Gold geschürft und war in ein sanft gelbliches Kleid gebettet.

»Es ist noch nicht vorbei«, sagte Jock in die Stille hinein.

»Ist mir schon klar. Das wird ein harter Indizienprozess, und wegen dir wird uns die Verteidigung von Mitrovic üble Verfahrensfehler ankreiden.«

»Karin ist vergewaltigt worden.«

»Was?«

»1989, und zwar am Tag, oder vermutlich eher der Nacht der Landsgemeinde. Ja, die Landsgemeinde, an der die Männer den Frauen das Stimmrecht gaben«, sagte Jock, während er einen Büschel Gras zwischen den Fingern zerrieb.

»Wer war es?«

»Der Täter hat eine Maske getragen. Sie konnte keine Beschreibung abgeben«, fuhr Jock fort.

»Und woher weißt du das?«

»Sie hat es in einem Brief an ihre Freundin erwähnt. Sie schreibt, dass sie sich nicht gewehrt hätte. Und bei der Polizei hat sie sich vermutlich auch nie gemeldet.«

Es entstand eine lange Pause. Silvana schien zu überlegen. »Was ist das für eine Freundin?«

Jock erzählte ihr von Tatjana und was in Zürich passiert war.

Silvana fixierte den Säntis, fast so, als ob dort die Vergangenheit gespeichert wäre. »Du willst damit sagen, dass die beiden umgebracht wurden, weil sie herausgefunden haben, wer Karin damals vergewaltigt hat?«

»Genau.«

Sie knetete einen Stein zwischen den Fingern und schüttelte den Kopf. »Das ist mir hier alles zu viel Spekulation. Du sagst, diese Freundin hat in einem Frauenhaus gearbeitet, da gibt es immer mal wieder Männer, die durchdrehen. Die Fälle müssen nicht zusammenhängen.«

»Tun sie aber vermutlich«, sagte Jock und strich mit den Handflächen über die Grasbüschel.

»An einer Landsgemeinde hat es naturgemäß viele Männer. Das schließt Mitrović überhaupt nicht aus, der war vermutlich damals dabei. Außerdem war er am Tatort, und man hat die Tatwaffe bei ihm gefunden«, sagte sie, stand auf und schnallte sich ihren kleinen Rucksack um. »Lass deine Zürcher Kollegen jetzt erst mal arbeiten. Wir müssen uns hier auf unseren Fall konzentrieren, und da bleibt Mitrović nun mal der Hauptverdächtige. Ich möchte jetzt nicht mehr darüber reden. Und ich brauch was zu essen.«

Zielstrebig ging sie los in Richtung Bergrestaurant. Die Laken zu erwähnen, die er beim Rossfall gefunden hatte, erschien ihm gerade sinnlos. Und auch er konnte ein kühles Bier und etwas zwischen die Zähne vertragen.

Mirlinda, die Wirtin auf der Hundwiler Höchi, brachte ihnen die bestellten Siedwürste mit Chäs-Hörnli und Apfelmus, und sie machten sich genüsslich über das währschafte Essen her.

»Jetzt weißt du, warum ich hierher zurückgekommen bin«, sagte Jock, während er seine Arme wie ein Prediger ausstreckte und auf die furchige Mauer des Alpsteinmassivs zeigte.

»Erzähl mir doch keinen Quark und sag endlich, was damals in Zürich passiert ist!«

Jock nahm einen Schluck Bier, vermischte noch etwas Apfelmus mit den Hörnli und erzählte Silvana von seinem Erlebnis mit den holländischen Drogendealern. Als er fertig war, schwiegen beide eine Zeit lang und aßen weiter.

»Manchmal frage ich mich, ob ich überhaupt Polizist hätte werden sollen. Ich bin nicht mal besonders schlau, und einen kühlen Kopf zu bewahren fällt mir verdammt schwer.«

Silvana schob sich den letzten Wurstzipfel in den Mund und lehnte sich nach vorne. »Weißt du, was dich zu einem guten Polizisten macht? Du bist hartnäckig. Du bleibst dran und gibst nie auf.«

Stimmte vielleicht, was sie sagte? Er hatte sich das für die Polizeiarbeit noch nie so richtig überlegt. Was das Gitarrenspiel anging, musste er ihr recht geben. Irgendwann hatte er beschlossen, dass er so spielen wollte wie die echten Gitarristen. Dann hatte er geübt und immer weiter geübt, bis er ganz passabel an der Klampfe geworden war. Ja, vielleicht hatte sie recht. Vielleicht war seine Kraft diese Hartnäckigkeit.

»Warum hat sie sich nicht gewehrt?«, fragte er mit zusammengekniffenen Augen.

»Wie meinst du das?«

»Sie schreibt, sie hätte sich nicht gewehrt.«

»Das ist leider wohl normal.«

»Wieso normal?«

»Sag mal, auf welchem Planeten lebst du eigentlich? Das nennt sich *freeezing* und passiert sehr vielen Frauen, die eine Vergewaltigung oder sexuelle Übergriffe erfahren. Viele berichten, dass sie es einfach geschehen lassen, und sie schämen sich dann auch im Nachhinein.«

Jock lehnte sich im Stuhl zurück und dachte über das Gesagte nach.

»Ich vermisse die Zusammenarbeit mit dir. Ich die Emotion – du das Brain«, sagte Jock, während die Abendsonne sein Gesicht in gelboranges Licht tauchte.

29

Am nächsten Morgen wachte er mit diesem Wort im Kopf auf. Hartnäckigkeit. Er brauchte sie jetzt, diese Hartnäckigkeit.

Jock schlurfte in die Küche und holte sich eine Kaffeekapsel aus dem Schrank. Während die braune Flüssigkeit in die Tasse tröpfelte, ließ er sich von den Vibrationen der Kaffeemaschine etwas die Hand massieren.

Was war der nächste Schritt? Tatjana, die Karin zur Zeit der Landsgemeinde vermutlich am besten gekannt hatte, war tot. Die beiden Morde mussten in irgendeiner Form zusammenhängen. Aber wie? Um eine Antwort auf diese Frage zu finden, musste er herausfinden, was 1989 genau passiert war. Was hatte Karin herausgefunden? Hatte sie sich vielleicht sogar jemandem anvertraut? Aber wer war Karin vor der Tat am Rossfall am nächsten gewesen? Er selber hatte eine wunderbare Zeit mit ihr gehabt. Die vergangenen Tage war es ihm gelungen, diese Begegnung, die unter dem unschönen Label Affäre lief, etwas runterzuspielen. Ja, sie hatte ihm vieles verschwiegen. Je mehr er jedoch über Karin erfuhr, desto näher kam sie ihm auch wieder. So schmerzhaft es war. Er merkte erst jetzt, dass er sie geliebt hatte. Er hätte sich eine Zukunft mit ihr vorstellen können.

Er dachte daran, was seine Mutter jetzt sagen würde: Du musst dich im Leben immer dem stellen, was dir am meisten Mühe macht. Er hatte diesen Spruch gehasst. Wenn er ihn jetzt bedachte, wusste er, was zu tun war. Als er auf den Fahrplan schaute, merkte er, dass er den Bus gerade verpasst hatte, aber eine Stunde warten war ihm zu lang. Es war Zeit, seinen violetten Freund abzuholen.

»Bro, dein Kumpel hatte recht. Der Samenleiter«, sagte Donat Fässler und lachte schallend, während er sich die rußigen Hände an den Latzhosen abstrich, »also die Benzinpumpe war tatsächlich defekt.«

Jock mochte den jungen Mann, der sich getraut hatte, mit dreiundzwanzig Jahren eine eigene Werkstatt an der Kasernenstrasse in Herisau zu eröffnen. An einer Kette über dem Eingang hing das Logo mit einem knallig roten Cabriolet und dem Schriftzug *Autos & Söhne*. Er klopfte seinem Nissan liebevoll aufs Dach. »Danke.«

»Bro, das Spielzeugauto macht's nicht mehr allzu lange. Ich hätte da einen alten Merz, den ich dir aufmotzen könnte ...«

»Vergiss es. Ich fahr mein violettes Schmuckstück noch so lange, bis es den Geist aufgibt.«

Donat nickte nur und streckte Jock die Faust hin. Dieser hielt ihm einen Fünfziger entgegen, doch der junge Garagist winkte ab. »Sorg dafür, dass ich keine Strafzettel bekomme.«

Jock steckte ihm die Note schmunzelnd in die Brusttasche und stieg in den Wagen. »Ich habe sowieso keine Zeit für Parkbußen, ich muss jetzt dorthin gehen, wo es wehtut«, sagte er winkend aus dem offenen Fenster.

Jock wäre fast die Treppe rückwärts wieder hinuntergestürzt, als er in die blauen Augen von Karin blickte. Aber es waren nicht ihre Augen – die würden nie mehr so leuchten. Es waren die Augen eines Kindes, das fast in ihn hineingerannt war, gerade als er an der Türe zum Hause Äschermann läuten wollte. Das vielleicht elf- oder zwölfjährige Mädchen, das Karins Tochter sein musste, trug einen gelben

Regenmantel und hatte etwas unter dem Arm, was er beim zweiten Hinsehen als Boje identifizierte.

»Bist du mit dem Schiff unterwegs?«, fragte Jock verwirrt.

»Wir haben ein Schulprojekt. Thema Wasser«, antwortete das Mädchen und schaute ihn dann mit etwas mehr Interesse an. »Was wollen Sie?«

»Ich würde gerne mit deinem Vater sprechen. Ist das möglich?«

Sie zuckte nur mit den Schultern und bedeutete ihm reinzukommen.

»Ich muss jetzt los.« Sie rannte die Steintreppen zur Straße runter und war im nächsten Moment verschwunden. Das Geräusch ihrer Turnschuhe, die sanft auf den Asphalt trommelten, war noch immer zu hören. Jock stand da, und es fröstelte ihn leicht. Sein Körper fühlte sich schwach an, und in seiner Brust schien sich ein Klumpen lösen zu wollen. Da war plötzlich wieder dieser Geruch ihres Halses. Er schloss die Augen, und da schüttelte es ihn. Er sank auf die Knie und weinte hemmungslos. Es löste sich alles, und er nahm seine Umgebung nicht mehr wahr. Es tat gut.

»Entschuldigung? Darf ich fragen, was Sie hier machen?«

Jock zuckte zusammen und blickte durch einen Schleier in das irritierte Gesicht von Thomas Äschermann. Es war klar ersichtlich, dass er vollkommen überfordert war mit der Tatsache, dass hier vor seinem Rosenbeet ein breitschultriger erwachsener Mann schluchzend auf dem Boden kauerte. Jock stand etwas unbeholfen auf und strich sich die Tränen aus den Augen.

»Sorry«, murmelte er und fragte sich im nächsten Moment, ob es überhaupt Sinn machte, sich zu entschuldigen. Er versuchte, noch einmal anzusetzen.

»Ich … weiß, dass das jetzt irgendwie nicht angebracht ist, aber ich stand Karin bis kurz vor ihrem Tod nahe.«

Thomas Äschermann schaute Jock direkt in die Augen, während er seine Hand am Türrahmen abstützte. »Das ist die Affäre.« Er dehnte dabei das Wort *Affäre*, so als ob er die Tatsache für sich erst auch einmal einordnen müsste.

»Wenn Sie es so nennen wollen. Mir liegt einfach etwas daran, dass wir herausfinden, wer Karin wirklich umgebracht hat. Das bin ich ihr schuldig.«

»Sie kommen hierher, heulen auf meiner Treppe rum und erzählen mir dann, Sie hatten eine Affäre mit meiner Frau. Was wollen Sie, dass ich Sie in den Schlaf wiege, oder was?«

»Ich ... ach, ich wollte einfach ehrlich sein.«

»Das ist manchmal nicht das Beste.«

»Herr Äschermann, ich habe nicht das Recht, hier rumzuheulen. Das ist mir völlig klar.«

Äschermann schaute ihn an und schüttelte den Kopf. »Sind Sie nicht eigentlich der leitende Ermittler in dem Fall?«

»Das bin ich nicht mehr, aber das ist letztlich egal. Wussten Sie, dass Karin als Jugendliche vergewaltigt wurde?«

Äschermann schaute ihn mit zusammengekniffenen Augen an, trotzdem sah Jock ein Flackern, das erkennen ließ, dass er mehr als irritiert war von dieser Information.

»Sagen Sie mir bitte: Haben sie von der Vergewaltigung gewusst?«

Jock merkte sofort, dass Äschermann zögerte. War es ihm peinlich, dass er nicht davon gewusst hatte, oder hatte er es in der ersten Befragung bewusst nicht erwähnt?

»Ich wusste schon, dass da etwas war. Sie hat das immer ihre ›dunkle Stunde‹ genannt.«

»Es muss an der Landsgemeinde 1989 geschehen sein.«

»Wie, an der Landsgemeinde?«

»Ich habe einen Brief an Tatjana Schott gefunden. Darin erwähnt sie den Übergriff.«

»Aber was hat denn das Ganze mit ihrem Tod zu tun?«

Jock sagte bewusst nichts, und wie vermutet spann Thomas Äschermann selber die Fäden zusammen.

»Sie meinen, Karin hat den Vergewaltiger von damals entdeckt und musste sterben, damit er nicht auffliegt?«

»Ganz genau.«

»Und warum kommen Sie zu mir? Glauben Sie etwa, ich hätte meine zukünftige Ehefrau vergewaltigt?« Ein hysterisches Lachen sprudelte aus ihm heraus, so als hätte man einer verrückten Puppe auf den Bauch geschlagen.

»Gibt es etwas im Alltag Ihrer Frau, das Ihnen aufgefallen ist? Hat sie in letzter Zeit gewisse Menschen angerufen, oder hatte sie vielleicht sogar Angst vor jemandem?«

»Angst hatte sie immer mal wieder. Das hat sie begleitet.«

»Wie meinen Sie das?«

»Sie hatte Angst vor engen Räumen, vor dem Alleinsein und vor Roger-Staub-Mützen.«

»Roger-Staub-Mützen«, wiederholte Jock, »Sie meinen die vom Skifahrer Roger Staub, bei denen man nur die Augen sieht?«

»Ja, genau, der Skifahrer.«

»Skifahrer …« Jock schlug sich gegen den Kopf. »Herr Äschermann, Sie haben mir sehr weitergeholfen. Ich muss sofort los.«

Er drückte Thomas Äschermann etwas unbeholfen die Hand, der es wortlos geschehen ließ. Dann nahm er drei Treppenstufen auf einmal und war weg.

30

Jock taten bereits die Handflächen weh vom wilden Trommeln. Er setzte kurz aus, und endlich hörte er drinnen etwas scheppern. Dann ging die Türe einen Spalt auf, und Idas Gesicht erschien.

»Du Trottel. Jetzt hab ich mir das Schienbein angeschlagen.«

»Kann ich reinkommen?«

»Deine Kollegin sagt, ich soll nicht mehr mit dir reden.«

»Du musst auch nicht mit mir reden.«

»Guter Witz. Was willst du?«

»Ich würd mir gern das Video vom Skiausflug noch mal anschauen.«

Ida schaute ihn leicht verwirrt an.

»Sie haben doch den Täter gefunden, was stresst du denn noch?«

»Hatte jemand eine Roger-Staub-Mütze auf?«

Ida zog ihre Augenbrauen hoch.

»So hat man die in den Achtzigern genannt. Heute würde man Sturmhaube dazu sagen.«

»Kann schon sein, ja.«

Wenige Minuten später saßen die beiden auf Idas Sofa, das mit Brotkrümeln übersät war. Der Geruch von abgestandenem Rauch lag in der Luft, die Fensterläden waren geschlossen. Auf dem Bildschirm sah man wieder die lustige Reisegruppe bei der Kronberg-Bahn. Jock drückte auf die Vorlauf-Taste, und das Bild begann zuckend schneller zu laufen. Menschen, die aus einer Gondelbahn ausstiegen. Landschaftsaufnahmen von kantigen Felsen mit weiß bedeckten Tannenbäumen. Ski fahrende Menschen, die den Hang hinunterzuckelten und dann kurz vor der Kamera bremsten. Bis eine schwarze Fratze das ganze Bild einnahm. Er drückte auf *Pause*. Dann auf *Play*. Als der Kopf sich wieder etwas von der Kamera wegbewegte, sahen Ida und Jock am Bildschirm zwei Augen, die aus einer schwarzen Maske hervorlugten. Die Augen waren von einem roten Saum eingefasst. Da die Stirn- mit der Nasenpartie verbunden war, erinnerte der Anblick an eine Fliege. Der Mensch, der diese Maske trug, winkte in die Kamera, und als er seinen Kopf näher zur Linse bewegte, verschwamm das Bild und eine verstellte tiefe Stimme murmelte: »Ich bin dein Vater.«

Jock griff zitternd zu seinem Rucksack, holte den Brief an Tatjana heraus, entfaltete ihn und streckte ihn dann Ida hin, während er mit dem Finger auf eine Stelle zeigte.

Ich sah nur diese Maske mit dem roten Saum.

Sie blickten beide wieder gebannt zum Bildschirm. Ganz langsam rollte der Skifahrer den unteren Teil der Maske nach oben. Zum Vorschein kamen ein breites Grinsen und ein Gesicht, das Ida und Jock nur zu gut kannten. Jock drückte *Pause*, schaute auf den Bildschirm und dann rüber zu Ida, die nur leicht den Kopf drehte und murmelte: »Scheibenkleister.«

31

Hundwil 30. 4. 1989,
Abend der Landsgemeinde

Gschtoche – Bock und Bock! Ivo Mitrovic grinste, während er seine letzten Trümpfe auf den grünen Jassteppich knallte. Dann sammelte er alle Karten seiner Mitspieler ein, betrachtete kurz die kleine Schiefertafel auf dem Tisch, lehnte sich im Stuhl zurück und meinte dann triumphierend: »Game, Set, Match Mitrovic.«

»Heute ist nicht mein Tag. Jetzt gewinnen die Frauenversteher auch noch beim Jassen«, sagte Stefan und applaudierte theatralisch.

Seine Eltern hatten Ivo diesen urschweizerischen Brauch nie beigebracht. Schon in der Primarschule war er fasziniert gewesen vom Jassen, einem Kartenspiel, das man nicht nur mit Glück gewinnen konnte. Als er seinen Vater einmal bei einem Malerauftrag in einem Restaurant in Urnäsch begleitet hatte, war er dem Spiel das erste Mal begegnet. Während sein Vater die Wände abklebte, beobachtete der kleine Ivo die jassende Männerrunde. Die knorrigen Gesichter waren mit kindlicher Ernsthaftigkeit in das Spiel vertieft. Geredet wurde kaum, nur nach jeder Runde hitzig diskutiert, manchmal sogar der Spielpartner beschimpft. Bei weiteren Beizenbesuchen ahnte Ivo Mitrovic nicht nur, was ein *Schofseckel* ist, sondern er lernte auch die Regeln und Kniffe des Spiels, vom *Anziehen* der wertvollen Karten bis zum *Schmieren*, wenn des Partners Trümpfe stachen. Als er dann nach der Sekundarschule in die Lehre ging, überredete er seine Kumpels an der Berufsschule immer wieder zu Jassrunden.

Stefan leerte seinen Bierhumpen, starrte mit glasigen Augen auf den grünen Jassteppich und versuchte, mit den Fingern einzelne Wollfäden aus dem Grün zu piksen, was ihm nicht wirklich gelang. Dann sagte er ganz langsam: »Ich fühl mich nicht mehr wie ein richtiger Appenzeller. Der Stolz ist irgendwie weg.«

»Dieses Problem habe ich zum Glück nicht. Ich war nie ein richtiger Appenzeller.«

»Na ja, so ist das halt. Einmal ›itsch‹, immer ›itsch‹. Wenigstens klaust du nicht.«

Ivo schaute Stefan mit zusammengekniffenen Augen an, griff in die Innentasche seiner Lederjacke und zog eine 50-Franken-Note heraus. »Und woher habe ich wohl die hier?«

Schallendes Gelächter. Abklatschen. Und dann mussten alle außer Ivo aufs Klo. Das viele Bier tat seine Wirkung.

Er schaute sich im Kreuz um. Überall saßen Gruppen von Männern, die immer noch Gesprächsbedarf hatten.

»... die haben gar nicht richtig geschaut. Der Landammann dreht sich um, und dann ist schon entschieden. Das war doch von Anfang an geschoben«, hörte er vom Nebentisch.

In der Ecke, gleich unter dem Bild von einer Landsgemeinde aus einem vorigen Jahrhundert, stand Karin an einem Tisch mit einer größeren Gruppe junger Männer. Ivo kannte die meisten von der Schule oder gemeinsamen Skiausflügen.

Pädi Landshauser hörte er mit lallender Stimme rufen: »Fräulein! Könnten wir noch zwei U-Bötli haben?«

In Karins Gesicht arbeitete es. *Die hat ein massives Autoritätsproblem*, dachte Ivo noch. Er konnte nicht sagen wieso, aber er fand es äußerst interessant. Sie verzog nur leicht den Mund, nickte kurz und ging dann zum Tresen. Schließlich kam sie mit einem Tablett zurück, auf dem verschiedene Getränke standen. Sie stellte zwei große Bierhumpen und dazu zwei Schnapsgläser auf den Tisch.

»Zwei U-Böötli für die Herrlein. Et voilà!«

Pädi blickte sie herausfordernd an. »Kannst du's mir machen?« Er breitete die Arme aus und grinste zweideutig. »Also, ich meine, das U-Bötli.«

Karin schaute ihn an wie ein etwas spezielles Studienobjekt. Dann fuhr sie sich mit den Händen durchs Haar und atmete tief ein.

Sie nahm die beiden Schnapsgläser und hob sie etwa eine Armlänge über die Bierhumpen. Erst kniff sie die Augen zusammen und tat so, als ob sie sich konzentrierte.

Dann schaute sie noch einmal in die Männerrunde und sagte ganz langsam: »Ich mach euch Pearl Harbour.«

Gleichzeitig ließ sie los und machte einen Schritt zurück. Die beiden Schnapsgläser plumpsten in die Humpen, und ein Großteil des Bieres spritzte den Männern über die Kleider und ins Gesicht. Pädi sprang auf und trat vom Tisch zurück. Er hatte nicht damit gerechnet, wirkte geschockt, vielleicht auch nur verwirrt.

Dann wischte er sich das Bier von Stirn und Wangen und schaute sich im Restaurant um. Einige reckten die Köpfe, und es wurde kurz still. Noch während er »dumme Sau« murmelte, konnte sich Ivo nicht mehr zurückhalten und prustete los.

Karin, die große Augen machte und noch etwas erschrocken ob ihrer eigenen Courage wirkte, fiel nach und nach auch in die Lachsalven mit ein. Pädi setzte sich und wischte scheinbar konzentriert mit Papierservietten Hemd und Hose ab. Ivo Mitrovics ganzer Körper vibrierte.

»Die ist crazy, aber cool. Meine Güte, die lässt sich wirklich nichts gefallen«, murmelte er vor sich hin und wischte sich die Lachtränen aus den Augen.

32

Staatsanwalt Beat Sollberger saß an seinem Pult und wirkte auffällig klein neben den Papierbergen, die sich darauf stapelten. Ein Chaos, das er dem immer so akkurat gekleideten und kultivierten Mann gar nicht zugetraut hätte. Das Fenster stand offen, und von draußen hörte man den Lärm eines Baggers, der gerade die Schützenstrasse bearbeitete.

»Sie haben den falschen Mann verhaftet.«

Sollberger blickte auf und musterte Jock kritisch. »Das wird wohl ein Gericht entscheiden müssen«, sagte er und knallte einen Stapel Papier auf eine freie Fläche.

»Karin ist vor dreißig Jahren vergewaltigt worden.«

Sollberger faltete die Hände. Er schien zu überlegen. »Das ist lange her.«

»Sie wusste nicht, wer es war, weil der Mann eine Maske trug. Sie hat herausgefunden, wer die Maske getragen hat, und ...«

Es klopfte an der Tür, und Silvana trat ein. Etwas irritiert schaute sie Jock an. Sie schien nicht mit ihm gerechnet zu haben.

»Es ist Pädi Landshauser«, fuhr Jock fort und faltete seine Hände, als ob er beten würde.

»Wir haben die Tatwaffe bei Ivo Mitrovic im Garten gefunden, und er war am Tatort. Was du da verbreitest, sind letztlich Verschwörungstheorien«, sagte Silvana, so als ob sie zu einem kleinen Kind reden würde. »Ich muss mit Herrn Sollberger den Prozess vorbereiten. Wir haben nachher eine Sitzung mit Pierina Otènger. Sie wird uns die neuesten Ergebnisse vorstellen. Wir haben echt keine Zeit für so was.«

Mit diesen Worten schob sie ihn unsanft hinaus, und während sie noch den Kopf schüttelte, drückte sie die Türe zu. Jock stand im Gang und versuchte, seine Gedanken zu ordnen. Vielleicht hatte sie ja recht. Fakt war, dass Karin in ihrem Brief von einer Maske mit rotem Rand geschrieben und Pädi zu dieser Zeit eine solche Maske besessen hatte. Fakt war auch, dass Karin kurze Zeit vor ihrem gewaltsamen Tod das Video mit dieser Maske zum ersten Mal gesehen hatte. Daraufhin zog sie los und war dann am nächsten Morgen tot beim Rossfall gefunden worden. Fakt war eben auch, dass Mitrovic gemäß den Handydaten beim Restaurant Rossfall war, wo sie ihr Projekt besprechen wollten. Wo kam da Pädi ins Spiel? Hatte sie ihn vielleicht zum Rossfall bestellt und Mitrovic wieder nach Hause geschickt? Hatte sie ihm am Telefon gedroht, die Geschichte mit der Vergewaltigung öffentlich zu machen?

Jock ging im Gang draußen auf und ab. Er merkte, wie ihm der Kopf schmerzte. Er brauchte etwas zu trinken. Neben der Türe stand ein großer Automat mit Getränken und Snacks. Er entschied sich für eine Cola und suchte nach Bargeld. Leider fand er weder in den Hosentaschen noch in seinem Portemonnaie passende Münzen. Er versuchte es mit dem Smartphone. Als er die Nummer des Fachs eintippte, erschien auf dem Bildschirm ein sich drehender Kreis. Das Kopfweh wurde stärker, und der Kreis drehte sich und drehte sich. Sein Mund fühlte sich trocken an. Seinem ersten Impuls, das Handy gegen die Wand zu schmettern, konnte er widerstehen. Stattdessen legte er es auf den Automaten, schlug mit der Faust dagegen und stieß wahllose Flüche aus, bis er erschöpft den Kopf gegen das Glas drückte. Er schloss die Augen und war für einen Augenblick in seiner eigenen Welt. Dann hörte er plötzlich ein Geräusch. Metall auf Metall. Langsam hob er den Kopf und drehte ihn zur Seite. Neben ihm stand Otènger. Sie trug weite Stoffhosen sowie ein T-Shirt mit Einhorn und der Aufschrift *We are all gonna die* und grinste ihn an, als ob sie über alles Bescheid wüsste.

Noch einmal klopfte sie mit einer Fünf-Franken-Münze an dem Automaten herum und ließ sie dann in den Schlitz gleiten, bevor Jock protestieren konnte.

Eine Büchse Cola plumpste in das Ausgabefach. Er nahm sie heraus, öffnet sie mit einem Plopp und begann dann gierig zu trinken.

Immer noch fixierte ihn Pierina. »Ich dachte, *tu es fou* … dass du spinnst.«

»Das tu ich wohl auch. Merci, übrigens.«

»Darum wollte ich diese verkohlte Tücher gar nicht untersuchen. Ich habe trotzdem gemacht.«

»Und?«

»Das Blut stammt von Karin. *Certainement.*«

Jock nickte zweimal mit dem Kopf, dann nahm er noch einen Schluck aus der Büchse.

»Außerdem stimmen *les particules*, also die Stoffpartikel, mit denen an die Kopf von die Leiche überein. Der Körper muss in den Stoff eingewickelt worden sein.«

»Um sie zu transportieren.«

»Das erklärt auch die etwas spezielle Verteilung von die *Livores mortis.*«

»Die was?«

»Pardon. Ich meine die Leichenflecke. Die treten nach dem Tod immer auf, sind aber nicht immer ganz gleich verteilt. Es kam mir von Anfang an etwas komisch vor. Nachdem wir die Tatwaffe mit die Fingerabdrück hatten, da war es auch für die Staatsanwaltschaft klar. Wenn ich aber davon ausgehe, dass sie jemand dorthin transportiert hat ...«

»... um die Leiche den Abhang hinunterzuwerfen«, vollendete Jock den Satz.

»*Exactement.*«

»Pädi hat gewusst, dass Mitrovic sich mit Karin am Rossfall trifft. Er hat die Leiche dorthin transportiert, um es ihm anzuhängen«, sagte er mehr zu sich selbst.

»Pädi *qui*?«

Jock erzählte Pierina die ganze Geschichte mit der Vergewaltigung und dem Video.

»Dann kommt es vermutlich noch besser«, sagte sie mit leichtem Stolz im Blick und durchwühlte ihre ledrige Umhängetasche. Sie zog eine Mappe hervor und zeigte ihm Spuren eines Blumenmusters, das sie dank digitaler Analyse vervollständigt hatte.

Jock und Pierina legten Silvana di Novi und dem Staatsanwalt Beat Sollberger die neuen Erkenntnisse vor. Er ordnete gleich eine Durchsuchung von Pädi Landshausers Wohnräumen an.

Als Silvana mit einer Kollegin bei Landshausers klingelte, saß Pädi mit seiner Frau im Wintergarten mit Blick auf die Appenzeller Bergwelt und gönnte sich ein Glas Weißwein. Silvana sah weniger Protest als vielmehr Resignation in seinem Blick, als sie ihm den Durchsuchungsbeschluss der Staatsanwaltschaft zeigte. In einem Schrank im Keller stießen sie auf Bettlaken mit dem genau entsprechenden Muster.

»Bitte keine Handschellen. Ich werde nicht fliehen«, flüsterte er Silvana zu. Seine Frau stand in der Schiebetüre des Wintergartens, ebenso mit einem Weißweinglas in der Hand.

»Herr Landshauser, Sie stehen unter dem dringenden Tatverdacht, Karin Äschermann getötet zu haben, und sind vorläufig festgenommen.«

Sie hatte vermutlich gedacht, man wolle ihrem Mann zum Jubiläum als Anwalt gratulieren. Doch als sie die Worte von Silvana hörte, fing sie an zu zittern und brach weinend zusammen. Das Glas zersplitterte auf dem Alabaster-Steinboden.

Man ersparte ihm die Handschellen. Und vermutlich fanden es nicht einmal die Nachbarn auffällig, dass er in einem Polizeifahrzeug weggefahren wurde, schließlich wussten sie ja, dass er mit der Polizei und dem Verbrechen zu tun hatte.

33

Beat Sollberger klimperte mit zwei Prosecco-Gläsern über den Köpfen der Leute, die sich langsam regten und zum Staatsanwalt blickten. Für den heutigen Apéro im Präsidium in Herisau hatte er sich mit weißem Hemd und blauer Krawatte in Schale geworfen. Die Kolleginnen und Kollegen hatten einen hölzernen Tisch ins Foyer gestellt, auf dem Prosecco, Orangensaft, Mineralwasser und Chips bereitstanden. Unter den versammelten Gästen waren viele Mitarbeitende des Polizeikorps und der Staatsanwaltschaft Appenzell Ausserrhoden.

»Sehr verehrte Damen und Herren«, begann er mit klarer Stimme und blickte dabei zu Jock und Silvana, die etwas verwundert darüber waren, dass der Herr Staatsanwalt das Wort ergriffen hatte. »Es gibt Arbeit. Und es gibt Polizeiarbeit. Es gibt Einsatz. Und es gibt den Einsatz der Kantonspolizei Appenzell Ausserrhoden. Es gibt Stolz. Und es gibt den Stolz auf meine Mitarbeiter. Den Stolz auf ein ganzes Team. Ein Team, dass viele Appenzeller Eigenarten in sich vereint. Bodenständigkeit, Fleiß und Hartnäckigkeit.«

Da war es wieder, dieses Wort.

»Jock Kobel und Silvana di Novi. Es war kein einfacher Weg, und es waren auch mal etwas unkonventionellere Methoden notwendig. Aber ohne euch wäre es uns nicht möglich gewesen, dieses undurchsichtige Verbrechen zu klären. Dafür danke ich euch. Ihr habt es geschafft, dass ...«, Jock hörte nicht mehr richtig hin. Er sah sich nicht als Held oder in irgendeiner Form ehrungswürdige Figur. Er war erschöpft und fühlte sich noch immer allein.

»... dank akribischer Ermittlungsarbeit und einem manchmal über den normalen Bereich hinausgehenden Einsatzwillen ...«

Schlafen. Er wollte schlafen.

»... erheben wir die Gläser und stoßen an auf die gute Zusammenarbeit.«

Den Applaus nahm Jock nicht mehr richtig wahr. Er lächelte die Menschen um ihn herum an und winkte ihnen mit der einen Hand zu. Nur schon diese Bewegung auszuführen, fühlte sich unnatürlich an. Silvana, die neben Jock stand, lächelte ebenfalls verlegen.

»Vom schwarzen Schaf zum Maskottchen. Gratuliere.« Sie prostete ihm mit einer ausholenden Geste zu.

»Es fühlt sich komisch an.«

»Du siehst auch komisch aus. Ich glaub, du solltest dich mal erholen«, sagte sie und klopfte ihm auf beide Schultern.

Jock verspürte den Impuls, sie zu umarmen, unterdrückte ihn dann aber und hob zum Abschied etwas hilflos die Hand. Er schlich sich an den Menschen, von denen viele ihm zunickten, vorbei zum Ausgang. Als er draußen auf der Schützenstrasse stand, atmete er beruhigt aus.

Eine halbe Stunde später lag Jock bereits auf der Massageliege im *Mio Spa*, während er durch ein Loch auf den Boden blickte und Ivo Mitrovic sein Schulterblatt bearbeitete. Es fühlte sich gut an. Ein Teil dieser Unruhe war gewichen. Ein Teil davon war immer noch da. Die Verhaftung von Pädi Landshauser fühlte sich nicht wie ein Sieg an.

Aus dem offenen Fenster im Zimmer COLUMBAN hörte er das gleichmäßige Rauschen des Mühleggbachs. Mitrovic drückte etwas stärker auf das rechte Schulterblatt.

»Eine Massage allein bringt noch kein Gleichgewicht. Dazu braucht es mehr.«

»Wie meinen Sie das?«

»Nenn mich bitte Ivo. Schließlich bist du schuld dran, dass ich hier im *Mio Spa* und nicht im Gefängnis einen Stiernacken massiere.«

Jock merkte, wie es ihn schüttelte, als Mitrovic sein kerniges Lachen ausstieß. »Der Stiernacken nimmt die Massage gern an.«

»Ein Stiernacken kommt selten allein.«

»Was passiert jetzt eigentlich mit dem Rossfall?«

»Ich glaub, ich zieh mich wieder auf meine Kernkompetenz zurück. Wellness hier an der Mühlegg ist noch nicht ganz ausgereizt.«

»Jetzt mal unter uns: Hast du diesen Beamten vom Amt für Baubewilligungen bestochen?«

Für einen kurzen Augenblick verharrten die Hände auf Jocks Schulterblatt. Um gleich darauf mit einem Gespür für die speziellen Verspannungen der Wirbelsäulenmuskulatur weiterzumachen.

»Weißt du, was man im Fußball an einer solchen Stelle sagt?«

»Ich hab's nicht so mit den Fußballmetaphern.«

»Nur wenn der Schiedsrichter pfeift, ist es ein Foul.«

Und wieder dieses Lachen. Die Vibrationen schienen ein Teil des Massagevorgangs zu sein.

»Wie habt ihr eigentlich rausgefunden, dass Pädi Karin umgebracht hat?«, fragte Mitrovic in ernsterem Tonfall.

Jock erzählte ihm, dass Karin Pädi Landshauser in dessen Garten mit der Wahrheit von 1989 konfrontiert und Pädi sie dann im Affekt mit einer Schaufel erschlagen hatte.

»Und wie hat er die Leiche zum Rossfall transportiert? Du hast doch gesagt, sie sei dort gefunden worden, oder?«

»Er hat gestanden. Er habe sie in den Wagen geschleppt und dann den Abhang runterrollen lassen. Die Tatwaffe hat er dann bei dir im Garten platziert.«

Die Hände von Ivo Mitrovic hielten für einen Moment inne. Jock wollte sich schon fast beschweren, als Mitrovic ganz langsam sagte: »Pädi Landshauser ist nicht fähig, eine Leiche allein zu transportieren.«

»Und woher willst du das wissen?«

»Ich bin sein Masseur.«

Jock schauderte beim Gedanken, dass der Mann, der Karin vergewaltigt und umgebracht hatte, vielleicht seinen Kopf ebenfalls durch dieses Loch gesteckt hatte. Er richtete sich auf und blickte ihm ins Gesicht.

Mitrovic verschränkte seine Arme. »Dieser Mann kann kaum eine Spiegeleierpfanne aufheben. Seine Bandscheiben sind so abgenutzt, da geht nicht mehr viel. Der kann keine Leiche transportieren.«

»Du meinst, jemand muss ihm geholfen haben?«

»Wie gesagt. Anders geht's nicht.«

Mitrovic blickte aus dem Fenster. »Comitia Trogensis.«

»Comitia was?«

»Die waren zusammen in der Studentenverbindung. Auch später, als sie in Freiburg studiert haben. Immer verbunden. Das war wie so eine Blutsbrüderschaft.«

»Du redest von Pädi und Back?«

»Die zwei waren auch 1989 im Kreuz dabei, als Karin ziemlich wild wurde und die konservativen Jungs provoziert hat.«

Jock nickte nur mit dem Kopf, griff nach einem Frottiertuch und wischte sich den Schweiß von der Stirn. Eine ganze Weile saß er da und starrte auf den Boden. Mitrovic schien sich davon nicht irritieren zu lassen.

Dann sagte Jock ganz leise, wie zu sich selber: »›Ich wehre

mich sonst gegen Männer.‹ Sie hat von der Täterschaft in der Mehrzahl geschrieben. Es waren also damals schon mindestens zwei.«

»Ich versteh jetzt nicht ganz.«

»Sie hat in einem Brief eine Andeutung auf mehrere Männer gemacht. Einer davon hatte einen roten Saum an der Mütze. Er war nicht allein. Scheiße, er war nicht allein.«

»Du willst damit sagen, Pädi Landshauser und Back Sollberger haben damals in der Nacht beide …« Mitrovic schlug sich die Hände vors Gesicht. In dieser Position verharrte er eine Weile. Dann fuhr er sich durch die Haare. »Ich hätte es merken sollen, ich hätte es vielleicht verhindern können.«

Jock legte ihm eine Hand auf die Schulter. »Es war nicht deine Schuld.«

Mitrovic schüttelte nur den Kopf. »Und Pädi wird nichts sagen«, murmelte er nur.

»Wieso nicht?«

»Ein Mann, ein Wort. Nenn es, wie du willst, aber die verraten sich nicht gegenseitig. Comitia Trogensis. Sag ich ja.«

Jock schaute auf die flackernde Kerze auf dem weißen Beistelltisch. Er spürte, wie diese unkontrollierbare Aggressivität wieder hochkam. »Es kann nicht sein, dass dieses Arschloch davonkommt.«

»Wie lange kann man denn eine Vergewaltigung noch anzeigen?«, fragte Mitrovic, während er sich die Hände wusch.

»Fünfzehn Jahre. Das ist längst vorbei.«

»Dann kriegst du ihn nicht mehr dran, Jock.«

»Außer ich schaff es, ihn zu provozieren.«

34

Du kannst dir das nicht gefallen lassen.« Beat Sollberger sprach bereits mit schwerer Zunge.

Pädi Landshauser stand vor ihm neben dem Eingang zur Toilette. An der Wand hinter Pädi hing ein Schwarz-Weiß-Foto mit einem Jäger, der stolz seinen Fuß auf einen erlegten Hirsch gestellt hatte und in die Kamera lächelte.

Pädi reagierte nicht. Er starrte Back nur mit blutunterlaufenen Augen an und schien nachzudenken. Beat war das nicht genug, und so drückte er ihn mit beiden Händen gegen die Wand.

»Diese Schlampe muss dafür bezahlen. Der müssen wir mal so richtig einheizen!«

»Lass mich in Ruhe. Scheiß Weiber heutzutage. Wir könnten so 'ne schöne Landsgemeinde haben ohne diese Fotzen.«

»Wir müssen der ein bisschen Angst machen. Die muss mal wieder wissen, was ein Mann ist.«

»Hör doch auf. Ich will jetzt nach Hause.«

Sollberger packte ihn fester am Kragen. »Die Frage ist doch: Wie weit können sie gehen, bevor man dem Ganzen mal 'nen Riegel vorschieben muss?«

»Ich wüsste schon, welchen Riegel ich ihr schieben würde.«

Die beiden grinsten sich an. Beat Sollberger packte Pädis

Gesicht, um zum Ausdruck zu bringen, dass er jetzt etwas Wichtiges zu sagen hatte.

»Wir gehen jetzt zu dir und ziehen uns neue Kleider an. Du hast doch diese Roger-Staub-Mützen, oder? Die brauchen wir jetzt. Ab und zu muss man einer Frau die Grenzen aufzeigen.«

35

Die Bäume standen stramm wie Soldaten, kein Windhauch brachte Bewegung ins Blätterwerk. Jock hörte nur den Bach rauschen. Dann wieder ein Auto. Instinktiv griff er zu seiner Waffe. Das schwere, kalte Metall beruhigte ihn.

Beat Sollberger saß auf dem Rand eines Brunnens, dessen Wasserstrahl auch um diese Uhrzeit aktiv war. Das Mondlicht machte daraus einen silbernen Streifen. Hinter ihm der Säntis. Alter grauer Mann, der über dem Land Appenzell thronte. Erhaben und schwer. Im Licht des Mondes zeichneten sich die Felskanten klar ab.

»Das klingt wie ein schlechter Film aus den neunziger Jahren«, sagte Sollberger, lächelte überheblich und zerknüllte den Zettel, auf den Jock *Ich weiß, was du 1989 getan hast* geschrieben hatte.

»Karin hat gelitten. Nicht nur in jener Nacht. Auch danach.« Zu hören war nur noch das gleichmäßige Plätschern des Wassers. Im Wald gurrte ein Vogel.

»Ich mag deine Methoden, Jock. Wir können doch Du sagen, oder? Du darfst mich auch Back nennen. Du gehst Risiko, spielst auf den Mann und bestellst mich am Abend um neun Uhr zum Rossfall. Du hast Eier.«

Jock atmete den Stallgeruch nach Stroh, Ziegenfell und Ziegendreck ein, der auch hier am Brunnen trotz Windstille in der Luft lag. Es fühlte sich gerade an, als ob er ans Ziel kommen würde. Die Geschichte von Karin lag klar vor ihm.

Sollberger erhob sich und ging langsam zu einem kleinen Stall aus Holz, der wenige Meter neben dem Brunnen stand. Er blickte hoch zum Berg. »Die Schönheit dieser Landschaft ist eine Belastung.«

Jock merkte, wie sich in ihm wieder diese Aggressivität anstaute. Er musste ruhig bleiben.

»Ich möchte hören, was damals genau passiert ist«, sagte Jock.

»Die Menschen haben keine Demut mehr vor dem, was ist, und vor dem, was bleibt«, sagte Sollberger. Zum ersten Mal blickte er Jock Kobel ins Gesicht. Fast so, als wolle er sich der Vergangenheit stellen.

»Man kann doch mal einen Fehler machen. Ich verstehe nicht, warum man heute jegliche männliche Energie, die mal etwas über die Stränge schlägt, verurteilen muss.«

»Männliche Energie, die über die Stränge schlägt? Ihr habt sie vergewaltigt!«

»Die Frauen können uns provozieren und niedermachen, wie sie wollen, aber Konsequenzen müssen sie nicht tragen? Das versteh ich nicht.«

»Dann war eure Aktion also Rache? Ist es das, was du sagen willst?«

»Wir mussten ihr die Grenzen aufzeigen. Und wenn ich mich heute in der Welt umschaue, dann verstehe ich, dass Männer diese Grenzen aufzeigen wollen. Heute kann ich ja eine Frau nicht mal anschauen, schon bin ich ein Verbrecher.«

Es war etwas Wind aufgekommen. Der spielte mit seinen Haaren. Er sagte nichts. Stattdessen setzte Back Sollberger seinen Monolog fort.

»Was hätte man mit uns gemacht? Wie Tiere hätte man uns behandelt. Die andere Seite, dass da vielleicht auch Provokationen passiert sind, dass man unsere Aggressivität auch hochgeschaukelt hat, das hätte niemanden interessiert. Niemanden!«

»Weißt du, was du nicht machst, Back?«

Sollberger schaute auf. Er presste seine Lippen zusammen.

»Du hörst nicht zu. Und du hörst vor allem den Frauen nicht zu. Das war auch nicht so meine Stärke. Wenn ich Karin besser zugehört hätte, vielleicht mal nachgefragt, dann hätte sie möglicherweise mit mir über das Geschehene geredet. Aber das habe ich nicht gemacht.«

»Jetzt schleimst du dich auch noch ein, damit du von dieser feministischen Welle profitieren kannst. Gratuliere.«

»Von Feminismus haben wir beide wohl nicht so viel Ahnung, aber als Staatsanwalt solltest du wissen, dass eine Tötung Konsequenzen hat.«

»Ich habe niemanden getötet«, sagte Sollberger scharf und begann, vor dem Brunnen auf und ab zu gehen. »Das Ding an der Landsgemeinde ist verjährt.«

»Aber du hast Pädi dabei geholfen, es zu vertuschen. Du musstest ihm helfen, weil ihr ein dunkles Geheimnis geteilt habt und dein Kumpel schlicht nicht die körperliche Verfassung für euren teuflischen Plan hatte.«

»Ich frage mich halt, warum Karin diese alte Geschichte wieder auspacken musste. Das frag ich mich schon. Und jetzt kommst du auch noch. Überleg doch mal. Wir haben den Täter. Du kannst wieder ruhig schlafen, und ich hab nichts, rein gar nichts damit zu tun.«

Jock ekelte sich vor diesem Menschen, der hier vor ihm stand. Gleichzeitig fühlte er sich machtlos. Er wollte, dass er wenigstens etwas gestand, obwohl ein solches Geständnis vor Gericht völlig wertlos wäre. Ohne lange zu überlegen, zog er seine Pistole.

»Hast du Pädi geholfen, die Tat zu vertuschen?«

Es war eine Weile ruhig, und nur der brummende Lärm

eines vorbeifahrenden Autos störte die Stille. Die Scheinwerfer des Wagens zogen leuchtende Linien durch die Bäume. Als das Geräusch sich entfernte, begann Back plötzlich, aus vollem Halse zu lachen. Er lachte laut und ohne Hemmung.

»Wenn du mich jetzt erschießt, wird nichts passieren. Du wirst verhaftet. Du hattest Angst, dass ich Pädi helfen könnte beim Prozess, und bist durchgedreht. Pädi wird nichts sagen. Wir haben einen Bluteid geschworen.«

»Schau mich an. Dein Ehrenmann-Gelaber interessiert jetzt niemanden. Ihr habt einer Frau wehgetan. Vergiss das nicht. Ihr habt sie so gedemütigt, dass sie noch Jahre später gelitten hat.«

»Wir wurden provoziert!«, schrie Sollberger in die Nacht heraus. »Niemand sieht das. Frauen betreiben diesen Opferkult. Wir Männer sind das vergiftete Geschlecht. Dabei haben sie damals gewonnen. Sie haben gewonnen. verdammt noch mal. Warum musste sie dann noch so lange darauf rumhacken?«

Jocks Hände zitterten. Er merkte, wie er die Kraft verlor. Was konnte er tun, wenn Back offiziell nichts sagte? Niemand würde ihm glauben. Er versuchte, seine Gedanken zu ordnen.

In dem Moment schnellte Backs rechte Faust hervor. Jock spürte einen dumpfen Schmerz in der Hand, und die Pistole flog auf den Boden. Mit einem schnellen Schritt war Sollberger da, stellte seinen Fuß drauf, langte in die Innentasche seines Mantels und zückte selbst eine Waffe.

Mit dieser Schnelligkeit hätte Jock nicht gerechnet.

»Ich fechte immer noch zweimal die Woche.«

Jock konnte das Grinsen im Mondlicht sehen. Die sauberen, weißen Zähne zeichneten sich hell ab.

»Schau mich an, Jock. Es interessieren sich nicht mehr so viele Leute für dich. Ich würde mich nicht überschätzen.«

Jocks Angst suchte sich Raum. Wie ein wildes Tier, das sich befreien möchte. Er starrte auf den wütenden Staatsanwalt mit der Pistole in der Hand. Seine Wangen glühten, und ihm rann feiner Speichel aus den Mundwinkeln. Er kam näher. Setzte die Pistole an Jocks Stirn.

Und in diesem Moment wurde er ruhig. Dass sein Leben hier und jetzt zu Ende gehen sollte, ergab durchaus Sinn. Das Schöne am kommenden Tod war doch auch die Ruhe, die dann einkehren würde. Ein ewiger Schlaf. Im nächsten Moment spürte er einen stechenden Schmerz an der Schädeldecke. Es wurde schwarz.

36

I hr linker Fuß zitterte.

Die Kirchenuhr schlug zwei Mal. Ein Duft nach feuchtem Gras mit einer leichten Note Hundescheiße verteilte sich in ihrer Nase. Besser als der Gestank dieser beiden atmenden Bestien nach Alkohol und Zigaretten.

Ihre Wange berührte den kalten Boden. Sie spürte, wie ihr Ohr in einer kleinen Wasserlache lag, und wenn sie sich leicht bewegte, gluckerte und blubberte es.

Sie starrte auf ihre Hand. Öffnete sie. Spreizte die Finger. Schloss sie wieder.

Sie lebte. Irgendwie.

Sie hob ihre nackten, nassen Pobacken, griff mit klammen Fingern nach ihrer Hose und zog diese zusammen mit der Unterhose hoch. Anschließend nestelte sie zitternd am Reißverschluss, schloss den Knopf und verharrte in dieser liegenden Position für eine Weile.

Dann drehte sie sich auf die Seite und erhob sich auf die Knie.

Mit dem Zeigefinger bohrte sie ein Loch in die Erde, stieß den Finger immer tiefer hinein. Die feuchte Erde drang ihr unter die Fingernägel, Kälte drang bis in ihre Fingerkuppe. Immer tiefer stieß sie den Finger hinein.

Sie kniete jetzt im Gras. Bearbeitete die Erde. Grub mit beiden Händen, so tief sie konnte. Grasbüschel flogen durch die Dunkelheit. Sie packte einen solchen Büschel und schmierte ihn sich ins Gesicht. Der pelzige Geschmack von Erde verteilte sich in ihrem Mund. Sie rieb weiter und weiter, bis sie irgendwann weinend und zitternd liegen blieb.

37

Als Erstes nahm er den Geruch nach Benzin wahr. Um ihn herum war es dunkel. Nur durch die Ritzen der hölzernen Stallwand fielen einzelne Lichtstrahlen des vollen Mondes. Ein dumpfer Schmerz pochte hinter seiner Stirn und strahlte den Rücken hinunter bis ins Steißbein. Langsam drehte er sich auf den Bauch und versuchte aufzustehen. Doch seine Beine ließen sich nicht groß bewegen, er war gefesselt. Das hier musste das Innere des Stalles sein, der sich gleich neben dem Brunnen befand. Er robbte zum Eingang. Die Hände waren frei, sie auch noch zu fixieren, dazu hatte die Zeit oder das Material wohl nicht gereicht. Dort angelangt, versuchte er die Stalltür zu öffnen. Doch die war verriegelt. Durch die offenen Ritzen sah er draußen eine Gestalt vorbeihuschen. Jock begann zu schreien.

Als er kurz innehielt, klopfte es plötzlich an die Holzwand.

»Das ist das Schöne am Appenzellerland. Es ist noch nicht alles verbaut. Hier hört dich niemand, mein Frauenversteher.« Die Stimme von Beat Sollberger klang seltsam anders. Schriller, entrückter.

»Damit kommst du nicht durch«, sagte Jock und presste seinen Mund dabei eng an die Holzlatten.

»Menschen leiden. Das ist der Urzustand der Natur. Und wir müssen wieder lernen, damit umzugehen.«

Dann hörte Jock ein kurzes, kratzendes Geräusch und sogleich den knisternden, tödlichen Sound der Flammen, die sich jetzt gierig in die Wand des Stalls fraßen.

»Warum Tatjana?«, schrie Jock.

»Die waren damals so eng.«

»Sie hatten keinen Kontakt mehr.«

»Als wir gehört haben, dass du sie in Zürich suchst, mussten wir handeln. Nur wenn Tatjana wirklich schwieg, konnten wir die alte Geschichte endlich vergessen.«

»Du warst das nicht selber, oder?«

»Das geht heute einfacher.«

»Darknet«, röchelte Jock nur.

»Es gibt viele Männer, die zu ihren Trieben stehen, glaub's mir.«

»Du willst, dass ich leide?«, fragte Jock und schaute zu, wie das Feuer zunahm.

»Sagen wir mal, es fasziniert mich. Es ist doch interessant, zu was die Menschen fähig sind. Ein zutiefst frustrierter Ex-Polizist begeht Selbstmord, legt sich in einen Stall und zündet ihn ...« Die letzten Worte gingen in ein kehliges Lachen über, das schließlich leiser wurde.

Das alte Holz war ein Festessen für die Flammen, die an der Außenwand emportanzten. Noch viel schlimmer war allerdings der Rauch, der sich im Stall drin bereits verteilte. Panik erfasste Jock. Wie ein Wahnsinniger klopfte er mit beiden Händen gegen die Stalltüre.

Er sah nicht mehr klar.

Dann – ein Augenpaar.

Er dachte zuerst an eine Nahtoderfahrung. Da erkannte er die spitzen Ohren. Ein Fuchs. Auch er hatte Angst. Seine Bewegungen waren unkoordiniert. Er suchte einen Ausgang, doch seine Nase hatte keine Chance, sich zu orientieren. Irgendwie erreichte er die andere Seite der Hütte und rannte mehrmals der Außenwand entlang. Jock schaute ihm wie in Schockstarre zu, als er plötzlich bemerkte, wie das Tier zu graben begann. Von seinen Hinterbeinen stob Dreck auf und flog durch den Raum, der sich immer mehr mit Rauch füllte. Es konnte nicht mehr lange dauern, bis er in Ohnmacht fallen würde. Die Bewegungen des Fuchses wurden immer wilder, und dann war er auf einmal verschwunden.

Jock legte sich flach auf den Boden. Seine Finger folgten dem Loch, das der Fuchs gegraben hatte, und zumindest seine Hand war draußen, das spürte er an dem kalten Luftzug. Das Tier war jedoch nur einen Bruchteil so groß wie er selbst, trotzdem versuchte er, das Loch zu vergrößern. Er zog den Arm wieder zurück und fing an, wie ein Besessener mit beiden Händen zu graben. Wie ein Maulwurf hieb er seine Finger in den Boden. Er spürte, wie einzelne Fingernägel abbrachen. Er machte weiter, versuchte, seine Beine durch das Loch zu stecken. Die Querlatten der Holzwand waren im Weg, keine Chance. Resigniert kniete er vor dem großen Loch und schlug verzweifelt mit beiden Händen auf den lehmigen Boden. Dann ergriff er die Holzlatten, die als Querverstrebungen unmittelbar auf dem Waldboden auflagen. Sie waren hart. Bis er sich zu einer Stelle tastete, wo sich das Holz etwas unförmig anfühlte. Er hustete und legte sich in die kleine Mulde, die sich gebildet hatte. Ohne viel nachzudenken, stieß er mit seinen zusammengebundenen Füßen zu. Einmal. Zweimal. Ihm war schwindelig, und sein Kopf wurde schwerer. Beim zehnten Mal knackte es laut, als die Latten krachend auseinanderfielen. Noch ein paar Stöße, und es hatte sich ein Loch gebildet, durch das er hindurchkriechen konnte. Keuchend und hechelnd kämpfte sich Jock mit dem Kopf voran durch die zerstörte Wand und zog die Beine nach. Er war frei. Erleichtert atmete er die etwas kühlere Waldluft ein. Er streckte kurz seine Arme in die Luft. Trotz der noch immer gefesselten Füße spürte er eine gewaltige Erleichterung. Auf dem Rücken liegend schaute er hoch zum Himmel. Eine dicke Rauchsäule schraubte sich empor zum immer noch hell leuchtenden Mond. Die Silhouetten der umliegenden Bäume traten klar hervor und hatten etwas Bedrohliches. Monströse Fratzen, die dieses Schauspiel fasziniert betrachteten. Mit letzter Kraft streckte er seine Füße noch einmal in das Loch und rieb die Fesseln über die harten Kanten des geborstenen Holzes. Er schwitzte. Fast hätte er laut aufgeschrien, als sich ihm ein Stück Holz in den Unterschenkel bohrte. Trotzdem bewegte er sich weiter. Dann endlich, die Fesseln waren entzwei. Jock drehte sich auf den Bauch, stand langsam auf, ging zur Ecke des Stalls und blickte hinüber zum Brunnen.

Die Flammen hatten die Luft erhitzt, und inmitten dieser Szenerie saß Beat »Back« Sollberger noch immer auf dem Rand des Brunnens. Er betrachtete die Feuersbrunst mit dem Gesichtsausdruck eines kleinen Jungen, der den erleuchteten Weihnachtsbaum bewundert. Ehrfurcht und Freude. Jock schauderte beim Gedanken, dass dieser Mensch für all das stand, was wir als Recht bezeichnen.

Um in den schützenden Wald zu gelangen, musste er über die offene Wiese laufen, aber dann würde Sollberger seine Flucht entdecken. Jock sah, wie das Dach des Stalls bereits in Flammen stand. Er konnte hier nicht länger bleiben. Bald würde die Hütte einstürzen. Kurz entschlossen rannte er los. Das Gras war nicht hoch, und er kam, trotz der Schmerzen an seinen Füßen, gut voran. Das Licht des Mondes zeigte ihm die Unebenheiten. Er wagte nicht zurückzuschauen. Dann trat er auf den Weg, der in gut zwanzig Metern in die rettende Dunkelheit des Waldes mündete. Links von ihm der steile Abhang zum Fluss. Er hatte es geschafft.

Da knallte ein Schuss.

Jock blieb stehen. Ein Blitz durchzuckte seine Wirbelsäule. *Ich bin getroffen*, dachte er im ersten Moment. Doch es war nur die ruckartige Bewegung, die ihm in den lädierten Rücken gefahren war. Langsam drehte er sich um. Beat Sollberger stand keine fünfzehn Meter von ihm entfernt und richtete die Waffe auf ihn. Seine sonst so adrett frisierten Haare standen ihm wirr vom Kopf.

Zu hören war jetzt nur das Rauschen der Urnäsch. Die beiden Männer blickten sich eine Weile an. Beängstigend an diesem Blick war, dass in Sollbergers Gesicht keine Anzeichen von Unsicherheit zu erkennen waren. Er sah aus, als ob er gerade über einem mathematischen Problem sitzen würde. Dieser Mann genoss diese Extremsituationen. Er sah sie als ein Spiel.

Im Gebüsch raschelte es. Sollberger guckte kurz zur Seite.

In dem Moment sprang Jock den Abhang hinunter. Es war ein Hechtsprung, wie ihn ein Torhüter beim Fußball macht. Kurz vor der Landung spürte er, wie ihm Zweige die Haut im Gesicht aufrissen. Mit einem kurzen Schrei rollte er über die rechte Schulter ab, drehte sich vom Rücken auf den Bauch und wollte sich an einem Strauch festhalten. Doch er griff daneben und schlitterte weiter den steilen Abhang hinunter, spürte, wie einzelne Steinbrocken ihm in die Rippen stießen. Immer wieder versuchte er, mit den Händen etwas zu fassen. Es drehte ihn auf die Seite, und er prallte mit der Hinterseite seines Halses gegen einen aus der Erde ragenden Ast, der sich in seine Haut bohrte. Ein stechender Schmerz erfasste ihn. Das war es dann wohl, dachte er noch.

Als er zu sich kam, blickte er in die Augen von Back Sollberger. Auch jetzt wieder. Dieser analytische Blick. Ein Jurist, der sich mit einem Paragrafen herumschlägt. Langsam hob er die Waffe. Entschlossen.

Dann krachte ein Schuss.

Das erste Mal sah Jock so etwas wie Erstaunen in diesem Gesicht, kurz bevor es Sollberger um die eigene Achse schleuderte und er seitlich in einen großen Laubhaufen fiel.

Fast wie ein Akrobat, der eine ausgefallene Pirouette drehte. Er hatte jegliche Koordination verloren, und die Pistole flog in hohem Bogen weg, schlug an einen Felsen und versank geräuschlos im Fluss.

Kurz war es still.

Als Jock zum Weg hochblickte, erkannte er die Gestalt trotz des vollen Mondlichts nicht, die dort – ein Gewehr im Anschlag – stand. Dann rief sie mit lauter Stimme: »Beat Sollberger, Sie sind verhaftet. Da kommt einiges zusammen. Wenn ich Sie wäre, dann würde ich jetzt nichts mehr sagen. Es ist vorbei.«

Jock zog sich an einem kleinen Strauch hoch. Er blickte zu Sollberger und sah, wie Blut aus seiner Schulter tropfte. Zu einer Flucht schien er nicht fähig zu sein.

Als Silvana rutschend bei den beiden ankam, waren die Sirenen bereits zu hören.

»Warum bist du vor denen hier?«, fragte Jock mit schwacher Stimme. Sein Körper ein schwerer, nasser Sack, und trotzdem fühlte er Erleichterung, Dankbarkeit.

»Ich hatte ein ungutes Gefühl. Hab der Notrufzentrale gesagt, sie sollen mir Bescheid geben, wenn was ist. Mit dem Bike war ich halt schneller.«

»Und was hast du da für ein schweres Gerät dabei?«

»Das ist das Jagdgewehr meines Vaters – mit Nachtsichtgerät. Er hat damit in Apulien Wildschweine gejagt.«

38

Rosy Diegel beugte sich über die Theke, während Pierina Otènger sich auf die Querstrebe ihres Barhockers stellte. Mit einem schelmischen Grinsen schlug sie in die große Pranke der Mötli-Besitzerin ein.

Jock beobachtete die Szene amüsiert. Da hatten sich zwei gefunden. Aus den Boxen dröhnte ein schneller Song von Motörhead. Er nahm einen großen Schluck aus der Bügelflasche und prostete dann von Weitem Santiago zu, der gerade durch die Türe kam, sich theatralisch die Ohren zuhielt und das Gesicht verzog, als er auf Jock zukam.

»*Una catástrofe*, diese Musik hier.«

»Ich find's auch gut, Santiago. Aber es wird noch besser, wenn dann die *Heartpacemakers* auf die Bühne kommen.«

»*Vamos a ver.* Habt ihr schon eine neue Schlagzeuger, *Comisario*?«, fragte Santiago und bestellte an der Bar einen gespritzten Weißwein.

»Heute spielt Philipp seinen letzten Gig, und dann … schauen wir mal.« Jock zwinkerte ihm zu. »Jetzt kommt erst mal die Vorband.«

Das Mötli füllte sich langsam mit Gästen. Einige saßen an den wenigen Tischen entlang der Wand, andere standen bereits vor der kleinen Bühne, die von Scheinwerfern in dezentes rotes Licht getaucht war. Jock erkannte Donat Fässler, seinen Garagisten, der mit zwei Freundinnen rechts vor der Bühne stand und gerade in einem herzhaften Lachanfall gefangen war. Auch Ida war gekommen und hatte sich, ohne jemanden zu grüßen, an einen der kleinen runden Tische gesetzt. Etwas nervös fuhr sie sich durchs Haar. Als Jock zu ihr trat, schien sie erleichtert und lächelte.

»Soll ich dir was zu trinken bringen?«, fragte Jock.

»Hast du einen neuen Job?«

»Ich glaub kaum, dass Rosy mich gebrauchen könnte.«

»Gin Tonic.«

»Aber gerne doch.«

Als Jock kurz darauf ein mit Blumenmustern bedrucktes Glas vor Ida hinstellte, war sie noch immer mit ihren Haaren beschäftigt.

»Du fühlst dich nicht wohl hier?«, fragte er.

»Ich geh halt nicht mehr viel raus.«

»Du warst doch früher immer unterwegs.«

»Ohne … chemische Unterstützung find ich's immer etwas schwierig.«

Plötzlich hörten die beiden einen Jauchzer, der selbst über die harten Gitarrenklänge zu hören war. Mit einem breiten Lachen auf dem Gesicht und ausgebreiteten Armen kam Ivo Mitrovic auf Jock zu und umarmte ihn. Er trug eine helle Leinenhose und ein blaues Hemd mit hochgekrempelten Ärmeln.

»Der Wellness-Guru und der Polizist. Was für ein Paar!«, sagte Ida und prostete den beiden zu.

»Ich bin kein Wellness-Guru, ich bin ein Tänzer.« Mitrovic bewegte seine Hüften. »Dafür bräuchte ich aber schon etwas, das mehr in die Beine geht.«

Jock zwinkerte den beiden zu und entfernte sich in Richtung Theke, wo Rosy Diegel fleißig Getränke bereitstellte.

»Wenn ich mir vorstelle, dass dieses Schwein hier bei mir was getrunken hat, könnte ich kotzen.« Sie schob sich ein paar Salzstängel in den Mund.

»Er bekommt seine Strafe«, sagte Silvana di Novi, die ihre

Finger in das Holz des Tresens drückte und mit dem Oberkörper auf und ab wippte. Vor ihr stand eine Flasche Rivella.

»Ich dachte, die Vergewaltigung ist verjährt?«, fragte Rosy.

»Ja, das ist leider so. Aber mit versuchtem Mord, schwerer Brandstiftung und dem Vertuschen einer Straftat kommt schon mal einiges zusammen. Außerdem hat er sich dann doch nicht so gut im Darknet ausgekannt.«

»Darknet?«

»Tatjana Schotts Killer wurde gefasst, und man konnte Sollberger die Geldüberweisung für den Auftragsmord nachweisen. Sagen wir es mal so: Er hatte sein virtuelles Devisenkonto nicht so gut im Griff.«

»Und was sollen deine Finger-Liegestützen? Bist du nervös?«

»Vielleicht hat sie ja einen Grund, nervös zu sein«, sagte Jock. Silvana grinste nur verschwörerisch.

Vorne auf der Bühne machten drei junge Musikerinnen ihre Instrumente bereit. Die Rauchmaschine pustete süßlich riechenden Nebel ins rote Licht.

»Wir sind die *Unborn Fishsticks* und fühlen den Rock. Viel Spaß«, begrüßte die Sängerin das Publikum und krempelte ihre Ärmel hoch. Die Musik, die dann aus den Boxen kam, war erstaunlich tanzbar, und schon nach wenigen Takten hüpften alle vor der Bühne mit.

»Wenn es die Männer nicht gäbe, dann wäre die Welt ein besserer Ort«, schrie Rosy Jock über den lauten Sound hinweg ins Ohr.

»Dann hättest du mich nie kennengelernt.«

»Du wärst vermutlich auch eine bessere Frau.«

Jock lachte herzhaft. Dieser harte Klumpen im Bauch, der sich nach dem Tod von Karin gebildet hatte und von dem er erwartete, dass er nie mehr verschwinden würde, hatte sich etwas gelöst. Ein erträglicher Rest saß dort fest. Erinnerungen an eine Frau, die ihm noch einmal auf eine ganz andere Art nähergekommen war. Und das war gut so.

Der Sänger der *Heartpacemakers* dehnte den letzten Ton der Ballade und genoss den Applaus. Er blickte zu Jock hinüber, der seine Gitarre sanft schüttelte, um seinem Schlussakkord noch etwas Vibrato zu geben. Das Publikum johlte. »Rock 'n' Roll!«, schrie Ivo Mitrovic enthusiastisch. Dann schritt Jock zum Mikrofon.

»Wir möchten uns bei Philipp für den Puls, den er uns über die Jahre gegeben hat, bedanken und wünschen ihm viel Zeit für seine Familie.«

Der Schlagzeuger winkte den Zuschauenden zu, umarmte seine Bandmitglieder, nahm einen großen Geschenkkorb entgegen und sprang von der Bühne.

»Wir dachten lange, wir finden keinen neuen Schlagzeuger. Wenn aber jemand ständig auf jedem Möbel rumtrommelt, muss wohl viel Rhythmus drin stecken. Sie war bei den Tambouren und hat in ihrem Keller jedes Rockalbum der Geschichte durchgespielt. Begrüßt unsere neue Schlagzeugerin für den letzten Song hier mit uns auf der Bühne: Silvana di Novi.«

Niemand im Mötli hätte wohl beim Anblick der Frau mit den grünen Converse-Turnschuhen und dem Melvins-T-Shirt mit zwei seilspringenden Oktopussen daran gedacht, dass hier die neue Leiterin der Fachgruppe Gewaltkriminalität die Bühne betreten hatte.

Silvana hob ihre Drumsticks. »Eins, zwei, drei, vier …« Jock spürte unter seinen Fingern die rauen Gitarrensaiten. Im Nacken der Schmerz, fast wie ein alter, etwas nerviger Freund. Er blickte zur Theke.

Und der Fuchs lächelte noch immer.

Danke

Zuerst möchte ich mich bei Yvonne bedanken. Für ihre Geduld mit den ersten Fassungen, die Liebe und den Humor.

Meinen Kindern, dass sie mich immer wieder zurück in die Realität geholt haben.

Für die kritischen und aufmerksamen Blicke auf den Text geht ein großes Dankeschön an Irena Klominek, Loue Wyder, Alexandra Steck, Alfredo Holdener und meine Lieblingsschwester Nela Käser, die noch weiß, wie die Jugi-Partys im Herisau der achtziger Jahre abgegangen sind.

Beat Glogger und Rena Roßkamp für die Unterstützung bei der Verlagsbewerbung.

Daniel Kampa danke ich für die geschäumten Cappuccini im Verlag, insbesondere aber für sein Vertrauen in diese Geschichte. Meike Stegkemper und René Stein für das sorgfältige Lektorat.

Ich war zwar als junger Kerl an der Landsgemeinde 1989, habe aber viele falschen Erinnerungen mitgenommen. So konnte mir zum Beispiel niemand das Gerücht bestätigen, dass gewisse Leute den Stuhl anzünden wollten.

Der Film *Männer im Ring* von Erich Langjahr hat mir sehr geholfen, den offiziellen Ablauf korrekt wiederzugeben. Danke auch an Heidi Eisenhut von der Kantonsbibliothek in Trogen, Marianne Kleiner (die erste Frau Landammann im Kanton), Dorle Valender und Michael Knellwolf.

Marcel Wehrlin von der Kantonspolizei Appenzell Ausserrhoden und Susan Peter von der Stiftung Frauenhaus in Zürich und Hanno Wieser von der Staatsanwaltschaft des Kantons Zürich danke ich für die Beantwortung meiner etwas seltsamen Fragen.

Ganz am Anfang stand vermutlich Jolanda Spengler, die in mir die Lust am Schreiben übers Appenzellerland geweckt hat. Danke dafür.

Ein Dank geht auch an die zwei Urnäscher und Hundwiler Buebä Philipp Langenegger und Emanuel Steiner.

Und dir, Appenzellerland, möchte ich auch danken. Für deine urtümliche Schönheit, die Widersprüche und dein Flair für den Klang.

Christian Johannes Käser

Christian Johannes Käser bezeichnet sich selbst als »Heimweh-Appenzeller«. Aufgewachsen in Herisau, schrieb er schon als Jugendlicher für verschiedene Ostschweizer Medien. Nach dem Studium der Philosophie hat er seine Leidenschaft für das Theater zum Beruf gemacht und als Schauspieler und Musiker in verschiedensten Theater- und Musicalproduktionen mitgewirkt. 2005 gründete er zusammen mit vier Schauspieler*innen die anundpfirsich GmbH, inzwischen gilt das Ensemble als einflussreichste und prägendste Improtheater-Gruppe der Schweiz. Käser lebt mit seiner Frau und seinen vier Kindern in Zürich. *Appenzeller Abrechnung* ist sein erster Roman.